KB239874

문학적 서사와 서사적 문화

한국문학과 한국문화의 제 문제

문학적 서사와 서사적 문화

한국문학과 한국문화의 제 문제

오양진 지음

책머리에

이 책은 지난 몇 년 동안 필자가 발표했던 한국문학과 한국문화에 대한 논문들을 정리해 묶은 것이다. 우선 책의 1부는 한국 서사문학에 나타난 여러 형상들, 특히 산과 사랑과 불 등의 상징적 표상들에 주목함으로써 한국의 근대화를 전후로 한 문학적 서사의 주제들을 고찰하고 있다. 먼저 「한국 서사문학에 나타난 산(山)의 모습」은 고전 서사로부터 현대 서사에 이르는 과정에서 어떻게 산의 표상이 서사적으로 구현되었는지를 포괄적으로 살피고 있는 글이다. 또한 「낭만적 주체성의 형성과 전개—나도향의 경우」는 나도향 소설이 진정하고 참다운 삶의 정신적 근원인 낭만적 사랑의 이상(理想)을 간직하고 있었음을 밝히고, 전통적인 가정에 대한 거부와 물신주의적 근대의 이성적 구속에 대한 저항이라는 목표가 그러한 자유로운 정염의 이상 속에 들어 있었음을 증명하고자 한 논문이라고 할 수 있다. 그런가 하면 「서술과 묘사, 그 대화법의 의미—오정희의 『불의 강』에서」는 플롯과 자유 화소를 의미 형성에 각기 상이하게 작용함으로써 소설의 의미론적 풍요를 이루는 다의성의 형식적 구조적 원천으로 가정하고, 그 서술의 층위와 묘사의 층위가 갖는 의미 작용을 개별적으로 검토하는 작업을 통해 궁극적으로 그러한 두 가지 층위에서 진행되는 의미 작용이 어떤 관계를 갖게 되는지 고찰하는데, 여기서 오정희의 『불의 강』이라는 단편은 그러한 고찰의 구체적인 대상이 되고 있다.

다음 이 책의 2부에 실린 「이광수와 계몽의 위안」, 「교환의 사회학」, 그리고 「상인에 대한 반대」라는 글들은 근대화라는 역사적 전개와 더불어 문학적 서사 속 인간의 이미지가 어떻게 변화되어 갔는지를 추적하고자 한 논문이다. 먼저 첫 번째 논문에서는 이광수의 『무명』이라는 작품을 대상으로 사회적 의무를 개인의 욕망 안에 부착시키는 이광수의 계몽주의적 과제가 보여주는 연속성을 확인하고 근대적 개인이 자신의 자유를 제한하는 데 자발적으로 동의하도록 만드는 그러한 과정에서 교사적 인간상이 부각되고 있음을 확인하고 있다. 두 번째 논문에서는 김동인의 「감자」를 복녀라는 한 여성이 교환의 규칙을 어김으로써 그 교환의 세계로부터 추방되는 이야기로 읽음으로써 이광수가 옹립한 인간상에서 일어난 변화를 설명하는데, 그 요점은 바로 개인의 형성과 사회화의 분열에 있다는 것이 주장된다. 요컨대 이광수는 자신의 소설에서 자기존중의 낭만적 열정과 사회화의 요구라는 현실적 이해관계 사이에서 조화로운 해결책을 찾았다고 확신했지만, 김동인은 「감자」에서 개인을 지지하면서도 사회를 지탱할 수 있다는 근대적 사회화에 대한 계몽주의적 확신이 붕괴되었다는 사실을 확인시켜주는 것이다. 결국 김동인의 「감자」는 근대적 생활의 어떤 특별한 순간들이 상인이 지배하는 비속한 교환의 세계 속으로 빨려 들어가 버리는 사회역사적 과정을 아주 상징적인 방식으로 재현하는 셈인데, 여기서 문학적 서사가 드러내는 대표적인 인간상은 무엇보다도 상인을 통해 표상된다. 그리고 마지막 논문은 바로 이러한 상인의 대두로 인해 건전성의 무게중심이 노동의 세계 바깥으로 옮겨가면서 어떻게 문학적 서사로 표상된 인간들이 마음 깊은 곳에서 경멸하는 세상의 일부로 살아가게 되는지를 탐문한다. 이것은 현진건의 「빈처」를 대상으로 이루어지는데, 여기서 부각되는 것은 개인과 사회의 균열을 봉합하고 불일치를 줄이는 대신 오히려 그러한 모순과 더불어 사는 방식이다. 말하자면 상상 속의 삶을 고집하는 인간이 사회적 현존을 유지하기 위해서는 현실과 갈등하는 내면에 대한 위장으로서의 일종의 거짓말을 필요로 할 수밖에 없는데, 이것이 현진건의 「빈처」가 보여주는 자기기만의 태도로서, 결국 현진건은 예술적 자아라는 새로운 형태의 인간상을 보여준다는 사실이 해명된다.

끝으로 책의 3부는 한국 문화브랜드 정립을 위한 시론적인 성격을 갖는 논문들로, 특히 서사(narrative)를 통해 문화적 특수성을 이해할 수 있으며, 이를 통해 새로운 형태의 문화 유형론까지도 가능하다는 주장을 펴고 있다. 그러니까 좁은 의미의 서사학을 넘어서 문화 연구의 토대로서의 서사학을 이론적으로 또 실천적으로 구축해 간다는 도전적인 과제를 제기하고 있는 것이다. 사실 여러 요소들이 다층적으로 구성된 복합 구조물인 문화의 층위들을 구조적으로 입체화할 수 있는 방법론적 설계에서 서사만큼 유용하고 적절한 매체도 달리 없을뿐더러, 한 문화의 서사적 자산들이 보편적 외연 속에서는 유사해 보이더라도 개별적인 역사적 환경에서 형성된 서사들은 특수한 내포를 지니게 마련이라는 점에서, 한 문화권이 산출한 모든 서사적 자산들이 문화유형론의 관점에서 다시금 재구축될 필요가 있음은 말할 것도 없다. 「한국 미(美)의 술어들에 관한 기호학적 분석」과 「한국 문화브랜드 아이덴티티 및 커뮤니케이션 전략」이라는 두 논문이 쓰인 것은 바로 그러한 맥락에서라고 할 수 있다. 물론 전자는 기초 연구이고 후자는 응용 연구라는 점에서 차이가 있다. 문학적 서사에서 서사적 문화로 논의를 확대해 가는 이 책이 문학을 포함한 인문학 전반의 위기 상황을 타개해 나가려는 노력인지 아니면 그러한 상황의 징후일 뿐인지는 독자 여러분의 판단에 맡긴다.

2012년 늦가을 오양진

― 차 례 ―

I

서사와 형상

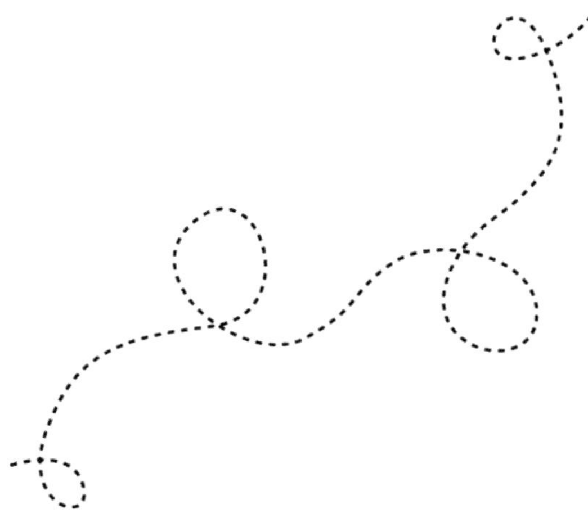

한국 서사문학에 나타난 산(山)의 모습

1

과거에 '산'은 단순한 자연공간 이상의 의미를 지니고 있었다. 우리 조상들은 산이라는 수직공간을 형이상학적 신성공간으로 간주하고 그곳을 종교적 외경의 대상으로 삼았다. 그들에게 산이라는 자연공간은 신비롭고 경건하며 위엄 있는, 그래서 두려운 성소(聖所)로서 인식되었다. 우뚝 솟은 산의 일반적인 모습은 아마도 "하늘과 땅의 접촉점"으로서의 형태적 외관으로 인해 신령스런 공간으로 경험되었음이 틀림없다.1) 그때 산은 '땅'의 것이면서도 사실상 '하늘'의 소유가 된다. 높이의 위압감과 깊이의 두려움을 거느린 산의 형세만으로도 옛날 사람들은 분명 자신들이 함부로 할 수 없는 어떤 신성한 존재의 크기와 힘을 실감했을 것이다. 그런 만큼 산이 제공하는 두려움의 실감은 자연스럽게 신성한 처소에 대한 경건한 신비의 느낌에다가 실제로 손으로 만지고 눈으로 볼 수 있는 실체의 형상을 부여하도록 했다. 무엇보다도 신화(神話)에서 그러한 초월적 실체를 만나볼 수 있다.

---

1) 이재선, 「한국문학의 산악관」, 『한국문학 주제론』(서강대출판부, 1989), pp.274~275 참조.

천상의 세계를 다스리는 상제(즉 환인(桓因))에게는 환웅(桓雄)이란 서자가 있었다. 그는 매양 지상을 내려다보며 인간의 세계를 다스려 보려는 욕망을 품어 오곤 했다. 아버지 환인은 그 아들의 뜻을 알아챘다. 그리곤 아래로 지상의 세계를 굽어보았다. 아름답게 펼쳐진 산과 강과 들ㅡ그 가운데서 삼위태백(三危太白)이란 산, 그곳이 널리 인간을 다스려 이롭게 할 만한 근거지로 적합하다고 생각되었다. 그는 곧 아들 환웅에게 부하 신을 거느리고 가서 지상을 다스릴 직권을 부여하는 뜻으로 천부인(天符印) 세 개를 주어 내려가 다스리게 했다.
환웅은 천상의 무리 3천 명을 이끌고서 천공을 헤쳐 태백산(太白山) 꼭대기에 있는 신단수(神檀樹) 아래로 내려왔다. 그리고 그곳을 세상을 다스릴 근거지로 삼고서 신시(神市)라 불렀다. 신시를 연 환웅, 이가 곧 환웅천왕(桓雄天王)이다.[2]

「단군 신화」의 일부분이다. 천상의 왕인 '환인'은 아들 '환웅'이 무척이나 인간 세상을 다스려 보고 싶어한다는 것을 알고서 마땅한 '근거지'를 찾아보게 된다. 아들 환웅은 마침내 아버지 환인이 마련한 지상의 처소에 내려와 인간들을 다스린다. 그곳이 바로 "태백산(太白山) 꼭대기"다. 고조선 건국의 내력을 담고 있는 그 신묘한 산은 무엇보다도 환웅이라는 초월적 존재가 관장하는 신성공간으로서 등장한다. 태백산 정상을 가리켜 '신시(神市)'라 했다는 것은 그 점을 특히 강조해서 보여준다. 태백산은 한마디로 인간의 경험적 삶을 규제하고 통솔하는 선험적 중심의 의미와 더불어 형이상학적 조화의 틀로서의 거룩한 성소라는 의미를 가진다고 할 수 있다. 「단군 신화」 속의 산은 결국 옛날 사람들이 느끼고 이해한 산의 모습을 뚜렷이 드러낸다.[3] 그러나 오늘날 산을 그렇게 바라보고 인식하는 사람들은 찾아보

---

2) 일연, 『삼국유사』(상), 이동환 역주(삼중당, 1983), pp.7∼9.

기 어렵다. 시대의 흐름과 함께 산은 신성한 처소라는 초월적 형이상
학적 의미를 상실하고 완전히 세속화되어버리고 만다. 과거에 산이
지니고 있던 종교적인 의미는 제거되고 오늘날 산은 순수한 미적 대
상이나 윤리적 규범의 상징, 또는 타락한 유희의 공간 등으로 바뀐다.
이러한 변화는 자연에 대한 인식에 중요한 변모를 가져오는 근대 이
후부터 점진적으로 나타난다.

　이 글은 무엇보다도 한국 서사문학 속에서 형상화되는 '산'들이 어떤
변화의 경로를 보여주는지에 대해 관심을 갖는다. 특히 근대 이전과 근
대 이후의 서사문학 작품들 안에서 산이 어떠한 양상과 성격을 가지고
출현하는가에 대한 해명이 이 글의 주된 목적이다. 물론 유구한 역사를
통해 창작된 많은 양의 서사문학 작품들을 포괄하여 통시적으로 고찰
하는 일은 거의 불가능한 작업이라고 할 수 있다. 따라서 근대를 전후
(前後)로 한 서사문학들 가운데 달라지는 산의 모습과 그 의미를 선명
하게 보여주는 작품을 임의적으로 선별하는 것은 불가피하다. 이 글
은 결국 산의 모습을 특징적으로 보여주는 근대 이전과 근대 이후의
몇몇 작품들을 고찰의 대상으로 삼을 것이다. 다만 근대 이전의 산들
이 대개 단일한 모습으로 나타나는 것과 달리 다양한 모습을 드러내
는 근대 이후의 산들은, 이 글에서 좀 더 비중 있게 다뤄질 것이다.

---

3) "이 같은 사실은 「단군신화」 이외에도 『신동국여지승람』(新東國輿地勝覽)에서 더 사실적으로 묘사되어 있
　다. 고려 태조가 산 위에 오색 구름이 있어 거기에 산이 있음을 확인하고 그 산을 일컬어 성거산(聖居山)이
　라고 이름하고 그곳에서 제사지냈다는 이야기(卷16, 稷山縣 山川祭 聖居山), 금성산(錦城山)에는 달밤에
　한 무리의 신선이 내려오는데 그 산이 아주 높아 하늘까지의 거리가 불과 한 뼘이다(卷34, 羅州牧 山川祭)
　라고 한 기술들이 그것이다."(정진홍, 「산과 한국인의 종교」, 『산과 한국인의 삶』, 나남, 1993, p.41.)

2

근대 이전에 '자연'은 문학적 관심의 중요한 자리를 차지하고 있었다. 그러나 그것은 강호가사(江湖歌辭)와 같은 고전시가에 국한된 편이고, 고전소설에서 자연을 중요한 모티프로 다룬 작품은 상당히 드물다. 특히 자연 가운데 '산'을 소재로 차용한 고전소설의 경우는 산문류에까지 그 범위를 넓혀본다 하더라도 거의 찾아보기 어렵다. 하지만 김만중의 『구운몽(九雲夢)』(1688년경)은 예외적인 경우라고 할 수 있다. 특이하게 『구운몽』은 산의 묘사로부터 시작된다.

> 천하에 명산 다섯이 있으니 동에는 동악 태산(泰山)이요, 서에는 서악 화산(華山)이요, 남에는 남악이니 즉 형산(衡山)이요, 북에는 북악 항산(恒山)이요, 가운데는 중악 숭산(崇山)이니 이른바 오악이라. 이 오악 중에 오직 형산이 가장 중원(中原)에서 머니, 구의산(九疑山)이 그 남녘에 있고, 동정호(洞庭湖) 그 북녘에 지나고 소상강(瀟湘江)이 둘렸는데, 일흔다섯 봉 가운데, 그중에서도 가장 높은 봉우리는 축융(祝融)·천주(天柱)·석름(石廩)·연화(蓮花)의 다섯이니, 그 형세가 자못 치솟고 가파르므로 구름이 그 낯을 가리고 안개가 그 허리를 덮어, 날씨가 청명치 못하면 사람들이 그 진상(眞相)을 보지 못할러라. /옛적 대우(大禹) 홍수를 다스리고 이 산에 올라 비석을 세워 공덕을 기록하니 하늘 글과 구름 전자(篆字) 아직 남아 있고, 진(晉) 나라 때에 선녀(仙女) 위부인(魏夫人)이 도를 얻어 옥황상제의 명을 받아 선동(仙童)과 옥녀(玉女)를 거느리고 이 산에 이르러 지키니 이른바 남악 위부인이라. 예로부터 그 영검한 자취와 신기한 일은 이루 다 기억하지 못할러라.4)

---

4) 김만중, 『구운몽』, 전규태 옮김(서문당, 1975), pp.13~14.

엄밀하게 말하자면 『구운몽』의 서두에서 제시된 산의 그림은 '묘사'의 결과는 아니다. 왜냐하면 묘사는 개인이 대상과 맺는 관계로부터 가능해지는 기술(記述)의 양상이기 때문이다. 『구운몽』의 산 그림은 그러한 관계 형성 이전의 선험적이고 형이상학적인 모델로서 존재한다. 그것은 개인이 관찰하고 묘사한 객관적 대상으로서의 산 그 자체가 아니라 관념적인 배경일 뿐이다.[5] 위의 인용문에서 보듯이, 고전소설에 나오는 산은 일반적으로 경험적이고 구체적인 공간이 아닌 선험적이고 추상적인 배경으로 기능함으로써 감각적인 관찰의 대상으로서의 사실적인 자연의 의미를 갖지 않는다. 실제로 『구운몽』의 '형산'은 도(道)를 얻은 '선녀(仙女) 위부인(魏婦人)'이 옥황상제의 명을 받아 지키고 있는 산이면서 동시에 "영검한 자취와 신기한 일"을 볼 수 있는 산으로 나타난다. 형산은 명백히 「단군 신화」 속의 '태백산'과 마찬가지로 형이상학적 신성공간에 해당된다. 고전 소설의 산은 대체로 그런 추상적 형이상학의 신원을 가지고 있는 것으로 보아 크게 틀리지 않는다.

그러나 『구운몽』의 '형산'은 선험적이고 형이상학적인 모델일 뿐만 아니라 주인공 '성진'이 '양소유'라는 속세의 이름으로 영혼의 방황을 겪는 자리이기도 하다는 점에 주의할 필요가 있다. 그곳이 초월적인 신성성(神聖性)의 처소로서 최종적으로 확인되는 것은 사실 불교적 깨달음이라는 도의 자각 과정을 통과한 뒤의 일이다. 형산은 여전히 형이상학적 성소로서 나타나는 것은 사실이지만 그 성소에 삶의

---

5) 근대적 공간을 규정하는 '원근법의 장'과 전근대적인 공간을 정의하는 '산수화의 장' 사이의 차이는 한마디로 '개인이 대상과 맺는 관계'를 강조하느냐, 아니면 그러한 관계 형성 이전의 '선험적이고 형이상학적 모델'을 중시하느냐에 의해 드러난다. 가라타니 고진, 『일본 근대문학의 기원』, 박유하 옮김(민음사, 1997), pp.30~31 참조.

경유라는 인간적 고투와 번민을 투과시킴으로써 순전한 선험성의 신성공간을 다소 인간화시키는 것으로 보인다. 그런 의미에서『구운몽』의 산은 선험적인 완전성의 공간에 경험적인 불완전성의 공간을 중첩하는 특이한 산의 인식론을 보여주는 셈이다. 물론 형산이 성진의 깨달음을 통해 세속 세계의 허망함과 대립된 초속적(超俗的)인 세계의 참다움으로 드러나게 된다는 것은 궁극적으로 그 산이 근대 이전의 신령스러운 산의 영역에 속한다는 것을 가리킨다. 신의 거주 공간으로서의 산이 도의 수련 공간으로서의 산으로 변화되었다고 해서 산의 형이상학적인 의미가 약화되는 것은 아니다. 그러나 그럼에도 불구하고『구운몽』의 산이 지닌 불교적 신성성이 인간성을 지닌다는 것 또한 자명하고, 거기서 일정 정도 산의 세속화가 진행되고 있음도 역시 분명하다. 그것은 명백히 근대의 징후 가운데 하나다.

　조선시대 사림파의 활동공간이었던 '산'은 그러한 산의 인간적 세속화가 전면적으로 드러난 예다. 산을 학문의 도장(道場)으로 간주한 선비들은 산을 오르는 수고로운 과정에서 학문적 각성의 단계를 유추했다.6) 거기서 산은 종교적 깨우침의 공간에서 학문적 깨우침의 공간으로 바뀐다. 물론 그 학문적 깨우침은 벼슬과 출세를 위해 부도덕한 협잡과 음해를 마다하지 않는 시정인(市政人)들에 대한 비판과 반성을 포함하고 있다는 점에서 무엇보다도 윤리적인 성격을 띤다. 이러한 윤리성은 산을 윤리의 표상으로 추상화한다는 점에서는 아직

---

6) "남명(南冥)이 말한, "선을 따르는 것은 오르는 것처럼 하고, 악을 따르는 것은 무너지는 것처럼 하라"는 훈계도, 산을 오르는 수고로움에서 선을 행하는 향상의 자세를 익히며, 산을 내려오는 안이함에서 악을 행하는 타락의 성격을 다시 음미하고 있다"; "퇴계는 〈유소백산록〉(遊小白山錄)에서, "처음에 답답하게 막혔던 것이 필경은 쾌함을 얻은 것이다"라 언급함으로써, 동시에 학문하는 과정과 깨달음의 단계를 등산의 과정에서 확인하는 것을 엿볼 수 있다."(금장태, 「한국사상의 고향으로서의 산」, 『산과 한국인의 삶』, 나남, 1993, p.59.)

전근대적이지만 초월성을 기준으로 하는 윤리가 아닌 인간적인 규준에 의해 구축된 윤리라는 점에서는 이미 근대적이다. 그러나 종교적 신성성이 인간적 윤리성으로 세속화되어 가는 과정은 앞으로 끊임없이 나아가는 것이긴 하지만 또 그렇게 순탄한 진전을 보여주었던 것은 아니다. 우리의 경우, 산을 중심으로 한 국토지리학과 오랜 역사를 갖는 산 경험의 구원론적 현실로 인해 산의 형이상학은 그만큼 지속적이고 또 집요한 것이 된다.[7] 그렇다면 근대 초기의 소설들에서도 여전히 '신령스런 산'이 목격되는 것이 뜻밖의 현상은 아닐지도 모른다. 김동리의 「산화(山火)」(1936)라는 작품도 그 가운데 하나라고 할 수 있다.

「산화」는 사방이 산으로 둘러싸인 '뒷골' 사람들의 이야기를 들려준다. 이 소설의 무대가 되는 공간도 역시 산이 되는 셈이다. '운문산' 뒷골 사람들은 겨울이 되면 숯을 구어 생계를 잇는다. 흉년이 잦은 곳이라 사람들은 거의가 곤궁하고 굶어 죽지 않기 위해 솔잎을 따먹기까지 한다. 그런가 하면 뒷골 사람들을 상대로 약삭빠른 상혼(商魂)을 발휘하여 큰 부자가 된 '윤참봉' 네도 뒷골에 터를 잡고 있다. 뒷골 사람들을 경제적으로 착취하고 있는 윤참봉 일가는 악덕 자산가라 하지 않을 수 없다. 윤참봉은 어느 날 뒷골 사람들을 속이고 병들어 죽은 소의 고기마저 선심인 채 헐값으로 판다. 뒷골 사람들은 반가운 마음에 그 고기를 먹고 모두 식중독을 일으키며, 해산이 임박한 '뒷실댁'은 그 때문에 사산아를 낳고 나서 숨을 거둔다. 사람 살리라는 비명이 온 마을에서 터져 나오고 숯굴 마다에서는 불이 난다. 그리고 뒷골에서 마주 보이는 '홍하산'에서도 언제부터인가 산불이 번지고 있다.

---

7) 정진홍, 앞의 글. pp.36~40 참조.

『홍하산에 산화가 나면 난리가 난다지요?』 하고 물었다.

『난리가 안나면 큰 병이 온다지.』

그러자 또 한 사람이

『그보다 이 몇 해 동안 통이 산제를 안 지냈거든.』

『옛날 당산제를 꼭 지낼 땐 이런 변이 없었거든.』 하는 사람도 있었다.

바람은 점점 그 미친 날개를 떨치고 불은 산에서 산으로 뻗어 나갔다.

『우 ─.』

『울 ─.』

불소리, 바람 소리와 함께 마을사람들의 아우성소리는 한곳으로 몰려들었다.

그리하여 그들은 모두 바라보았다. 바로 먼 산의 불소리, 바람소리, 그리고 골목의 비명소리도 잠깐 잊은 듯, 그들은 멍멍히 서서 먼 산의 큰불을 바라보고 있었다.[8]

이 소설에 나오는 '홍하산'은 무엇보다도 샤머니즘적이다.[9] 모든 자연물에는 신령(神靈)이 깃들여 있고 인간은 그것과 내밀하게 소통한다는 샤머니즘적 자연관이 홍하산에 반영되어 있다. 그렇기 때문에 뒷골 사람들은 윤참봉의 비열하고 악독한 상혼을 알게 되었으면서도 홍하산을 "멍멍히 서서" 바라만 보는 것이다. 그들은 자신들의 비극을 단순한 재앙이 아니라 '산제'를 건너뛴 자신들에 대한 신령의 심판으로 인식한다. 산불이 분노한 신령의 표정으로 보일 만큼, 산은 여기서 절대적인 힘과 위력을 지니고 뒷골 사람들의 생사를 좌우하는

---

8) 김동리, 「산화」(『신춘문예 당선전집』1, 중앙출판공사, 1969), p.100.

9) 정비석의 「성황당」(1937)에서도 샤머니즘적 산의 모습은 목격된다. "천마령 안 골짜기"에서 남편 '현보'와 함께 살아가는 '순이'는 무엇보다도 산신(山神)인 성황님에 대한 신앙을 갖고 살아가는 인물이다. 그런데 남편이 산림 간수 '긴상'의 음해로 유치장 신세를 지고 있는 사이, 순이는 '칠성이'의 유혹에 넘어가 그와 함께 산골짜기로부터 도망쳤다가 성황님의 벌이 두려운 나머지 끝내 집으로 돌아온다. 천마령 안 골짜기도 바로 신앙으로서의 샤머니즘이 자리 잡고 있는 공간으로 나타난다.

신령스런 공간으로 나타난다. 홍하산의 샤머니즘은 일단 근대 이전의 산이 보여준 형이상학으로부터 그다지 멀리 있는 것처럼 보이지 않는다. 그러나 「산화」 속의 산은 주술적인 형이상학의 공간이기는 하지만, 그곳은 삶과 관련해서는 새로운 의미를 갖게 된다. 홍하산에 깃든 신령은 사람들의 고통을 위로하고 함께하는 친숙한 대상이지 더 이상 사람들 위에 군림하는 어려운 추상적 실체가 아니다.[10] 산불로 인해 사람들의 동요가 가라앉고 진정되는 것을 보면 실제로 그 산불은 외경심을 보여주지 않는 사람들에게 신령이 보내는 진노(震怒)의 표정과 증거라기보다는 윤참봉 일가에 대한 사람들의 분노를 대변해주는 신령의 공감과 위무(慰撫)라는 성격이 훨씬 강하다고 볼 수 있다. 「산화」의 산이 형이상학적 공간의 높이를 낮추어 사람살이가 이루어지는 구체적인 생활 공간에다 맞추고 있는 것은 아마도 그 때문일 것이다. 말하자면 홍하산은, 인간이 범접할 수 없는 형이상학적 의미를 숨기고 있는 산이고, 그래서 전근대적인 모습을 드러내는 산이면서, 동시에 선험적 형이상학을 경험적 삶의 현실에 결부 지은 산으로서, 이제 산을 '하늘'의 것이 아닌 '땅'의 소유로 만들고 있음을 알려준다. 홍하산은 분명 그런 의미에서 근대 이후에 새롭게 발견될 산을 예고하고 있는 것이 명백하다.

---

10) "김동리 소설 속의 샤머니즘적 자연관은 단순하게 미신의 정당화가 아니다. 그것은 고달픈 현실과 삶이 정신적으로 의지할 수 있는 대상으로서의 자연이라는 새로운 의미가 있다. 김동리 소설의 샤머니즘적 자연관은 전근대적인 사회의 그것과 내용적으로 동일한 것이면서도, 그것이 삶과 관련하여 갖는 의미는 다른 것이다. 따라서 김동리 소설이 보여주는 샤머니즘적 자연관은 근대 이후에 새롭게 발견된 자연이라고 말할 수 있을 것이다."(이남호, 「한국 현대문학에 나타난 자연의 모습」, 『현대 한국문학 100년』 민음사, 1999, pp.376~381.) 그러나 여기에 이견이 있을 수 있다. 이남호의 견해가 새로운 것이긴 하지만 김동리 소설의 자연을 '근대 이후에 새롭게 발견된 자연'이라 하는 것은 지나치다. 그것은 아마도 새롭게 발견된 자연이라기보다는 전근대적인 산 경험이 근대적인 소설과 그 사고 속에서 겪는 굴절과 변형이라 해야 맞다. 왜냐하면 복합적인 '양상'에서 단일한 기준과 근거는 필요하지 않은 것이지만 독립적인 '유형'에서 그러한 기준과 근거는 반드시 제시되어야 하는 것이기 때문이다. 이남호의 견해에는 사실 전근대적인 것과 근대적인 것을 통합할 기준과 근거가 부재한다.

3

　근대 이후에 '자연'은 과학적 인식의 발명으로 인해 수학화와 표준화의 단계를 거치면서 계측 가능한 공간이 된다.[11] 이러한 공간의 '계측가능성'은 무엇보다도 자연에서 두려운 형이상학의 제거라는 합리적인 결과를 낳는다. 과거에 부정확하고 가변적인 자연의 변덕은 사람들을 위축시키고, 따라서 가늠하고 통제할 수 없는 자연의 위협은 사람들로 하여금 두려움의 감정을 가지게 만들었다. 산도 그러한 전근대적인 자연의 하나였다. 심지어 그곳은 두려움의 감정이 가시화된 신성한 형이상학적 실체까지 살고 있었다. 그는 사실상 거스를 수 없는 인간 운명의 강력한 주재자(主宰者)였다. 그러나 근대적인 과학적 합리성은 그 발달과 진전을 통해 주술적 형이상학의 세계를 '탈마법화'하면서 사람들이 공포와 두려움을 제어할 수 있도록 만든다. 주술적 효과에 대한 믿음이 흔들리면서 산의 신성(神聖)은 희박해지고 결국 산이라는 자연공간은 종교적 외경의 대상으로서의 의미를 서서히 잃는다. 산은 이제 신성한 높이와 깊이로서 인간을 규제하고 위압하는 초월적 형이상학의 공간이라는 의미를 더 이상 갖지 않게 된 것이다. 한마디로 산은 비로소 '풍경'이 된 것이다. 이효석은 바로 그러한 풍경으로서의 산을 발견하고 묘사한 최초의 작가로 짐작된다.[12]

　가령 「산」(1936)은 그의 소설 가운데 산에 대한 근대적인 인식을

---

11) 이진경, 『근대적 시공간의 탄생』(푸른숲, 1997), pp.89~106 참조.

12) 필자가 아는 한 이 사실을 처음으로 정식화한 사람은 이남호다. 물론 그의 정식 속에는 이효석 소설의 자연이 지닌 새로움만 언급되고 있지 그 새로움이 한국 현대문학 최초의 것임을 말하고 있지는 않다. 그러나 그의 논의 속에서 암시적으로 표현된 그러한 생각을 엿볼 수 있다. "이효석이 그의 작품 속에서 묘사한 자연은 근대 이전의 문학에서는 찾아볼 수 없는 새로운 아름다움과 새로운 의미를 지닌 것이다."(이남호, 앞의 글, p.366.) 여기서 물론 필자는 그러한 논의를 따라가되 더 심화시킬 것이다.

보여주고 있는 대표적인 작품이다. 이 작품의 주인공 '중실'은 7년 이상 머슴살이를 해왔던 '김 영감'의 집에서 쫓겨난다. 새경 한 번 제대로 준 적이 없는 김 영감은 중실에게 첩을 건드렸다는 억울한 누명까지 씌워서 내쫓는다. 갈 곳 없는 중실은 어쩔 수 없이 나무하러 가서 가끔 드러눕기도 했던 '산협'으로 들어가 새로운 살림을 시작한다. 산은 이 소설에서도 주된 배경이 되어 있는 것이다. 그런데 중실에게 비친 산중은 뜻밖에도 섭생(攝生)과 잠자리를 걱정해야 하는 신산한 생활공간이 아니라 풍경이 아름다운 자연공간으로 드러난다. 중실에게는 산불조차 아름답다.

> 꿀이 다 떨어지지도 않은 그저께 밤에는 맞은 편 심산에 산불이 보였다. 백일홍같이 새빨간 불꽃이 어둠 속에 가깝게 솟아올랐다. 낮부터 타기 시작한 것이 밤에 들어가서 겨우 알려진 것이다. 누에에게 먹히우는 뽕잎같이 아물아물해지는 것 같으나 기실은 한 자리에서 아롱아롱 타는 것이었다. 아귀의 혀끝같이 널름거리는 불꽃이 세상에도 아름다왔다. 울 밑에 꽃보다도 비단결보다도 무지개보다도 맨드라미보다도 곱고 장하다. 중실은 알 수 없이 신이 나서 몽둥이를 들고 산등을 달아오르고 골짝을 건너 불붙는 곳으로 끌려 들어갔다. 가깝게 보이던 것과는 딴판으로 꽤 멀었다. 불은 산등에서 산등으로 둘러붙어 골짝으로 타내려갔다. 화기가 확확 튀어 가까이 갈 수 없었다. 후끈후끈 무더웠다. 나무뿌리가 탁탁 튀며 땅이 쩽쩽 울렸다. 민출한 자작나무는 가지가지에 불이 피어 올라 한 포기의 산호수 같은 불나무로 변하였다.[13]

여기서 '산불'은 놀랍게도 지극한 아름다움의 대상으로 묘사된다. 정말 이 경우야말로 개인이 대상과의 관계 속에서 감각적으로 관찰

---

13) 이효석, 「산」(『이효석 전집』1, 창미사, 1983), pp.346~347.

하고 경험한 것을 기술하고 있다는 의미에서 '묘사'라는 말에 부합한
다. 어쨌든 김동리의 「산화」에서 산불은 무엇보다 신령의 분노와 심
판을 담은 끔찍한 자연의 재앙으로서 두려움과 공포의 대상이었다.
그러나 「산」에서 일어난 산불은 완벽한 아름다움을 지닌 탐미적 대
상으로 그려져 있다. "산호수 같은 불나무"에서 절정을 이룬 산불의
심미주의(審美主義)는 산에 대한 이효석의 이해와 인식이 어떠한 것인
지를 잘 보여준다. 그곳은 주술적 형이상학이 사라진 자리에 순수하
게 감각만으로 포착된 "아름다운 세상"이 대신 들어선 바로 그런 공
간이다. 「산」의 자연이 제공하는 아름다움은 구체적인 감각 속에서
발견되고 수용된 것이라는 점에서 분명 근대적인 면모를 보여준다고
할 수 있다.[14] 그러나 「산」에 나오는 '아름다운 산'의 근대성이 개인
과 대상과의 관계 속에서 생겨난 감각적 구체성 속에 있다는 것은 반
만 맞고 반은 틀린 생각이다. 사실 이효석의 산은 중실의 소외된 마
음을 반영하는 어떤 미화작용의 결과일 가능성이 크다.[15] 산불의 심
미주의를 포함한 산의 미학은 집도 절도 없이 초라한 신세가 된 중실
이 김 영감으로 대변되는 "거리의 살림"으로부터 소외당한 것에 대한
앙심(怏心)을 자기위안으로 누그러뜨리는 과정에서 발동시킨 산의 미
화라는 성격이 짙다.[16] 이것은 감각적 풍경이 소외된 자의 '내면'에

---

14) 다른 산들과 달리 이효석의 '산'에는 이름이 없다. 태백산이니 홍하산이니 하는 이름이 이효석의 아름다
   운 산에는 붙어 있지 않다. 이것은 이효석의 산이 이름의 타락마저 허락하지 않는 순수한 미학적 공간임
   을 암시하고 있는 것으로 생각된다.

15) 이 사실을 날카롭게 지적하고 있는 것은 유종호(「산과 산촌의 변모」, 『산과 한국인의 삶』, 나남, 1993)다.
   그러나 그는 '산의 미화'를 산 생활의 현실성이라는 문제 속에서 실감의 결여로서 간주하고 있다. 이것은
   미화작용 속에서 내면의 현존을 파악하는 필자의 논지와는 크게 다른 것이다. 필자가 보기에 '산의 미화'
   는 '외부자의 눈길에 잡힌 현실과 거리가 먼 산간생활'의 소산이 아니라 '소외된 자의 내면이 투사된 낭
   만화된 자연으로서의 풍경' 그 자체다.

16) 가령 산불을 미화하는 경우, 조금 과감하게 말하자면, 그것은 중실의 분노의 정당화와 관련된다고 할 수
   있다. 자신에게 억울한 누명까지 씌워 내친 김 영감에 대한 중실의 앙심과 분노는 그에 수반하는 파괴심

의해 발견된 것이라는 역설적 사실을 말해준다.[17] 산은 이제 완전히 초월성(the transcendental)을 상실하고 내면의 영역에 속함으로써 내재성(the immanent)을 지니게 된다.

산의 형이상학은 근대적인 과학적 인식론을 통과하면서 마침내 초월적인 산의 모습을 상실하고 내재적인 산의 모습으로 변모한다. 산에 대한 인간적 세속화의 과정은 이로써 어느 정도 완료된 셈이라고 할 수 있다. 이러한 사태는 한편으로 전통적인 산의 도덕학(道德學)에도 그대로 적용된다. 근대 이후의 소설들에서도 여전히 산의 윤리적인 성격을 강조하는 전통적인 작품들을 빈번하게 찾아보게 된다. 산의 윤리학은 사실 산이 종교적 깨우침의 신성공간에서 학문적인 깨우침의 세속공간으로 변화되어 가는 과정에서 지속적으로 산이라는 수직공간을 규정하고 정의하고 있던 전근대적인 양상이었다. 그러나 산의 윤리학은 근대 이전과 그 이후가 명백히 다르다. 왜냐하면 근대적인 의미의 윤리는 초월적 형이상학이 인간의 내면 속 관념으로 '이념화'되어 나름대로의 힘과 위력을 갖게 된 개인적 규범의 범칭이기 때문이다.[18] 그런 의미에서 산은 인간의 삶을 바깥에서 규제하는 초

리를 일정 정도 그 산불의 화염에 투사하여 해소하고 있는 것으로 보인다.

17) 가라타니 고진에 의하면, '풍경'은 어떤 '전도'와 '도착' 속에 있어서 하나의 리얼리즘적 실재로 간주되지만 그 전도와 도착을 다시 뒤집어 보면 그것이 어떤 '인식틀'에 의해 발견된 것이라는 사실을 알 수 있다고 한다. 그것이 바로 '풍경의 기원'을 해명할 수 있는 길이라는 것이다. 즉 풍경은 '실재'가 아닌 '인식'의 소산이라는 말인데, 여기서 객관적 대상이 주관적 인식에 의해 규정되고 있음이 드러난다. 그래서 고진은 이렇게 말한다. "주위의 외적인 것에 무관심한 〈내적 인간 inter man〉에 의해 처음으로 풍경이 발견되고 있는 것이다. 풍경은 오히려 〈바깥〉을 보지 않는 자에 의해 발견된 것이다."(가라타니 고진, 앞의 책, pp.17~61 참조.) 물론 고진이 말하는 내적 인간이란 기본적으로 작가라는 예술적 주체의 탄생과 관련되는 것이기는 하지만 그것은 궁극적으로 모든 사람들이 경험하게 되는 내면성의 형성과 관련해서 보다 넓게 이해될 수도 있다. 중실은 바로 그런 사람들 가운데 하나이다.

18) 신성의 '이념화'는 근대적인 의미의 휴머니즘과 밀접한 관련을 맺는다. 근대 이전의 중세적 세계 속에서 '신'은 객관적 실체였다. 절대 존재로서의 신을 척도로 인간은 제한되고 규제되었다. 그러나 근대적 세계로의 전환은 신이라는 형이상학적 실체를 제한하고 규제하는 것은 오히려 인간의 감성과 인식이라는 전복적인 변화를 낳았다. 즉 실체로서의 신은 이제 인간의 머릿속에 존재하는 주관적인 관념에 지나지 않는다는

월적 권위의 입법이라기보다는 이제 인간들이 저마다의 삶을 스스로 기율하는 내면적 입법으로 자리 잡는다. 초월적 형이상학이 떠나버린 산은 결국 개인적 도리와 양심이 관철됨으로써만 문명화된 세속에 대립되는 낭만화된 공간으로 바뀐다.[19] 전통적인 도덕이 아니라 근대적인 인간의 도덕이 점유한 산을 상징적인 대비를 통해 명징하게 보여주는 사례로 무엇보다도 이호철의 「큰 산」(1970)을 들 수 있다.[20]

> 그 큰 산은 청빛이었다. 서쪽 하늘에 늘 덩더룻이 웅장하게 퍼져 있었다. 아침저녁으로 혹은 네 철에 따라 표정은 늘 달랐지만, 근원은 뿌리 깊게 일관해 있었다. 해뜨기 전 새벽에는 청정한 빛으로 싱싱하고, 첫 햇볕이 쬐면 산머리에서부터 백금색으로 빛나고, 햇볕 속의 한낮에는 멀리 물러앉은 청빛이었다. 해 질 녘 저녁에는 골짜기 하나하나가 손에 잡힐 듯이 거멓게 윤곽을 드러내고, 서서히 보랏빛으로 물들어 간다. 봄에는 봉우리부터 어드러워지고, 겨울이면 흰색으로 험준해진다. 가을에는 침착하게 물러앉고, 여름이면 더 높아 보인다. 그 큰 산 쪽으로 샛바람이 불면 비가 왔고, 큰 산 쪽에서 바다 쪽으로 맞바람이 불면 비가 그치고 하늘이 개었다. 그 큰 산은 늘 우리 모든 사람의 마음속에 형태 없는 넉넉함으로 자리해 있었다. 그 큰 산이 그곳에 그렇게 그 모습으로 뿌리 깊게 웅거해 있다는 것이 늘 안심이 되었던 것이다.[21]

이념으로서의 신으로 세속화된다. 뤽 페리, 『미학적 인간』, 방미경 옮김(고려원, 1994), pp.111~119 참조.

19) 공간의 낭만화는 근대의 자기규정적 주체의 형성, 곧 내면의 형성과 밀접히 관련된다. 낭만적 공간은 내면의 형성과 분리해서 생각할 수 없다. '낭만적 주체와 공간 인식'이라는 문제는 이 글의 논제와 직접적인 관련이 없으므로 논의를 다음으로 미룬다.

20) 오영수의 「메아리」(1959)라는 작품도 그런 산의 윤리학을 보여주는 예다. 이 작품의 '지리산'은 한마디로 "개도 마음이 너그러워지는" 아주 선(善)한 공간으로 묘사된다. 다만 산의 윤리학을 아주 소박하게 그리고 있다는 점에서, 「메아리」가 보여주는 산의 윤리학은 전근대적인 산의 도덕학과 잘 구분되지 않는다. 이것은 무엇보다도 이효석의 이름 없는 '산'에서 대략 2·30년이라는 긴 시간적 간격을 두는 이호철의 '큰 산'으로 분석 대상이 되는 작품을 크게 건너뛴 이유이다. 그러니까 산의 성격과 모습을 모호하게 그리고 있는 그 사이의 작품들은 보다 선명한 논의를 위해 임의로 배제한다.

21) 이호철, 「큰 산」(『큰 산 – 이호철 작품집』, 정음사, 1972), pp.21~22.

「큰 산」에서 산이 묘사되고 있는 대목이다. 여기서 산은 시간과 계절에 따라 각가지 모습으로 변화하면서도 늘 한 곳에 일관해 있다는 것이 안심이 되는 '중심으로서의 산'으로 그려진다. 그 산은 "그곳에 그 모습으로 그렇게 있다는 것만으로 항상 나의 존재의, 나를 둘러싼 모든 균형의 어떤 근원을 떠받들어 주고 있"는 질서감(秩序感)의 척도로 나타난다. 중심의 질서로서 드러나는 산은 얼핏 초월적 형이상학적 실체의 신성한 거처로서의 추상적인 산과 유사해 보인다. 그러나 중요한 것은 '큰 산'이 바깥에 있지 않고 "마음속에" 위치하고 있다는 사실이다. 그것은 내재적인 '기억 속의 산'일 뿐 지금 이곳엔 없다. '이곳'은 "텔레비전 안테나가 무성하고, 갓 대학 출신의 젊은 샐러리맨 부부가 많이 살고 있는 동네인데도," 굿하는 소리에 기분 나빠하고 그런 종류의 일들을 입에 올리기조차 꺼림칙해하는 소심한 사람들이 산다. 사실 「큰 산」은 이 동네 사람들이 집 마당에 버려진 "흰 남자 고무신짝 하나"가 주는 을씨년스러운 공포감 때문에 그 신발을 온 동네에 돌아다니게 한다는 부도덕한 것이자 웃지 못할 사건을 주된 줄거리로 한다. 이곳은 분명히 안정된 질서감 대신 미신적 불안감이 가득한 소시민적 공간이라고 할 수 있다. 그곳에서 '나'는 어렸을 적에 고향에서 본 "청빛의 마식령 줄기"를 떠올리며 이렇게 중얼거린다. "큰 산이 안 보여서 이래, 모두가." 그렇다면 소시민들의 미신적 불안감에 대비된 '큰 산'은 현실과 삶의 척도가 되어야 하는 내면화(內面化)된 산의 상징으로서 윤리적 규범의 의미를 갖는 것으로 보인다. 이호철이 보여주는 산은 결국 감각적 구체성의 결여와 그에 따른 전근대성과 관련된다기보다는 초월적 입법이 내면적 입법이 되어 있는 근대적인 윤리학을 '기억 속의 산'이라는 상징으로 표현하고 있다는 사실에 상관된다. 어쨌든 「큰 산」은 윤리학의 영역에서 내재적인 산의 모습을 다시 한번 형상화한다.

4

인식론과 미학, 그리고 윤리학을 하나로 통합하고 있던 종교적 형이상학의 전체성이 근대 이후 분열되면서 그 각각이 자율적인 영역으로 독립하게 되었듯이, 마찬가지로 산의 형이상학도 그 종교적 신성성이 제거되는 과정 속에서 세속화된 산의 미학이나 인간화된 산의 윤리학 등으로 분화된다. 근대 이전의 산이 근대 이후의 산으로 진행되어간 것은 간단히 말하자면 '산의 형이상학'이 '산의 미학'과 '산의 윤리학'으로 분화되어간 것에 정확히 일치한다. 과거에 산은 진(眞)·선(善)·미(美)가 통합된 형이상학적 전체성의 공간이었다. 그러나 근대적인 세속화의 분화 과정 속에서 인간화된 산은 형이상학적 통합의 연결고리를 절단하고서 미적인 대상으로서의 산과 윤리적 규범으로서의 산이 서로 독립적인 의미를 갖게 만든다. 물론 산의 형이상학이 붕괴되는 결정적인 계기는 산의 미학 속에 숨겨진 산의 미화, 즉 전도와 도착 속에 은폐된 내면이라는 기원에 있다. 그러나 근대의 진전과 더불어 미학이 내면이라는 기원을 망각하고 인간적인 삶과의 연관성을 잃어버리면서, 산은 인식론적으로 파악된 균질공간으로 변질되어버린다.[22] 이제 풍경은 기원이 잊히면서 원래부터 외부에 존

---

22) 근대성의 지적 담론에 개입하는 대부분의 저서들에 의해 주지되어 왔다시피, 진선미의 분화는 인식론을 구성하는 '진'의 세계가 '선'이라는 윤리학의 세계와 '미'라는 미학의 세계로부터 독립함으로써 '물신화'

재했던 것처럼 보이고, 공간의 수학화와 표준화를 통해 파괴적인 개발 논리가 무차별적으로 관철되고 적용되고 마는 '타락한 땅'의 일부가 된다. 이를테면 풍경은 내면이라는 질적인 근거와 절연하고 그리하여 균질화된 공간으로 인식됨으로써 무차별적인 개발의 대상이 되고 끝내 황폐화의 결과를 낳는다는 것이다.

이문열의 「귀두산에는 낙타가 산다」(1982)와 홍성원의 「산」(1986)은 바로 그러한 '타락한 산'을 보여주는 대표적인 작품들이다. 이 두 소설은 서로 주제는 다를지라도 산을 무엇보다 퇴폐적인 유희와 행락(行樂)의 공간으로서 묘사한다. 예를 들면 다음과 같다.

> 1) 도회가 시작되는 주봉(主峰) 입새에 이른 것은 날이 거의 어두워진 뒤였다. 그러나 어둠과 함께 이내 잠들어 버릴 것으로 예상되던 귀두산은 밑으로 내려올수록 싱싱하게 살아 있었다.
> 구석구석 가로등이 와 있는 곳에는 어김없이 그날의 놀이가 미진한 행락객들이 모여 고래고래 소리를 질러대었고, 그들 사이를 술병부대원들과 낙타부대 장병들이 마지막 고객을 끌기 위해 바쁘게 헤치고 다녔다. 그도 거기에 이르자 왠지 부쩍 취기가 심해지는 느낌이었다. 그런 그에게 술병부대원 하나가 다가왔다.
> 「쥐포 사세요, 아저씨. 구운 쥐포요.」
> 「안 사아.」
> 「암놈이라니까요.」
> 「그래? 얼마야?」[23]

> 2) 노랫소리가 들려온다. 산중이라고 별수는 없다. 연말만 되면 으레 들려오는 성탄 축하의 캐럴송이다. 아랫동네 여관촌들은 등산철도 아니

와 '파편화'라는 문제를 낳았다.
23) 이문열, 「귀두산에는 낙타가 산다」(『귀두산에는 낙타가 산다』, 열린책들, 1988), p.155.

건만 요즘 더욱 손님들로 붐비고 있다. 연말 휴가를 즐기려는 도회지
의 이런저런 단체 손님들이 관광버스를 대절하여 하루에도 십여 팀씩
들고 나기 때문이다. 하긴 싸롱 같은 술집은 물론 밴드까지 갖춘 디스
코 클럽도 여럿이라, 밤샘하여 질펀히 놀기에는 이런 한갓진 산중의
관광지가 최적의 장소인지 모른다. 동네가 온통 한동아리의 유흥업소
라 손님이 아무리 시끄럽게 떠들어도 탓할 사람이 없는 것이다.[24]

　1)은 「귀두산에는……」의 한 부분이고 2)는 「산」의 한 부분이다. 우
선 「귀두산에는……」은 도회 근교의 한 산에서 벌어지는 일들을 통해
성(性)의 타락을 집중적으로 다룬다. “눈이 쬐그만 사내”는 산행을 나
섰다가 이른바 “낙타 부대”라고 불리는 기묘한 여자들을 만나게 된
다. 그녀들은 모포를 가지고 다니면서 행락객을 상대로 술도 팔고 몸
도 파는 짓을 하는 아줌마들로 “손님이 없을 때는 창경원 낙타처럼
맥이 빠져 돌아다녀서” 그러한 별칭이 붙게 되었다는 것이다. 이 소
설은 바로 한 사내의 산행 체험 속에서 비루하고 꼴불견인 채로 욕망
의 하수구로 전락한 ‘귀두산’의 퇴폐적인 풍속을 다분히 풍자적으로
보여준다. 「산」에는 이런 산의 타락이 좀 더 이 글의 맥락과 어울리
는 묘사를 보여준다. 「산」의 주인공 ‘전직 교장’은 산중에서 산장을
운영하며 혼자 산다. 그는 오래전 아내와 사별했고 몇 년 전엔 이사
장과 싸우고 정년을 10년 앞둔 학교를 떠났다. 교장 선생은 호젓하고
한가한 말년을 보내기 위해 바로 산중에 자리를 잡았다. 등로(登路)가
험해 사람들이 붐비지 않는 ‘나리령’ 줄기의 한 자락인 그곳을 일부
러 택했던 것이다. 그러나 세상의 시끄러움과 어지러움은 벌써 이 산
중 아랫자락에까지 밀려들어 와 있다. ‘산’은 본래 조용하고 깨끗한

---

24) 홍성원, 「산」(『투명한 얼굴들』, 문학과지성사, 1994), pp.18~19.

곳이었지만 사람들은 그곳을 더럽고 시끄러운 타락한 공간으로 만든
다. 온갖 추잡한 사건들이 그곳 산중에서 벌어진다. 여기서 산중은 추
하고 상스러운 세상과 별로 다를 바가 없다. 결국 도회 근교의 낮은
산이나 깊고 험한 산중이나 이제 모두 타락과 퇴폐가 들끓는 공간으
로 변질된 셈이다.[25]

5

　지금까지 한국 서사문학에 나타난 산의 모습을 통시적으로 살펴왔
다. 그 산의 모습들 가운데는 우선 전근대적인 산이 있었다. 일연의
「단군 신화」에 나오는 '태백산'과 김만중의 『구운몽』에 등장하는 '형
산', 그리고 김동리의 「산화」 속에서 형상화된 '홍하산' 등이 그것들
이다. 이 산들은 대체로 신성한 존재의 처소로서 초월적 형이상학적
공간의 의미를 띠는 것이었다. 인간적 세속화라는 차원에서 김만중의
'형산'과 김동리의 '홍하산'이 한계가 있는 대로 이미 근대적인 산의
출현을 예고하는 근대성의 기미를 담고 있었음은 물론이다. 그런가
하면 이효석의 「산」을 기점으로, 한국 서사문학에는 근대적인 산의
모습이 출현하기 시작한다. 이효석의 이름 없는 '산'은 주체적 내면의
형성과 더불어 감각적 구체성을 띤 미학화 혹은 낭만화된 산이 도래

---

25) 최근에 최성각은 「약사여래는 오지 않는다」(『부용산』, 솔, 1998)라는 작품에서 '타락한 산'의 모습을 다
시 한번 보여준다. 다만 거기서 타락한 산은 생태학적 비전 속에서 조명되고 있다는 점이 다르다면 다르
다. 그러나 엄밀하게 말하면 최성각은 생태학적 비전을 보여주는 것이 아니라 환경으로서나 도덕적으로
'오염된 산'에 대한 생태학적 검토만을 수행하고 있다. 제목에서 이미 드러나듯이, 그는 비전이 아닌 회의
와 절망에 사로잡혀 있다. 이것은 산의 타락이 더 이상 심각해지는 것이 어려울 정도로 참담한 상황임을
우회적으로 암시하고 있다.

했음을 알리는 근대적인 산의 시발점(始發點)에 해당되는 산이었다. 이호철의 '(마식령 줄기에 위치한) 큰 산'과 이문열의 '귀두산', 그리고 홍성원의 '(나리령 줄기에 위치한) 산' 등은 모두 그러한 근대적인 산의 도래 이후의 산의 모습을 보여준다. 그런데 내면이라는 질적인 근거를 망각하고 상실함으로써 균질적인 공간이 된 근대적인 산들은 무차별적인 개발을 겪으면서 서서히 행락과 유희의 공간으로 타락하고 황폐화되고 만다. 한마디로 한국 서사문학은 '신성한 산'에서 '타락한 산'에 이르기까지 다채로운 산의 모습을 제시하고 있는 셈이다. 이 과정은 무엇보다도 산에서 형이상학적 높이와 깊이가 제거되는 '수평화 현상', 곧 '세속화 현상'으로 요약해 볼 수 있다.

수평화 혹은 세속화 속에서 이해되는 산은 근대화와 더불어 변화된 인식론적 구도 속에서 나타나는 것이다. 그러나 그것이 필연적으로 '타락한 산'이 될 수밖에 없었던 것은 아니다. 근대적인 산의 성격과 모습은 무엇보다도 내면이라는 질적인 근거 속에서 출현했다. 따라서 내면적인 성찰과 반성의 힘으로, 공간을 균질화하고 그것을 무차별적인 개발의 대상으로 삼음으로써 타락하고 황폐화된 산으로 전락하고 마는 근대적인 산의 부정적 국면은 충분히 제어될 수 있는 것이었다. 그러나 한국 서사문학 속에 출현한 산들은 '풍경'으로서의 산이 갖는 내면적 근거를 망각하거나 상실함으로써 점차 무반성적인 개발 논리의 희생물이 되고 만다. 말하자면 반성과 성찰의 자리인 내면을 거세당한 오늘날의 산은 신령스런 기운을 버리고 얻은 아름다움과 도덕을 제대로 간직할 수 없게 된 것이다. 퇴폐와 향락에 감염되고 오염된 산은 이제 내면적 반성과 성찰 속에서 일정하게 정화(淨化)되는 아름답고 도덕적인 풍경이 아니라 처참한 환경이 되어 있다. 물론 그렇다고 해서 초월적 형이상학적 성소로서의 '신성한 산'으로 되돌아갈 수는 없는 노릇이다. 그것은 사실상 불가능한 것이기도 하다. 현실적인 것은 무차별적인 개발 논리에 의해 타락하고 황폐화된 '환경'으로서의 산에 지속적으로 내면을 결부시키는 것이다. 다시 말해 반성과 성찰의 자리인 내면을 활성화시켜 산의 타락과 황폐에 대해 문제를 제기하고 극복의 대안을 마련하는 등의 노력을 경주할 필요가 있다. 사람들의 내면에 비친 타락하고 황폐한 산은 그들로 하여금 때로는 절망과 회의를 낳고 행동력을 고갈당하도록 하기도 하겠지만, 결국 비전의 구성에 관여함으로써 아름답고 도덕적인 산의 모습을 되찾는 결정적 계기가 될 것이다.

낭만적 주체성의 형성과 전개

-나도향의 경우-

1. 서론

『배제학보』 제2호에 발표된 나도향의 처녀작 「출학(黜學)」(1921)은 형식적으로 미숙할지 모르지만 일종의 문학사적 조숙성이라 부를 만한 내용을 담고 있다. 말하자면 「출학」은 한국근대문학사가 궤적을 그리기 시작한 그 역사적 원점에 해당되는 장면을 의미심장하게 보여준다. 그것은 무엇보다도 소설 전반부에 나오는, 영숙이 창가에서 바깥을 바라보는 장면이다. 애인 정윤모의 농간으로 몸을 더럽혔을 뿐만 아니라 성적으로 헤픈 여자라는 소문 때문에 학교에서 쫓겨나기까지 한 영숙은 절망과 실의에 빠져 방에 틀어박힌다. 그리고 영숙은 서양식 커튼이 달린 "방창(房窓)을 의지하여" 창 밖을 물끄러미 바라본다. 창이 있는 자기만의 방은 누군가 그 자리에 있었더라면 불가능했을 자연에 대한 기묘한 경험을 제공한다. 그녀의 시선 속에 포착된 자연은 어느 순간 그녀 자신의 기분과 무관하게 그 자체로 충족되어 있는 자연으로 변화된다. 다시 말해 '풍경'으로 바뀌는 것이다.[1]

---

1) 가라타니 고진에 의하면, 풍경이 일단 눈에 보이게 되면 그것이 원래 외부에 존재했던 것처럼 보이지만 사

영숙의 눈앞에서 전개되는 풍경들 중에는 "갓 뿌린 물김이 화초밭 공기를 적시고 그윽한 향내가 가는 바람과 함께"하는 모습을 비롯해 "저 건너 연돌(煙突)에서 가는 연기가 공중으로 올라가 슬그머니 사라지는" 정경, 막연하지만 "저쪽 공중"으로 표현된 광경 등이 있다. 자연이 풍경으로 바뀌는 그와 같은 변화에 수반하여 영숙의 마음에도 이상한 변화가 나타난다. 그녀는 풍경이라는 인간적 요소가 원칙적으로 제거된 자연에 대하여 주체적인 지각의 자리에 위치함으로써 외부 세계로부터 소원화된 자신을 발견한다. 이 고독한 자아에 대한 의식은 불현듯 눈물과 더불어 출현해 슬픔과 원한의 표정을 만든다. "조금 있다가 그(녀)의 두 눈에는 구슬 같은 눈물이 떨어지며 그(녀)의 입술은 떨린다."[2] 마침내 저쪽에서는 그녀의 기분이나 마음에 무관심한 순수한 풍경이 자라나고 이쪽에서는 자신 이외에는 누구도 믿을 수 없다고 생각하는 내적인 인간이 태어난다.[3] 영숙이 기대고 있

실 그것은 '낭만파적인 전도'에서 비롯된다. 즉 기원으로서의 풍경은 사실주의적 모사의 대상이 아니라 극도의 내면화와 외부 세계의 대립이라는 역사적 사건이 빚어낸 것이다. 따라서 낭만주의와 사실주의를 기능적으로 대립시키는 일은 무의미하다. 중요한 것은 그 대립 자체를 파생시킨 역사적 사태(기원)에 대한 직시라고 할 수 있다(가라타니 고진, 『일본 근대문학의 기원』, 박유하 옮김, 민음사, 1997, pp.26~56 참조). 이처럼 낭만주의와 사실주의는 기능적인 대립항이 아니라 내적인 연관성을 지닌 개념들임을 감안할 때, 나도향 소설에 대해 낭만주의에서 사실주의로의 급격한 사조적 변화를 전제하고 그의 작품이 미숙성에서 성숙성으로 진전된다고 판단하는 백철 이래의 거의 대부분의 관행적 평가는 마땅히 제고되어야 한다. 거기에는 무엇보다도 사실주의는 현실적이어서 좋고 낭만주의는 비현실적이어서 나쁘다는 기원을 망각한 오래된 편견이 개입되어 있다. 그와 더불어 작품성을 따지는 형식주의적 접근도 근대소설 양식의 개화를 위해 필연적으로 거칠 수밖에 없고 또 그것의 중요한 계기를 이루는 나도향 소설을 제대로 평가하기에는 부적합한 태도로 보인다. 고진이 지적하고 있듯이, 서양의 문학을 기준으로 하면 나도향 소설은 단기간에 서양 문학을 수용한 한국근대문학의 혼란스런 모습에 지나지 않는다. 그러나 서양에서 장기간에 걸쳐 일어났기 때문에 선적인 순서 속에 은폐된 낭만파적 전도, 즉 기원으로서의 풍경을 해명하는 열쇠가 사실 그의 소설 속에 있다. 결론적으로 나도향 소설을 이해하기 위해서는 사실주의니 낭만주의니 하는 사조적 개념을 포기해야 하고 아울러 서구 편향적인 형식주의적 관점도 지양해야 한다. 최근의 연구성과들은 바로 그러한 시각 전환의 소산들이다; 장수익, 「나도향 소설과 낭만적 사랑의 문제」, 『한국 근대소설사의 탐색』(월인, 1999); 황경, 「나도향 소설의 사랑에 대한 고찰」, 『작가연구』 제9호(새미, 2000); 박헌호, 「나도향과 욕망의 문제」, 『1920년대 동인지 문학과 근대성 연구』(깊은샘, 2000).

2) 주종연 외 편, 『나도향 전집』(上)(집문당, 1988), p.22. 앞으로 본문과 각주에서 이 전집(上)을 인용할 경우에는 괄호 안에 해당 페이지만을 밝힌다. 이 글에서는 나도향의 작품 가운데 미완의 작품과 장편, 그리고 수필, 시 등은 효과적인 논의를 위해 배제된다.

던 창가 부근에서 일어난 일은 바로 주체(자아)/객체(세계)라는 인식론적 공간의 개방, 즉 근대적인 삶과 현실의 시초가 되는 근본적인 사건이다.[4]

「출학」에 나오는 창이 있는 방의 상징적 의미는 무엇보다도 자아와 그를 둘러싼 세계 사이의 분열이다. 이것은 물론 1920년대 초기 문학에서 『백조』파를 중심으로 제기된 '분열된 개인'이라는 근대적인 문학적 형상 가운데 하나임은 말할 것도 없다.[5] 그러나 「출학」의 방에서 포착된 근대적 삶의 가능성은 그와 유사한 예를 찾기 어려운 근대성에 대한 예각적인 이해의 단초를 포함하고 있다. 그것은 유교적 윤리와 규범에 의해 지배되고 통제된 전통적인 인간관에 대항하기 위해 정육론(情育論)이라는 감정의 근대성을 근대적 제도에 대한 무한한 신뢰에 바탕한 이성의 근대성에 일치시킨 이광수 류의 '낙관적 계몽주의'[6]와는 그 차원을 달리한다. 나도향은 일단 영숙을 통해 자아와 개성의 가치를 토대로 한 "정염(情炎)"(p.25)의 인간을 강하게 주장함으로써 이광수처럼 전통적 윤리와 규범에 종속된 메마른 전근대적인 인간을 부정하고 있는 것으로 보인다. 이를테면 정윤모에게 배신당하고 옛 애인 이병철에게 사죄의 의미로 쓴 회상기에서, 영숙

---

3) 「자기를 찾기 전」(1924. 3)이라는 작품에서 '내적인 인간의 탄생'은 설명과 해석이 구차할 정도로 명백하게 제시된다.

4) 나도향의 「출학」에 대한 분석은 황종연이 그의 글 「낭만적 주체성의 소설 – 한국근대소설에서 김동인의 위치」(문학사와비평학회 편, 『김동인 문학의 재조명』, 새미, 2001)에서 보여준 김동인의 초기작 「마음이 옅은 자여」에 대한 분석에서 시사받은 바가 크다.

5) 자신을 사회로부터 격리되어 있다고 느끼고 고통스러워했던 '분열된 개인'들의 예와 그 문학적 표현은 1920년대 초에 들어와서야 비로소 나타난 현상은 아니다. 그 이전의 문학 작품들 속에서도 낭만적 주체성의 소설들은 쉽게 목격된다(한기형, 「1910년대 단편소설과 낭만성」, 『민족문학사연구』 제12호, 소명출판사, 1998 참조). 다만 20년대에 들어섰을 때 자신을 고립된 개체로 파악하는 일은 본격화되고 집단화됨으로써 문학사에서 비교적 큰 흐름을 형성했다는 것이 지적될 필요는 있다.

6) 김우창, 「감각, 이성, 정신 – 현대 문학의 변증법」(이문열 외 편, 『한국문학이란 무엇인가』, 민음사, 1995), pp.18~23 참조.

은 학교생활 중에 정윤모와 처음 사랑에 빠지던 때의 그 가슴 벅참을
떠올리고 그것이 "가정"에는 "비밀"(p.25)이었음을 밝힌다. 추론의 근
거가 미약한 대로, 여기서 전통적인 가정과 근대적인 학교의 대비를
엿보는 것이 충분히 가능하다.[7] 근대성의 요람이라 부를 만한 학교에
서 전통적인 가정에 의해 제약된 감정의 자유로운 발현이 가능했다
는 것은 그 당시 학교가 자유연애의 온상이자 포교자였다는 것을 생
각하면 그다지 의아해할 일은 아니다.[8] 그러나 결국 영숙이 사랑의
느낌과 연애 감정에 탐닉하고 열중했다는 이유로 "자기 학교에서 출
학(黜學)의 명령을 받"(p.22)고 방에 틀어박힌 것은 나도향의 내적 인
간의 정체가 이광수의 근대적 인간과 다르다는 것을 보여준다. 영숙
의 존재는 바로 감정의 근대성과 이성의 근대성이 일치하는 것이라
기보다는 모순적인 것임을 나도향이 의식적이든 무의식적이든 자각
하고 있었다는 증거임이 명백하다. 물신의 학교로 대변되는 이성의
근대성은 감정의 근대성이 풀어놓은 낭비적인 정염의 혼돈을 규율하
여 질서 있게 만들지 않으면 생산의 진보에 필요한 일꾼을 키워낼 수
없다는 점에서 영숙이라는 정염의 인간을 쫓아내야만 했던 것이다.
이와 같이 고독한 주체의 자발적 정염을 억압하는 전통적인 가정에
대한 근대적 거부와 저항이 다시금 모든 것을 균질화시키는 물신주

---

7) 나도향 소설에서 '가정'은 대개 유교적 가부장의 원리가 지배하는 전통적인 윤리와 규범의 공간으로 등장
   한다. 가령 「젊은이의 시절」(1922. 1)에서 아버지의 반대 때문에 참다운 삶에 대한 예술적 이상을 구현하
   지 못해 애태우는 조철하의 억압적인 가정은 가장 비근한 예일 뿐이다.

8) 근대 형성기의 학교는 근대적인 지식 습득을 위해 사랑과 연애와 결혼 등을 지연시키고 탈성화된(de-sexualized)
   존재로 학생의 주체를 정립했던 곳인 동시에, 인간과 인간 사이를 연결하는 의사소통의 충분한 네트워크가 갖
   추어지지 못한 상황에서 '새로운 중매쟁이들' 가운데 하나로 근대적 지식 계층이 자신들의 정당화를 위해 정염
   의 표현을 공식화한 문화적 근거지이기도 했다. 즉 탈성화의 영역이었던 학교는 역설적이게도 스타일과 섹슈얼
   리티가 교환되는 장이기도 했던 것이다. 김동식, 「낭만적 사랑의 의미론」(《문학과 사회》 2001년 봄호),
   pp.147~154 참조.

의적 근대의 이성적 규율과 질서에 봉착하게 되었을 때, 나도향의 「출학」은 바로 '사랑'에서 출구를 찾는다. 영숙은 출학 이후 "방 한 귀퉁이"(p.22)의 고독 속에서 옛 애인 이병철과의 행복하고 조화로웠던 사랑에 대한 기억으로 빠져든다. "우리는 그때에 천당에서 살고 낙원에서 지내었지요."(p.23) 그녀가 슬픔과 외로움의 눈물 속에서 발견한 그 사랑의 천당 혹은 사랑의 낙원은 분명 그녀를 구원할 어떤 새로운 삶의 약속임이 틀림없다. 그것은 앞으로 나도향 소설에서 낭만적 동경의 대상이 되는 저쪽 세계의 현상적 표지가 된다.9) 그리고 나도향은 사랑을 결국 자아 양육의 진정한 형식이자 "참 생"(p.66)의 조건으로까지 승격시킨다.

2. 사랑의 예술과 동경의 삶

나도향의 소설에서는 사랑을 절대적이고 이상적인 진리로 신봉하는 인물들이 허다하게 목격된다. 나도향은 사실 진정한 사랑의 의미에 도달하기 위하여 "유교의 전통을 받아 오는 교육"이 있는 "구식

---

9) 나도향이 낭만적 사랑의 이상(理想)에 대한 소설적 표현을 통해 감정의 근대성과 이성의 근대성을 대립항으로 설정하고 감정의 인간으로 하여금 좁은 의미의 이성적 인간에 대한 반대 명제의 저항적 담지자로 지목할 때, 그는 사실 낭만적 감정이 계몽주의적 합리성을 대체하기보다는 그것을 지향하고 풍부하게 하는 또 다른 역할의 담당자라는 점은 도외시한 셈이다. 김우창의 말처럼, 낭만적 표현은 좁은 의미의 합리성은 아니더라도 어떤 형성적 원리, 즉 정합성(Anpassung)의 원리로서의 형성적 규제의 원리를 완전히 벗어날 수 없는 것이다. 물론 그럼에도 불구하고 낭만적 주체성은 그 이성적 질서의 독주를 견제하기 위해 끊임없이 저항한다는 사실에는 변함이 없다(김우창, 앞의 글, pp.28~30 참조). 이것을 찰스 테일러는 표현적 낭만주의에서 일어난 주관화란 형식(manner)의 주관화일 뿐 내용(matter)의 주관화일 수 없다는 말로 표현한다. 말하자면 우리들은 자신들에게 필요한 보다 높은 삶의 이상, 곧 낭만적 이상을 구현하기 위하여 여전히 주관성 혹은 주체성을 보다 넓은 질서의 한 부분으로 바라볼 필요가 있다는 것이다(찰스 테일러, 『불안한 현대사회』, 송영배 옮김, 이학사, 2001, pp.106~119 참조). 결국 나도향은 이광수가 감정의 근대성과 이성의 근대성이 일체라는 것을 알았지만 그것이 모순적인 것임을 몰랐던 것과 달리, 그 두 개의 근대성이 모순적인 것은 알았지만 일체라는 것을 몰랐다고 할 수 있다.

가정"(p.74)을 통한 주체적 정염의 통제나 억압과 "가르치기 위함보다
도 그 보수를 바라고" 가는 물신주의적 이성의 "학교"(p.110)에 의한
자발적 감정의 축출이나 구속을 희미하게나마 경험적으로 경유(經由)
하고 있었다. 나도향에게서 사랑의 절대화와 이상화는 무엇보다도 가
정과 학교로 대변되는 그러한 현실적인 삶에 대한 낭만적 부정과 저
항이라는 맥락에서 제안된 것이었다.[10] 그런 만큼 나도향 소설의 등
장인물들이 보여주는 사랑에 대한 낭만적 추구는 단순히 미숙한 젊
은이들이 갖기 쉬운 도피적 의식의 충동적 발현이라 무조건적으로
폄하될 수 있는 것이 아니다.[11] 그것은 이상적인 의미에서 삶과 현실
의 결핍과 부정성을 극복하고 초월하는 정신적 거점으로서의 낭만적
감정에 훨씬 가깝다. 예를 들어 「젊은이의 시절」에는 사랑을 초월적
인 경험으로 간주하는 경애라는 인물이 나온다. 그녀에게 "사랑은 이
세상 모든 것에서 떠나고 뛰어넘은 것이고, 벗어난 것이다."(p.32) 그
런가 하면 「별을 안거든 울지나 말걸」(1922. 5)의 DH는 "사람이 사랑

---

10) 낭만적 부정과 저항이 수반하는 근대성의 특징은 복합적이다. 우선 전통적 가치 체계에 대한 부정과 저항
이라는 관점에서 낭만성은 근대적이다. 왜냐하면 낭만성은 진선미(眞善美)의 가치 분화에 따라 미적 감정
을 윤리와 규범으로부터 분리해 그 자율성을 확립시켰기 때문이다. 반면에 진선미의 가치 분화를 통합하여
더 높은 삶의 통일성으로 합리화시키고자 하는 이성적 근대성에 대한 부정과 저항이라는 관점에서 낭만성
은 전근대적이거나 탈근대적이다. 왜냐하면 낭만성은 삶과 현실을 이성의 빛으로 통일하고 균질화하는 데
반대하기 때문이다(김진수, 『우리는 왜 지금 낭만주의를 이야기하는가』, 책세상, 2001, pp.111~120 참
조). 그러나 낭만성의 전근대성과 탈근대성은 이성적 근대성을 견제함으로써 그것의 지양과 풍부화를 겨
냥한다는 점에서 이성적 근대성의 자기 반성과 자기 성찰이라는 반근대적(半近代的) 의미를 지닌다는 사
실을 간과해서는 안 된다. 이와 같은 맥락에서 나도향은 낭만성의 전근대성이나 탈근대성은 어느 정도 의
식하고 있었을지 모르지만 그것이 자기모순적 원리로서 근대성의 일부가 된다는 사실은 몰랐던 것으로
보인다.

11) 낭만성이 자기 탐닉이나 그로 인한 자기 기만의 이념이 됨으로써 '낭만적 허위'가 된다는 지적(김흥규,
「1920년대 초기 시의 역사적 성격」, 『문학과 역사적 인간』, 창작과비평사, 1980, pp.242~254)은 현실
주의적 관점에서는 타당할지 몰라도 문학이라는 내면적 근대성의 형성이라는 관점에서는 너무 성급한 단
정이 될 수도 있다. 낭만성은 진정한 삶에 대한 열정과 그것에 대한 강조 덕택에 현실의 허위와 악이라는
결핍과 부정성을 보다 엄격하게 적발하고 거부하는 깊이 있는 정신적 경험이 된다는 점을 특별히 기억해
야 한다. 이러한 관점의 균형을 취한 대표적인 예로 이남호의 논의(이남호, 「시에 있어서의 낭만과 부정」,
『한심한 영혼아』, 민음사, 1986, pp.55~60)가 있다.

으로 나고 사랑으로 죽고 사랑으로 살기만 하면 그 사람의 생은 참 생이 되겠지요”(p.66)라고 해서 사랑을 진정한 삶의 절대적 요소로 다룬다. 나도향 소설에서는 이처럼 사랑을 초월적인 경험이자 이상적인 감정으로서 인식하는 인물들을 빈번히 만나볼 수 있다. 그런데 「젊은 이의 시절」은 나도향의 단편 가운데 절대화되고 이상화된 사랑의 독특한 성격을 비교적 선명하게 보여준다는 점에서 조금 더 주목이 필요하다. 이 소설은 우선 “자연의 미묘한 소리”라는 다분히 낯선 소재를 포함한다. 작중 주인공 조철하는 어려서부터 자연의 소리에 감화받으며 “음악회에도 가고 음악에 대한 서적도 많이 보”면서 음악에 대한 헌신적 열정을 불태운다. 그리하여 그는 “형적도 없고 보이지도 않는 그 소리 속에 섞이고 또 섞이어 내가 나도 아니요 소리가 소리도 아니요, 내가 소리도 아니요 소리가 나도 아니게 화(化)하고 녹아서 괴로움 많고 거짓 많고 부질없는 것이 많은 이 세상을 꿈꾸는 듯 취한 듯한 가운데 영원히 흐르기를 바란다.”(p.29) 조철하의 이러한 내면적 경험의 정체(正體)는 한마디로 음악, 보다 일반적으로는 예술로 인해 가능해지는, 현실에서는 충족 불가능한 어떤 특별한 조화의 경험이다. 그러나 그는 실업가 아버지의 반대에 부딪쳐 그러한 예술적 경험에 대한 소망을 실현하지 못해 연일 우수와 감상과 눈물에 젖어 있다가 마침내 가정에 대한 원망과 분노의 감정을 토로하는 데 이른다. “아, 가정이란 다 무엇이냐? 깨뜨려 버려야지. 가정이란 사랑의 형식이다. 사랑 없는 가정은 생명 없는 시체이다. 아아, 이 세상에는 목숨 없는 송장 같은 가정이 얼마나 될까.”(p.30) 이것은 예술의 질곡이 되어 있는 아버지의 가정이 사랑의 형식, 즉 사랑의 질곡이 되어 있다는 논리를 포함함으로써 예술적 자아의 내용이 사랑에 빠진 자

아의 내용과 일치한다는 사실을 알려준다.[12] 나도향 소설에서 사랑
은 결국 삶과 현실의 모든 제약과 속박으로부터의 해방을 계시하는
"숭엄하고도 순결한" "예술"(p.33)의 상태라는 성격을 띤다.[13]

나도향을 이른바 낭만적 사랑에 대한 열망으로 이끈 것은 분명 자
유연애가 쉽사리 허락되는 서양의 문명화된 생활을 조급하게 추종하
려는 천박한 유행에의 욕구가 아니다. 당시의 젊은이들에게 "참 진리
와 인생의 극치"(p.30)로 여겨지던 예술적 조화로 인해 비로소 가능하
게 되는, 현실에서는 가능하지 않은 "참다운 생(生)"(p.301)에 대한 절
대적 소망이야말로 나도향이 낭만적 사랑에 열중한 진짜 이유다. 그
러나 낭만적 사랑이 하나의 예술적 주체성의 이상(理想), 즉 현실에서
는 충족 불가능한 순수 관념인 만큼, 나도향 소설에서 등장인물들이
그것을 완전히 성취하는 경우는 거의 없다.[14] 이들 등장인물들이 처

---

12) 「젊은이의 시절」에 나오는 또 다른 인물 영빈의 발언은 직접적으로 그 사실을 증거한다. "그렇지요, 예술
을 맛보려 하는 사람은. 더구나 예술의 맛을 본 사람은 처녀가 사랑을 맛보려는 것이나 맛을 안 것과 같습
니다."(p.32)

13) 나도향 소설에서 일반적으로 사랑의 감정이 교환되는 관계가 남녀라는 이성(異性) 관계에 국한되지 않고
형제나 남매 또는 친구 사이에서도 교환되고 소통된다는 것은 나도향이 말하는 사랑이 현실적 사랑을 넘
어서는 절대화되고 이상화된 낭만적 사랑이라는 사실을 가리킨다. 이 사실을 좀 다른 맥락에서이긴 하지
만 처음으로 지적한 논자는 송하춘 교수이다. 송하춘, 『1920년대 한국소설 연구』(고대 민족문화연구소,
1985), p.89 참조.

14) 나도향이 그리는 사랑의 절대화와 이상화는 그 순도가 높은 만큼 관념화와 추상화의 위험을 아울러 간직
한 것이다. 실제로 「젊은이의 시절」과 「옛날 꿈은 창백하더이다」에서 각각 조철하와 '나'는 이미 "어렸을
때부터"(p.29) 낭만적 우수와 비애의 분위기를 풍기는 조숙한 인물로 개연성 없이 등장한다. 이것은 나도
향이 사랑이라는 낭만적 감정을 경험 이전의 선험적인 이념이나 관념으로 순도 높게 상정해 놓고 그의 소
설의 등장인물들을 그러한 감정의 일방적인 투사체(投射體)로 만들고 있음을 가리킨다. 구체적인 현실과
의 근원적인 연관성이 망각된 사랑은 이제 현실 안에서 진실과 거짓을 구별하는 무소불위의 이상적 척도
로서 나도향 소설에 나오는 인물들의 느낌과 생각을 절대적으로 좌우하게 된다. 그러나 나도향의 사랑은
관념적이고 추상적인 것만큼 낭만성의 순수한 표상으로 나타나기도 하는 것이어서 그의 소설의 인물들이
현실의 허위와 악을 보다 엄격하게 적발하고 거부하는 데 중요한 정신적 원천이 된다. 황경은 이와 유사
한 맥락에서 사랑의 의미를 현실과 관련지어 다음과 같이 말한다. "전통적인 보수성에 순종하거나 근대적
진취성에 적극적으로 편입될 수도 없는 갈등과 회의의 중간 지대에서 나도향이 주목한 것이 바로 사랑이
었다."(황경, 앞의 글, p.224) 황경이 나도향 소설에서 확인한 것은 한마디로 현실의 부정을 통한 사랑의
발견이다. 그러나 현실의 부정을 통해 사랑에 주목하게 되었다는 지적에는 약간의 이견(異見)이 있을 수
있다. 나도향은 현실의 부정을 경유하여 사랑에 대한 발견과 깨달음에 이르렀다기보다는 자신이 이미 지
니고 있는 절대화되고 이상화된 사랑의 이념을 통해서 현실 부정성의 발견과 깨달음에 이르렀다고 말할

한 현실은 나도향 소설에서는 무엇보다도 낭만적 사랑이라는 개인적 자유의 경험에 대한 억압과 구속이 관철되는 공간으로 나타난다.「젊은이의 시절」에 나오는 아버지의 '가정'은 말할 것도 없고「옛날 꿈은 창백하더이다」(1922. 11)에서 용리 할머니의 '교회'라든지 '나'가 다니는 '예수교 학교'는 모두 낭만적 사랑의 획득과 향유를 불가능하게 하고 좌절하도록 만드는 부정적 삶과 현실의 상징물들이다.[15] 나도향은 바로 사랑을 통해 실현되어야 할 주체성의 비전을 어떤 식으로든 가로막고 방해하는 그러한 현실의 근본적인 양상을 "형식"(p.30)이라는 말로 요약하고 있는 것 같다. 비근한 예로「별을 안거든 울지나 말걸」에서 주인공 DH는 누님이 형제처럼 여기는 MP 양에게 사랑의 감정을 품지만 그녀가 누님의 형제라면 자신도 "형제라는 형식의 줄"(p.56)에 얽혀 그녀를 사랑할 수 없게 된다고 생각하고 불안과 낙망 사이에서 헤맨다. 단적으로 말해서 낭만적 "취몽 중에 헤매는 젊은이의 가슴을 못살게 구는 그 무엇"(p.56)이란 형제와 같은 형식, 즉 사랑이라는 낭만적 자유에 대한 현실적 외압과 질곡임이 틀림없다. 한편 나도향 소설에서 그러한 현실적 외압과 질곡은 곧잘 "이지"(p.66)라는 내면적 질곡과 그로 인한 분열성의 경험으로 전환되어

수 있다. 이 점은 나도향 소설 속의 사랑이 머릿속에 갇힌 추상적 관념으로서의 사랑이라는 사실과 밀접히 관련된다. 나도향 소설의 출발부터 그러했다는 것은 물론 아니다. 낭만적 사랑의 발견은 분명 현실의 부정성으로부터 추동된 것이기는 하지만 곧 그 기원이 잊히면서 추상화되고 관념화된 것이라고 볼 수 있다. 그러나 그럼에도 불구하고 나도향 소설에 나타난 사랑의 추상성과 관념성이 미약하나마 여전히 현실 탐사의 정신적 거점으로 작용한다는 사실에는 변함이 없다.

15) 나도향 소설에서 낭만적 저항과 부정의 대상이 되는 현실은 '가정'으로 상징되는 전근대적 현실과 '학교'로 상징되는 근대적 현실을 두루 포괄하는 중층적인 것이다. 그중층성은 또 다른 현실의 상징물인 '교회'를 통해 다시 한번 입증된다. 특이하게도 교회는 "사후의 영생"을 위해 살아서의 "자아의 희생"(p.75)을 역설하는 전근대적인 공간이면서 아울러 "돈"(p.76)에 의한 자본주의적 균질화에 의해 점령된 근대적 공간이기도 하다. 나도향 소설의 낭만성은 결국 전근대와 근대에 대한 동시적 부정이라는 복합성을 띤다고 할 수 있다.

나타나기도 한다. 나도향 소설의 등장인물들의 내면에 항상 잠복해 있는 낭만적 열정과 현실적 이지 사이의 싸움과 갈등은 그들에게서 실제로 "모든 불행의 근원"이라는 표현을 얻고 있다. 말하자면 부정한 삶과 결핍의 현실은 무엇보다도 "열정과 이지가 서로 용납하지 않는 곳"(p.66)으로 드러난다. 「벙어리 삼룡이」(1925. 7)에서 작중 주인공 삼룡이가 주인 오 생원에 대한 형식적 관계에 의해 차단되고 또한 "이지(理智)"에 의해 작동되는 "자제력(自制力)"(p.224) 때문에 줄곧 교착되어 온 주인 아씨에 대한 사랑의 감정을 죽음을 통해서 성취할 수밖에 없었던 것은 그 때문이다.16) 어쨌든 나도향 소설의 등장인물들은 삶 안에서는 가능하지 않은 낭만적 이상의 완전한 충족을 동경한다는 점에서 대개 일치한다. 나도향 소설에서 사랑이라는 예술적 경험을 담고 있는 유일하게 현상적인 것이 있다면 그것은 '동경'의 태도 이외에 다른 아무것도 아니다.17)

---

16) 죽음을 통한 사랑의 성취라는 주제는 가장 중요한 낭만적 형상 가운데 하나이다. 이것은 흔히 낭만적 사랑의 초월성을 구성하는 증거물로 채택된다. 나도향 소설에서 특히 후기작은 죽음과의 관련성 속에서 낭만적 사랑을 이해하려는 노력을 자주 보여준다. 「벙어리 삼룡이」는 말할 것도 없고 「꿈」(1925. 11)과 「피묻은 편지 몇 쪽」(1926) 등의 작품들이 거기에 해당한다. 여기서 다시 한번 낭만주의에서 사실주의에로라는 백철 이래의 관행적 규정이 반박된다. 나도향은 후기 작에 이르러서도 낭만적 사랑에 대한 지향을 포기하지 않는다. 다만 후기 작에서 그 낭만적 사랑은 어느 정도 현실적 국면을 갖게 된다고 말할 수는 있다. 그런데 낭만적 주체성의 이상인 사랑의 초월성과 관련해서 반드시 짚고 넘어가야 할 사실이 있다. 이미 낭만적 주체성이라는 말 속에 암시되어 있는 것이지만. 사랑의 초월성은 "유대 식" "천당" 혹은 "에덴"과 같은 외재적 표상으로 찬미된다기보다 일종의 "자아심상의 낙토"(p.75)와 같은 내재적 표상으로 신봉된다. 이 점은 아무리 강조해도 지나치지 않은데, 가령 삼룡이가 죽음을 통해 사랑을 성취했다는 것은 정확히 이해될 필요가 있다. 죽음은 사랑을 성취하는 데 한 계기가 되는 것은 분명하지만 죽음 그 자체는 사랑의 성취와 전적으로 무관하다. 나도향의 사랑은 '사후'의 문제가 아니라 '생'의 문제이기 때문이다. 「별을 안거든 울지나 말걸」에서 DH라는 인물은 삶의 최상의 가치로서만 사랑을 말한다. "사람이 사랑으로 나고 사랑으로 죽고 사랑으로 살기만 하면 그 사람의 생은 참 생이 되겠지요."(p.66) 그러니까 삼룡이의 주검 위에 나타난 "평화롭고 행복스런 웃음"은 죽음이 낭만적 낙토라는 것을 보여주는 증거가 아니라 연모하던 주인 아씨의 "무릎에 누워 있"(p.232)을 수 있었다는. 살아서의 낭만적 낙토의 경험이 반영된 증거다.

17) 「피묻은 편지 몇 쪽」이란 단편은 동경의 삶이라는 낭만적 사랑의 현 상태를 아주 직접적으로 드러내는 소설이어서 구구한 설명이 필요 없을 정도다.

3. 낭만적 아이러니와 욕망의 현실

  사랑으로 충만한 이상적인 삶에 대한 동경은 일단 한 예술적 자아의 의식 속에서는 장애와 훼방 없이 성립한다. 이를테면 낭만적 사랑에 대한 기대는 자율적 개인의 주체성 속에 이념화됨에 따라 가장 순수한 경험이자 숭엄한 삶의 형태로 갈등 없이 정립되는 것이다. 그러나 사랑에 대한 낭만적 동경과 기대는 한 주체적 개인이 사회적 관계 아래에 있다는 현실적 삶에 대한 이해나 감각과 양립하기 어렵다. 낭만적 사랑의 주체는 예술적 주체가 자아를 절대화하려는 노력 속에서 탄생시킨 '개인주의' 형성의 또 다른 조력자라고 할 수 있는데, 그러한 낭만적 예술적 주체성의 유아론적 개인주의가 사람들이 더불어 사는 사회와 일체가 되는 보편적인 삶과 현실의 공신력 있는 근거가 되기는 사실상 힘들다. 그런 의미에서 나도향 소설의 등장인물들이 종종 타인들로 인해 곤란함에 처하게 되고 그에 따라 난감함을 경험하게 되는 장면은 무엇보다도 그러한 낭만적 개인주의가 항용 수반하는 딜레마와 난관을 보여주는 것으로 해석될 수 있다.[18] 나도향의 인물들이 타인들로 인해 겪는 곤란과 난감은 몇 가지 사례를 검토하는 것으로 충분하다. 종로의 페이브먼트 위에서 마주친 주정꾼을 동

---

18) 낭만적 이상을 향한 예술적 주체의 자기규정성이 갖게 되는 딜레마와 난관은 그러한 자기규정적 주체들 사이에 사회적 관계를 정립하는 문제와 관련된다. 그것은 바로 원자화된 부분들을 공동체적인 전체로 결집시키는 문제이다. 그러나 그러한 문제에 대한 해답은 원칙적으로 낭만적 개인주의 안에서 찾기 어렵다. 개인의 주체적 자유가 또 다른 개인의 주체적 자유와 충돌할 때, 낭만적 개인주의는 그와 같은 주체적 자유들의 조정과 화해에 사실상 어떤 힘을 발휘하기 힘들다. 하나의 자유가 다른 자유를 인정하고 허용하는 순간 그 자유는 자유라는 이름에 값하지 못하게 되기 때문이다. 결론적으로 사회적 관계 속에서 낭만적 개인주의는 그 이름을 얻자마자 그 이름의 부정에 이르게 되는 역설적 개인주의임이 드러난다(찰스 테일러, 『헤겔 철학과 현대의 위기』, 박찬국 옮김, 서광사, 1988, pp.182~191 참조). 물론 김우창의 말처럼 보다 깊은 의미에서 그것은 자유들 사이의 충돌과 갈등을 기율하는 형식적 규제의 원리가 되기는 할지 모른다. 그러나 나도향은 낭만적 주체성의 개인주의를 조정과 화해, 즉 질서와 규제의 원리로 보는 데까지 나아가지 못하고, 다만 그 개인주의가 갖는 역설과 딜레마를 인식하는 선에서 멈추는 것으로 보인다.

사(凍死)할까 염려하여 파출소로 데려갔다가 오히려 그를 순사에게 봉변당하도록 만든 「당착(撞着)」의 두 친구, 누구보다도 빈곤한 아라사 사람이 만년필을 사기 싫은 핑계로 이십 전 이십 전 하며 달아나는 것을 그것을 값싸게 사고 싶다는 의사로 간주하고 그 아라사 사람을 끝까지 쫓는 「속 모르는 만년필 장사」의 장사꾼, 옷을 저당 잡혀 마련한 돈으로 이발을 하다가 예쁜 여 이발사의 웃음을 자신에 대한 호감으로 받아들여 거스름돈을 몽땅 주고 나왔으나 그 웃음이 결국 자신의 머릿속 흉터에 대한 조소였다는 것을 안 「여 이발사」의 백수, 시골에서 갓 올라온 초라한 행색의 순진한 여승객이 어느 순간 화려한 탕녀(蕩女)로 변화되었음을 목격한 「전차 차장의 일기 몇 절」의 여차장.[19] 나도향 소설의 등장인물들은 이처럼 이상과 현실, 즉 자아와 타자 사이의 심각한 괴리에 의해 야기된 당혹스러운 상황의 한가운데 서 있는 경우가 많다. 그러니까 나도향은 내면적으로 조화롭게 통일된 절대적 자아에 대한 추구와 동경이 바로 그것을 지향하는 주체적 개인의 삶과 현실을 끝내 허망하게 만든다는 사회적 관계 속의 '당착'을 날카롭게 포착하는 셈이다. 그 당착이 곧 '낭만적 아이러니'에 해당한다는 것은 두말할 나위도 없다.[20] 특이한 것은 나도향 소설이 그 낭만적 아이러니에 의한 허무를 경험하면 할수록, 이상과 거리가 먼 현실에 대한 거부를 보다 강화하고 참다운 세계에의 상승 의지를 좀 더 다지는 여타의 낭만성 흐름의 소설들과는 다른 유별난 면모를 보여준다는 사실이다. 나도향은 불완전한 현실 속에서 이상적인

---

19) 「J의사의 고백」(1925. 3)은 미완이긴 하지만 주체적 개인들인 자아와 타자들 사이의 충돌과 갈등, 그리고 욕망의 경합 등을 J의사와 S라는 여성과 O라는 간호부 사이의 삼각 관계를 통해 보다 극적으로 드러낸다.

20) '낭만적 아이러니' 개념에 대한 일반적 이해를 위해서는 최문규, 「독일 낭만주의와 "아이러니" 개념」, 『문학이론과 현실인식』(문학동네, 2000)을 참조.

가치를 추구하던 그의 낭만적 열정이 허망하고 허무한 결과에 이르렀을 때, 지속적으로 순수한 이념이 자리 잡은 상상의 세계로 나아가는 대신 그 이념이 부재하는 비루한 욕망의 현실 앞에 선다. 나도향에게서 사랑이라는 정신의 이념적 문제는 이제 욕망이라는 육체의 현실적 문제로 대체된다.[21]

나도향 소설에서 욕망이라는 육체의 현실을 가장 드라마틱하게 보여주는 것은 「물레방아」(1925. 8)라고 할 수 있다. 이 소설은 우선 늙은 재력가 신치규의 집에서 막실(幕室) 살이를 하던 이방원의 아내를 그 신치규가 돈과 재물로 유혹하는 데서부터 시작된다. 결국 신치규는 이방원의 아내와 공모하여 이방원을 내쫓고, 자신의 아내를 놓고 신치규와 싸움을 벌인 이방원은 상해죄로 감옥살이를 하게 되며, 신치규의 첩실이 된 이방원의 아내는 만기 출옥한 남편의 회유와 설득을 거절하였다가 결국 살해당하고 만다. 물론 남편 이방원도 자결한다. 「물레방아」는 분명 "무섭게 이지적(理智的)인 동시에 또는 창부형(娼婦型)으로 생긴"(p.234) 매력적인 한 여자를 가운데 두고 벌인 두 남자의 애정 다툼이자 그 다툼에 돈과 재물이 개입한 일종의 치정극으로 보인다.[22] 그러나 이 소설에서 중요한 것은 애정의 삼각 관계 그

---

21) 나도향 소설의 후기작들이 현실성(現實性)을 갖추게 된 것을 두고, 나도향이 비록 자발적으로 참여한 것은 아니지만 그 시기 민족주의 문학이 어떤 식으로든 프로 문학의 영향권 안에 있었다는 점을 감안하여, 나도향 소설의 현실성의 흔적을 빈궁과 계급 의식을 중대한 문학적 이슈로 인정한 프로 문학의 투쟁적 이념과 관련시키는 것은 충분히 추론 가능한 하나의 관점임이 명백하다(송하춘, 앞의 책, pp.113~114 참조). 그러나 막연히 영향 관계를 논하는 일은 그러한 문학사적 지형 안에서 충분히 가능한 일이기는 하지만 그것은 사실 논리가 되기 어려운 추론일 뿐이다. 나도향 소설에 좀 더 밀착하여 그 변화의 논리를 찾는 내재적 관점의 구축이 이제 중요하고도 시급한 일이다.

22) 「물레방아」에서 두 남자의 애정 다툼을 흔히 계급적 이해 관계 속에서 해소해버리고 가난의 문제에 치중해 왔던 것은 기존 연구의 잘못된 관행 중 하나였다. 물론 그런 독서가 전혀 불가능한 것은 아니지만 작품에 대한 전체적인 이해를 무시하고 감행되는 부분들의 확대 해석은 지양해야 할 오류가 아닐 수 없다. 계급 혹은 사회적 위치를 따지기 이전에 이방원과 신치규의 다툼은 기본적으로 남자 대 남자의 애정 갈등으로 보아야 한다. 이방원은 실제로 주인 신치규와 자기 아내의 치정 장면을 발각(發覺)하고도 약간의 망설임은 있었지만 결국 "상전이라는 관념"에 매이지 않는다. 신치규가 이방원을 해고하는 순간 두 사람 사

자체가 아니라 그 관계의 상징성 속에 들어 있는 낭만적 주체성이 봉착한 난관과 그에 따른 비극이다. 신치규의 음욕으로 상징되는 욕망이라는 육체의 현실 속에서 이방원과 그의 아내가 보여주는 충돌과 갈등은 바로 그러한 난관과 비극을 집약해서 보여준다. 돈에 대한 열망과 집착을 보여주는 아내는 얼핏 신치규로 표상되는 욕망의 현실의 일부를 이루는 것처럼 보이지만 그녀의 열망과 집착은 현실적 탐욕이 아니라 이른바 낭만적 정열에 가깝다. 그녀는 실제로 돈 그 자체가 아니라 돈이 약속하고 보장하는 부유하고 고귀한 삶에 대한 도도한 정열에 사로잡혀 있다. "구차하고 천한 생활"(p.247)을 그녀는 죽어도 하기 싫은 것이다.[23] 이방원의 공격과 폭력적 위협 앞에 "형세가 위험하니까 슬금슬금 꽁무니를 빼"(p.242)는 신치규의 자기보존적 음욕과 이방원의 회유와 살해의 위협 앞에 "싫어요. 나는 죽으면 죽었지 가기는 싫어요."(p.247)라고 뻗대고 죽음을 불사하는 아내의 주체적인 정열과는 엄연히 다르다.[24] 고향으로부터 사랑의 도피행을

이의 계급적 이해관계는 사실상 무의미해져 버린 것이다. "눈깔을 우라리었다. 방원은 한참이나 쳐다보고서 말이 없었다. 생각대로 하면 한주먹에 때려눕힐 것이지마는 그러나 그의 머릿속에는 아까까지의 상전이라는 관념이 남아 있었다./ 번갯불같이 그 관념이 그의 입과 팔을 얽어 놓았다. 어려서부터 오늘날까지 남을 섬겨 보기만 한 그의 마음은 상전이라면 모두 두려워하는 성질이 깊이깊이 뿌리를 박아 놓았다. 그러나 오늘부터는 신치규가 자기의 상전이 아니요, 자기가 신치규의 종도 아니다. 다만 똑같은 사람으로 마주섰을 뿐이다. 아니다. 지금부터는 치규도 방원의 원수였다. 그의 간을 씹어먹어도 오히려 나머지 한이 있는 원수다."(pp.241~242)

23) 이방원의 아내는 그동안의 연구에서 낭만적 주체성과 무관하며 '돈'에 대한 탐욕과 '정욕'으로 뭉쳐진 여자라는 판단이 지배적이었다. 그래서 그녀는 자연스럽게 신치규와 한통속으로 간주되었다. 예를 들어 "이방원의 아내는 '돈'과 '정욕'이 결합된 성격으로 창출되었다고 할 것인데, 이는 이 작품의 또 다른 안타고니스트인 신치규의 성격과 상통한다. 그 역시 돈과 정욕이 결합되어 생겨난 성격이기 때문이다"(장수익. 앞의 글. p.195)라든지 "자신의 전존재를 걸고 '찌르려거든 찔러' 보라고 외치는 방원의 처에게서 우리는 돈에 의해 좌우될 수밖에 없는 욕망의 사회적 현상형식을 파악할 수 있다"(박헌호, 앞의 글, p.316)라는 견해들이 그것이다. 바로 이 글은 그러한 판단과 규정에 이의를 제기함으로써 「물레방아」에 나오는 이방원의 아내를 주체적 정열을 지닌 낭만성 지향의 인물로 보고 그녀를 신치규와는 질적으로 다른 인물로 간주한다.

24) 주체적인 정열이라는 관점에서 사실 「뽕」(1925. 12)에 나오는 안협집도 이방원의 아내와 유사한 인물이다. 따라서 그녀를 단순히 돈과 정욕에 매달리는 속악한 인물로 보아서는 안 된다. 안협집 또한 자신의 "맘에 드는 서방질은 부정한 일이 아니요, 죄가 아니요, 묘욕이 아니나. 맘에 없는 놈에게 그런 소리를 듣

감행해 신치규의 집에 이르렀지만 가난했던 이방원의 낭만적 정열은 신치규와 같은 인간을 통해서라도 도달하고 싶었던 부유하고 고귀한 삶에 대한 아내의 또 다른 낭만적 정열과 충돌하고 갈등을 일으키다 마침내 죽음을 부른다. 이것은 낭만적 개인주의가 수반하는 비극적 말로(末路) 이외에 다른 아무것도 아니다. 그런 의미에서 「물레방아」의 죽음은 「벙어리 삼룡이」의 죽음과는 큰 차이를 갖는 것이다. 삼룡이의 죽음은 낭만적 정열의 성취와 완성에 관계되는 것이지만, 이방원과 그 아내의 죽음은 그러한 낭만적 정열들이 욕망이라는 육체의 현실 속에서 서로 충돌하고 갈등을 일으키다 끝내 좌절하고 마는 낭만적 주체성의 딜레마와 난관의 비극적 증거에 해당한다.[25] 그리고 나도향 소설은 결국 그러한 주체적 개인의 딜레마와 난관을 극복하려는 움직임을 토여주는 데까지 나아가지는 못하고 만다. 나도향은 짧게 생(生)을 마감해야 했던 것이다.

고 당하는 것은 무서운 모욕"(p.278)으로 아는 주체적인 정열을 보여준다.

25) 다른 맥락에서이긴 하지만, 김동식의 다음과 같은 지적은 우리의 논의와 만날 가능성을 지닌다. "1920년대의 자유연애는 부모의 강권에 의한 결혼이 아니라 당사자의 자발적 의지와 열정에 의해 부부와 자녀 중심의 가족을 형성하는 진보적 이념이었다. 하지만 자유연애에 의해 형성된 결혼은 또 다른 자유연애에 의해 위협받을 수 있다는 것이다. 명령에 의한 결혼/자유연애에 의한 결혼이라는 도식은 이제 낡은 것이 되었고 안정된 가정/관능적인 사랑이라는 대립이 표면화된다. 대립의 중심에 섹슈얼리티가 놓여져 있다는 사실이 의미심장하다."(김동식, 앞의 글, p.165) 그런데 여기에는 약간 이견이 있을 수 있다. 섹슈얼리티 혹은 관능적인 성(性)이 대립의 중심에 서기 이전에 이미 자유연애가 결혼이라는 사회 체제로의 편입에 결부되는 순간 또 다른 자유연애와 충돌하고 갈등을 일으킬 소지를 안고 있다. 개인의 감정이 공동체의 감정과 결합되어야 하는 문제를 결혼이라는 사회적 관계의 한 형식은 그 자체로 품고 있기 때문이다. 이것은 바로 낭만적 개인주의의 현실적 난관으로 누누이 지적되어 온 것이다.

4. 결론

나도향은 진정하고 참다운 삶의 정신적 근원인 낭만적 사랑의 이상(理想)을 가지고 있었다. 전통적인 가정에 대한 거부와 물신주의적 근대의 이성적 구속에 대한 저항이라는 목표가 사실 그러한 주체적 개인의 자유로운 정염의 이상 속에 들어 있었다. 그것은 현실이 증여하고 보장하지 못하는 것으로 무엇보다도 어떤 새로운 삶의 약속이자 자아 양육의 진정한 형식, 즉 '참 생'의 조건이었다. 나도향 소설에서 낭만적 사랑은 결국 삶의 모든 현실적 제약과 속박으로부터 해방된 상태를 계시하는 숭고한 예술로서 동경의 대상이 된다. 그러나 낭만적 사랑이 하나의 예술적 주체성의 이상, 즉 현실에서는 충족 불가능한 순수 관념인 만큼, 나도향 소설에서 등장인물들이 그것을 완전히 성취하는 경우란 거의 없다. 이들 인물들이 처한 현실은 나도향에게서는 낭만적 사랑이라는 개인의 자유로운 감정 경험에 대한 억압과 구속이 관철되는 공간으로 나타난다. 그런 만큼 나도향 소설이 보여주는 사랑에 대한 낭만적 동경과 기대는 한 주체적 개인이 사회적 관계 아래에 있다는 현실적 삶에 대한 이해와 감각에 양립하기 어려웠다. 사실 낭만적 사랑의 주체는 예술적 주체가 자아를 절대화하려는 노력 속에서 탄생시킨 '개인주의' 형성의 또 다른 조력자다. 그런데 낭만적 예술적 주체의 그러한 유아론적 개인주의가 사람들이 사는 사회와 일체가 되는 보편적 삶의 토대가 될 수는 없었던 것이다. 나도향 소설에서 종종 등장인물들이 타인들로 인해 곤란함을 느끼고 또 난감함을 경험하게 되는 장면이 자주 발견되는 이유는 바로 거기에서 온다. 나도향의 작품들은 결국 내면적으로 조화롭게 통일된 절대적 자아에 대한 추구와 동경이 그것을 지향하는 주체적 개인의 삶을 끝내 허망하고 허무하게 만든다는 사회적 관계 속의 '당착(撞着)'을 날카롭게 포착한 것으로 해석된다. 한편 나도향은 불완전한 현실 속에서 그처럼 이상적인 가치를 추구하던 그의 낭만적 열정이 보람 없는 결과에 도달했을 때, 지속적으로 순수한 이념이 자리 잡은 상상의 세계로 나아가는 대신 그 이념이 부재하는 비루한 욕망의 현실 앞에 선다. 나도향은 마침내 그러한 욕망의 현실을 낭만적 정열들이 충돌하고 갈등을 빚는 사회적 관계로 추상하고 그만 생을 마감한다.

나도향은 예술적 삶의 정신적 근원인 낭만적 사랑의 이상을 가지고 있었음에도 불구하고 그것을 추상적으로 이해함으로써 현실의 깊은 내막을 발견한 데까지 이르지는 못했다. 낭만적 주체성에 의해 표방된 감정의 근대성이 그로 하여금 한편으로 전통적인 윤리와 규범의 억압적 전근대성과 모든 것을 균질화시키는 물신주의적 근대의 폭력적인 이성적 근대성을 적발하도록 만들기는 했지만, 또 다른 한편으로 그 감정의 근대성이 실제로는 사회적 관계를 추동하는 이성적 근대성을 보다 풍부하게 할 수 있다는 낭만적 개인주의의 심오한 의미를 깨닫도록 만들기는 어려웠던 것 같다. 다시 말해 나도향은 그 감정의 근대성이 엄격한 의미에서의 합리성은 아니더라도 질서와 기율에 관련해서 형성적 원리가 될 수 있다는 사실을 이해하는 지점에까지 도달할 수 없었다. 그렇다면 감정의 근대성과 이성의 근대성이 일치한다는 것은 알았지만 그것이 모순적인 것임은 몰랐던 이광수와 달리, 나도향은 그 두 개의 근대성이 모순적인 것임은 알았지만 서로 일치할 수도 있다는 것을 몰랐다고 할 수 있을지도 모른다. 나도향은 낭만적 주체들의 충돌과 갈등을 통해 언제나 예술적 이상이 좌절될 수밖에 없는 현실의 불완전성과 불충분성을 테마화하는 데 몰두한 반면, 사회적 관계의 현실적 구축 속에서 그 낭만적 주체들의 열정적 자유를 실현하는 데는 사실상 무관심했다. 그러나 아무리 그렇더라도 나도향의 낭만적 지향은 분별없는 청년 심상(心象)인 충동적인 유아론(唯我論)과는 반드시 구별되어야 한다. 왜냐하면 그가 낭만적 주체성에 대해 보여주는 의식적 무의식적 이해와 감각은 무조건적인 탐닉과 향유의 대상이 되는 자아도취의 상상을 일정하게 되돌아보게 만들고 어느 정도는 현실에 대한 질문을 촉발하도록 하는 데 있었기 때문이다. 어쨌든 한국근대문학에서 처음으로 '정육론'과 같은 낭만적 사고의 의미를 각성하고 그것을 계몽의 대상으로 삼으려 하다 끝까지 감정과 이성 사이의 그 근대성의 자기모순을 감득하지 못했던 이광수의 계몽적 주체성과 달리, 나도향은 낭만적 주체성의 옹립을 통해 이광수와는 다른 계보를 이루며 감정과 이성의 모순을 탐구해 들어갔다는 데 그 나름대로의 의의가 있다.[26]

---

26) 감정과 이성 사이의 그 근대성의 자기 모순을 감득하지 못하고 그것을 무조건 일치시키려고 했던 이광수는 자연스러운 것이지만 파시즘적 제국주의에 휩쓸려 예술적 파탄에 이르고 말았다. 이것은 무엇보다도 식민지 근대화라는 한국적 근대의 특수성과 관련되는데. 이광수가 감정의 근대성을 일치시키게 되는 이성의 근대성이란 사실 식민지 체제하에서의 근대화와 친연성을 맺고 있는 것이어서 불가피하게 그는 제국주의에 무반성적으로 합류하지 않을 수 없었다. 이에 비해 나도향은 이광수의 예술적 파탄의 원인을 분명하게 감지한 것으로 보이지는 않지만 감정과 이성 그 근대성의 자기 모순에 대한 탐구에 집중함으로써 이광수와 반대로 파시즘적 제국주의에 휩쓸려 들어가지 않을 수 있었다. 나도향이 감정의 근대성과 이성의 근대성이 모순적인 것이라는 사실에만 매달렸다는 것은 그에게 분명 다행한 일이었다. 왜냐하면 식민지 근대화라는 한국적 근대의 특수성 속에서 감정의 근대성을 이성의 근대성에 일치시켰더라면. 나도향도 역시 파시즘적 제국주의로부터 자유롭지 못했을 것이기 때문이다. 물론 나도향이 근대성의 자기 모순에 대해서만 주목했고 또 그 모순이 궁극적으로는 일치한다는 깊은 내막에 무감각했다는 사실은 일종의 한계임이 명백하지만. 식민지 근대성 속에서 그 한계는 오히려 그의 예술적 출구가 되어주었던 것이 명백하다. 그러나 나도향의 짧은 생애는 그의 예술적 개화(開花)에 결정적 장애가 되고 말았다.

서술과 묘사, 그 대화법의 의미
-오정희의 「불의 강」에서-

1. 문제 제기

　소설 연구 방법론은 일반적으로 소설을 언어의 불투명성이라는 차원에서 접근하는 형식주의적이고 구조주의적인 방법론과 언어의 투명성이라는 차원에서 접근하는 사실주의적이고 내용주의적인 방법론으로 대별된다. 모든 '방법론'은 대개 의미론적 개방성의 제한과 한정을 그 불가피한 전제로 삼는다는 점에서, 그러한 두 가지 형태의 방법론은 일정한 타당성과 가치를 가진다고 할 수 있다. 전자는 형식과 구조라는 외적인 제한과 한정을 통해 의미론적 틀을 부과한다는 측면에서 그러하고, 후자는 사실과 내용과 같은 의미론적 동일성이라는 내적 기준에 의해 일정한 주제를 산출하게 만든다는 측면에서 그러하다. 물론 그 두 방법론은 공히 그 나름대로의 편향성이라는 한계를 가진다는 것은 말할 것도 없다. 우선 형식주의적이고 구조주의적인 방법론은 언어라는 표상의 자율성을 지지함으로써 이른바 '형식적 추상성'에 빠지고 나아가 언어적 형식과 작동이 사회적 공유 행위일 수밖에 없다는 사실을 망각한다. 그리고 사실주의적이고 내용주의적인 방법론은 미적인 매재로서의 언어의 자율성을 무시하고 또 언어의 인식적 특성에만 주목함으로써 소위 '이데올로기적 추상성'에 함몰하여 문학의 사회성에 대한 지나친 강조를 되풀이한다. '담론(discourse)'의 개념을 기초로 한 바흐친의 소설론은 바로 그러한 형식주의 흐름의 방법론과 내용주의 흐름의 방법론이 갖는 한계를 비판하고 지양하는 과정에서 제안된 것이다.[1]

　바흐친의 문학 체계에 대한 이론은 대체로 담론의 개념에 기초한다. 그것은 어떤 말이 그 자체로서는 이해될 수 없고 역사적이고 문화적인 상황과의 관련하에서 단일하지 않은 다원적인 의미로 이해되어야 한다는 동적인 언어 개념이다.[2] 담론의 개념에서 바흐친 특유의 '다성성(polyphony)' 개념이 유추되는 것은 무엇보다도 이 지점에서라고 할 수 있다. 바흐친에게서 말 혹은 언어는 역사적 문화적 흐름의 진전에 따라 다양한 이데올로기들이 서로 도발하고 충돌하며 또 서로 응답하고 합의하기도 하는 대화적 다성성의 자리로 파악된다.[3] 그러나 바흐친의 이론이 그처럼 모든 소설을 사회 역사적 차원으로 개방한 것은 분명 중요한 의미론적 전환을 이루는 것이지만 그것은 형태학적 차원에서는 사실 알아보기 어려운 것이다. 소설 안 한 화자의

---

1) 바흐친의 대부분의 저작은 형식주의 예술의 자율성에 대한 한계점을 비판하고자 명백한 마르크스주의적 논쟁을 편다. 그러나 문학작품의 내용적 이데올로기적 맥락에만 급급해서 형식적 특성을 무시하는 마르크스주의 비평에 대해서도 상당한 비판을 가한다. 바흐친에게 그러한 두 가지 접근법 모두는 각기 문학에서 언어가 작동하는 방법, 그리고 문학이 사회에서 기능하는 방식을 왜곡하는 것으로 비친다. 데이비드 머레이, 「대화주의」(더글라스 탈락 편, 『문학이론의 실제－세 텍스트의 분석』, 성무량 옮김, 현대미학사, 1999), p.149 참조.

2) 프리바카라 자, 「루카치, 바흐친, 그리고 소설사회학」(여홍상 편, 『바흐친과 문학이론』, 문학과지성사, 1997), p.290 참조.

3) 바흐친의 대화적 다성성의 개념은 그 개념에 찬동하고 그것을 지지하는 계승자들 편에서도 미묘한 차이를 보여준다. 그 차이는 크게 두 가지 견해로 나누어 볼 수 있다. 형식주의적 구조주의적 흐름과 내용주의적 마르크스주의적 흐름의 바흐친적 대화에서 후자를 강조하는 쪽(데이비드 머레이, 앞의 글)은 언어와 사회에 대한 역사적 유물론의 시각을 보여주고, 전자를 강조하는 쪽(데이비드 롯지, 「바흐친과 현대소설의 담론」, 여홍상 편, 앞의 책)은 언어와 사회에 대한 자유주의적 다양성의 시각을 견지한다.

발화에서조차 갈등하고 다투는 다양한 목소리들이 군거하는 상황을 명료하게 제시한다는 것은 거의 불가능한 일에 가깝다. 이것은 바흐친의 다성성 개념을 통해서는 방법론의 구체적인 적용이 어렵다는 사실을 가리킨다.4) 그런 의미에서 바흐친의 다성성 개념은 형식주의적이고 구조주의적인 입장에서 다시금 재개념화할 필요가 있다. 이 글이 '다의성(polysemy)' 개념에 주목하는 이유는 바로 거기서 온다. '다의성'은 '다성성'과 그 많다는 상황에서는 동일한 개념처럼 보이지만 사실 다의성은 많은 목소리를 몇 가지 뜻 혹은 의미로 결집한다는 의미에서 그러한 다성성과는 다른 것이다. 다성성이 대화적 상황 자체를 지칭하는 의미론적 중요성을 단순히 지닌다면, 다의성은 그러한 대화적 상황이 마련한 다원화된 의미론을 해석학적 환원을 통해 제한하고 결정하는 형식적 구조적 중요성을 더불어 지닌다. 물론 이 다의성 개념은 다성성 개념을 일정하게 축소하는 것이기는 하지만 오히려 거기에는 해석학적 명료성을 부여하기 위해 불가피하게 선택된 방법적 전제에 대한 동의가 포함된다.

이 글은 무엇보다도 그러한 다의성 개념을 중심으로 기존의 소설 연구 방법론을 재구성하려는 의도를 가지고 있다. 바흐친에 의하면, 하나의 소설 안에는 수많은 목소리와 의미, 그리고 나아가서는 일정한 주제들이 상호 대화의 장을 이루고 있기 때문에, 그러한 다성성을

---

4) 실제로 프랑크 모레티는 그의 독특한 '근대의 서사시'론을 통해, 바흐친이 대조한 서사시의 독백주의와 소설의 다성성은 18세기까지라면 설득력 있는 대조법일 수 있지만 문화적 진화의 결과는 그것을 논박한다고 말한다. 즉 19세기 이후의 소설은 근대 서사시의 다성성과 대비되어 오히려 각각의 새로운 세대마다 동질적인 말과 이데올로기의 세계를 낳게 된다고 지적한다. 19세기 이후 소설은 더 이상 다성적인 형식이 되지 못한다는 것이다(프랑크 모레티, 『근대의 서사시』, 조형준 옮김, 새물결, 2001, pp.99~100 참조). 이러한 모레티의 지적은 다성성 개념을 다의성 개념으로 변환시키는 필자의 작업에 간접적으로나마 정당성을 부여하는 것인지도 모른다. 모레티의 말처럼 근대의 소설이 근대의 서사시와 다르게 다성성을 갖지 않는다는 사실에서 근대적인 의미의 소설에 대한 다의성 개념의 실효성은 보다 명백해지기 때문이다. 다성성 개념을 의미론적으로 축소한 다의성 개념을 선택한 이유는 바로 거기에 있다.

제한하고 한정하기 위해 다의성 개념은 필수적일 수밖에 없다. 그러나 이 다의성 개념 또한 독자와 작품의 의미 작용을 중시하는 수용미학적 차원에서 접근하게 되면 다성성의 개념과 마찬가지로 형식적 구조적 모호성을 띠게 된다. 독자의 숫자가 곧 의미와 주제의 숫자가 되어버리는 것이다. 이 글은 이러한 난점을 극복하기 위해 다의성 개념을 형식적이고 구조적인 형태로 확정하려 한다. 여기서 서술 체계인 '플롯'이나 묘사 체계인 '자유 화소'와 같은 소설의 구조적 형식적 장치들을 통해 드러나는 의미 작용에 주목하려는 것은 그 때문이다. 플롯과 자유 화소는 의미 형성에 각기 상이하게 작용함으로써 소설의 의미론적 풍요를 이루는 다의성의 형식적 구조적 원천으로 가정된다. 그러니까 이 글은 플롯의 층위와 자유 화소의 층위가 갖는 의미 작용을 개별적으로 검토하는 작업을 통해 궁극적으로 그러한 두 가지 층위에서 진행되는 의미 작용이 어떤 관계를 갖게 되는지 고찰할 것이다. 이것은 결국 미진한 형태로나마 소설 연구를 위한 일단의 방법론을 암시하게 될지 모른다. 오정희의 「불의 강」(1977)이라는 단편은 여기서 그러한 의도와 이해의 구체적인 예가 된다.[5]

---

5) 텍스트로는 『불의 강』(문학과지성사, 1995: 재판)을 사용한다. 이후 인용문은 쪽수만이 표시된다. 한마디 덧붙이자면, 「불의 강」이 구체적인 검토의 대상이 된 데에는 어떤 필연성이 있는 것은 아니다. 다만 필자는 단편 소설의 한 전범을 보여준다고 일반적으로 평가되는 오정희의 작품이 적절할 것으로 판단했다. 좋은 작품만이 분석을 잘 견뎌낼 뿐만 아니라 그 분석을 풍요롭게 만들어준다는 사실을 모르는 이는 많지 않을 것이다.

2. 서술과 수수께끼

　　먼저 이야기를 변형하는 플롯이 소설적 의미 전달에 개입하고 작
용하는 양상을 살펴보기로 하자. '이야기(fabula)'는 상호 연관된 행위
와 사건들의 통합으로서 무엇보다도 시간의 선조적인 질서를 따른다.
행위와 사건들을 일어난 순서에 맞게 선조적으로 배열하는 이야기는
그로 인해 일종의 연대기적 시간의 흐름을 보여줄 수밖에 없다. 그런
의미에서 자연적 시간의 계획을 따라가는 이야기는 기본적으로 '서
술(narration)'의 체계이지 않으면 안 된다. 왜냐하면 서술은 원리적인
의미에서 동사의 체계라고 할 수 있고[6] 나아가 그 동사는 시간의 축
위에서 항상 직선적인 움직임을 보여주는 어휘로서 자연적 시간에
대한 순응과 타협의 언어적 반응이라 할 수 있기 때문이다. 동사적
서술은 그렇게 시간의 축적과 관련되면서 과거의 의미를 짊어지는
'적분적 동일화'[7]라는 결정성을 갖기 때문에 일반적으로 일치와 부
합의 의미론을 추종하고 단일한 주제적 의미에 수렴되는 양상을 보
인다. 이야기는 특히 행위와 사건들의 발생 순서를 정보의 전달 순서
와 일치시키는 연대기적 흐름을 지녀서 바로 그와 같은 의미의 수렴
을 또한 적절히 돕는다. 독자는 정보의 발생과 전달이 동시에 일어나
는 이야기 속에서 수렴되는 의미를 납득하는 데 어려움을 느끼지 않

---

6) 서술은 순수한 의미에선 반드시 동사의 체계라고 말할 수 없다. 동사 이외의 어휘들이 그 서술 속에 나타나
　 는 것이 보다 일반적이다. 그러나 서술의 체계에 동사 이외의 어휘들이 끼어든다 하더라도 그것은 결코 그
　 체계의 원리가 되는 지배적인 어휘들은 아니다.

7) '적분적 동일화'는 나카이 히사오의 관용적 표현을 나름대로 변형해 본 것이다. 나카이 히사오는 과거 전체
　 를 통합하여 짊어지고 산란된 흐름을 한 방향으로만 향하게 하는 편집증적 행태를 '적분'이라는 수학적 개
　 념을 도입해 설명한다(아사다 아키라, 『도주론』, 문아영 옮김, 민음사, 1999, p.83에서 재참조.). 그러니까
　 '적분적 동일화'라는 개념은 '서술'과 같이 의미의 산란을 허용하지 않는 일치와 부합의 의미론적 동일화
　 작용을 수사학적으로 표현한 것이라고 보면 된다.

는다. 자연적으로 조합된 이야기의 직접성 속에서 독자는 편안한 이해를 보장받는다. 실제로 이야기가 보존하려는 자연적 시간의 계획은 독자에게 순서의 위안을 부여한다.

‘플롯(sjuzet)’은 그러한 이야기의 순서를 왜곡하고 변조하여 행위와 사건들을 특수하게 배열한 구성을 가리킨다. 그런데 이야기의 변형을 의도하는 플롯은 자연적 순서의 왜곡과 변조를 통해 이야기의 직접성이 주는 편안한 위안을 동요하게 만든다. 그 위안은 자연적 시간의 변형으로 인해 깨져버릴 것이고 구성적 의도를 파악하느라 복잡하고 혼란스러워질 것이기 때문에 그것은 파괴된 직접성 속에서 계속 간직되기 어려울 것이다. 그러나 자연적 순서의 뒤틀림이 시간적으로 불가역적인 동사적 서술의 체계를 완전히 와해시키게 되는 것은 아니다. 플롯은 소설적 의도를 가지고 행위와 사건들의 순서를 바꾸게 되지만 여전히 인과적 결정성을 유지하고 있어서 의미의 수렴을 관장하는 일치와 부합의 의미론을 지속적으로 추구한다. 물론 자연적 시간의 계획을 변경시킴으로써 구성적 의도를 갖는 플롯은 주제적 의미의 단일 언어적 특성에 대한 즉각적인 접근을 차단하고 방해하는 것은 사실이다. 간접화된 이야기라고 할 수 있는 플롯은 순서의 위안을 흔들어놓음으로써 단일한 주제적 의미에 대한 이해를 지연시키고 그런 이해의 연기를 통해 해결되지 않는 궁금증과 호기심을 유발시킨다. 플롯은 여기서 일종의 수수께끼가 된다. 그러나 수수께끼로서의 플롯은 독자에게 관습적인 이해에 편승하지 않는 지각의 노동을 요구하지 정당한 이해를 가로막는 공허한 유희를 제공하지 않는다. 이야기의 왜곡과 변조는 주제적 의미를 효과적으로 전달하기 위한 의도된 방법의 하나로서 그와 같은 구심적 의미에 다가가려는 해석학적 절차와 노력은 결국 그 플롯의 수수께끼를 푸는 데 도달할 수 있다. 플롯의 의미 작용은 '풀리는 수수께끼'로서 구축되는 셈이다.

그렇다면 오정희의 단편 「불의 강」을 예로 삼아 그 플롯의 인과론적 분석을 통해 수수께끼처럼 감추어진 주제적 의미를 한번 풀어보기로 하자. 플롯의 조작된 서술 순서를 선조적으로 배열된 이야기의 서술 순서로 되돌려보면 일단 그 수수께끼의 해답에 접근하기가 용이하다. 우선 이 소설에는 발전소가 바라다보이는 어떤 "11평 아파트"에 사는 부부가 나온다. (ㄱ) 그 부부는 2년 전에 아이를 잃었는데 아이는 돌이 지나고 얼마 안 되어 심한 "탈수증"으로 죽었다. (ㄴ) 남편은 어느 날인가부터 탄식조의 "시"를 쓰거나 "성냥"을 지니고 다니기 시작했다. 그리고 (ㄷ) 아내는 남편 모르게 "담배"를 피우게 되었다. (ㄹ) 최근에 "밤 외출"의 습벽이 생긴 남편은 오늘 저녁에도 야근을 구실로 외출한다. (ㅁ) 아내도 남편의 부재를 이용해 밤거리로 "산책"을 나간다. (ㅂ) 새벽에 아내는 집으로 돌아와 남편 없는 빈방에서 잠이 든다. (ㅅ) 남편도 역시 "불에 탄 재 냄새"를 풍기며 돌아와 아내 품에서 깊은 잠에 빠진다. 그때 밖에서는 "발전소"가 불에 타고 있다. 여기서 플롯의 일반적인 효과를 염두에 두고 이야기의 연대기적 순서를 따라가지 않으면 안 된다. 모든 소설의 플롯이 그렇듯이 「불의 강」도 사건의 발생 순서와 정보의 전달 순서를 어긋나게 하여 불연속적 정보가 주는 발견적 낯섦을 통해 주제적 의미 전달의 효과를 높인다. 여기서 (ㄷ)의 사건 단위는 (ㄹ)과 (ㅁ) 사이에 플래시백되고 또 (ㄱ)과 (ㄴ)의 사건 단위는 (ㅁ)과 (ㅂ) 사이에 (ㄴ), (ㄱ)의 순서로 플래시백됨으로써 플롯을 만든다.

이 소설은 우선 남편의 (ㄹ) '외출'이라는 사건을 텍스트의 도입부로 삼는다. 낮 동안 남편과 아내 사이에는 불안과 초조가 뒤섞인 "팽팽한 긴장"이 감돌고 있었다. 그러다가 저녁 무렵 남편은 야근이 있어서 외출해야 한다고 말하고는 집을 나간다. 아내는 야근을 위해 나가봐야 한다는 남편의 말이 "거짓말"이라는 것을 안다. 야근을 구실로 남편이 밤에 외출을 하게 된 것은 사실 어제오늘의 일이 아니다. 남편이 외출하고 나자 아내는 "부리나케 부엌으로 나가 찬장 그릇들 뒤에 숨겨놓은, 새벽에 피우다 만 반동강이의 담배를 꺼내" 피운다. 무엇보다도 이 사건들은 서술상의 일탈 없이 단일한 언어적 의미에 결합되는 것으로 보인다. 남편과 아내 사이를 가로지르는 어색한 긴장의 분위기나 남편의 이유 모를 외출과 아내의 은밀한 흡연 등은 정상적인 부부 관계의 파탄을 지시한다. 하지만 독자는 여기서 파탄 난 부부 관계의 결과적 상황을 습득할 뿐이지 그 파탄의 원인에 대한 정보로부터는 아직 소외되어 있다. 어떤 일 때문에 이 부부는 그 관계에 비정상성의 표지를 갖게 되었을까 라는 의문은 다음에 이어질 수밖에 없다. 왜냐하면 정보 접근의 연기와 보류는 궁금증과 호기심의 발생원천이기 때문이다. 그런데 정상적인 부부 관계를 훼손한 원인으로 짐작되는 아이의 ㉠'죽음'이 그 뒤에 제시되면서 그 의문은 너무도 싱겁게 해결된다. 독자는 아이의 죽음으로 인한 정신적 충격이 원만한 부부 관계를 훼손했을 것이라는 상식적 판단과 확신에 사로잡히게 된다.

충격의 사건을 훼손의 사건에 연결하는 단순하고도 상투적인 인과성이 일단 「불의 강」이 제시하는 서사의 중심이 되는 셈이다. 그러나 독자가 보여주는 그러한 판단과 확신은 그 스스로에게 다시금 두 가지 의문을 부여하게 만든다. 죽음의 충격이 부부 관계의 정상성을 손

상시켰다는 얘기의 상식적인 상투성에 대한 의문이 그 하나가 되고
또 서사의 모호한 부재라는 오정희 소설의 일반적 특징과 상충하는
그 얘기의 단순성과 명료함에 대한 의문이 다른 하나가 된다. 이 소
설의 독자는 일차적으로 상투성과 상식에 대한 의문을 통해서 혹시
있을지도 모르는 복잡하고 입체적인 서사의 진전과 깊이를 기대하지
않을 수 없다. 독자는 어떤 경우에서든지 대개 텍스트에 대한 신뢰와
미련을 완전히 버리지 못하기 때문이다. 그런데 명료한 단순성에 대
한 의문에서 곧바로 그 독자는 진전된 서사에 진입하기 위한 힌트를
얻는다. 서사의 단순 명료함이 모호한 부재로 읽힌 것은 나름대로의
이유를 지니고 있다는 데서 그 실마리는 온다. 오정희 소설에 나타난
다는 서사의 부재는 사실 인접성에 의해 서사의 인과성을 강화하는
환유적 연결 단위들이 종종 서사적 사건들의 유사성을 강조하는 은
유적 표현 단위들로 전화(轉化)하려는 지향과 충동을 드러내는 데서
생겨난다.8) 이것은 한편으로 작가가 현실을 그만큼 고통스럽게 바라
보고 있다는 사실을 증거하는 것인지도 모른다. 고통스러운 현실의
수사학적 번안인 환유의 세계와 달리 은유의 세계는 이상적 안식의
수사학적 번안을 뜻하기 때문이다. 은유의 안식에 대한 갈망과 염원
은 환유의 고통과 절망에 비례한다. 그런 의미에서 아이의 죽음과 부
부 관계의 손상이라는 두 사건 단위는 은유적 유사성이라는 측면에
서 그 환유적 고통에 다시 접근할 필요가 있다.

---

8) 그러나 오정희 소설에 서사가 부재한다는 판단은 반드시 정확한 판단이라고 말할 수 없다. 왜냐하면 오정
희 소설에서 서사는 단순한 것이 되어 있지 부재해 있는 것이 아니기 때문이다. 그러므로 서사의 부재라는
옳지 않은 판단을 빌미로 섣부르게 오정희 소설에 시적 주관성의 혐의를 씌워서는 안 된다. 그럼에도 불구
하고 오정희 소설의 서사 단위들이 자주 은유적 표현 단위들로 전화하려는 지향과 충동을 보여준다는 점에
서 서사의 윤곽이 희미해지는 것만은 분명한 것 같다. 그러니까 오정희 소설에서 서사는 부재하는 것이 아
니라 약화되어 있다고 말하는 것이 좀 더 정확한 판단이라고 할 수 있다.

　　죽음과 손상이라는 의미론적 표지는 무엇보다도 부정적인 환기력
을 갖고 있다는 점에서 유사성을 보인다. 그러니까 독자는 이 두 가
지 사건의 표지를 의미론적 동일성으로 묶고 있는 부정성의 구체적
인 내용에 접근하지 않으면 안 된다. 죽음이 손상을 야기한 것이든
손상이 죽음에 이르는 병이든, 이 두 가지 의미론적 표지는 무언가
삶과 현실의 잔인하고 혹독한 양상을 드러내 보여준다. 아이를 죽게
한 원인이 "탈수증"이라는 암시적 정보와 결합되면서 사실상 독자는
그러한 삶의 양상이 일종의 불모성을 의미하는 것일지도 모른다는
결정적 독해에 이르게 된다. 물은 일반적으로 풍요로운 생명력을 표
현하는 보편적 상징이어서 물의 결핍이 생명력이 고갈된 불모성이나
죽음이라는 의미를 띠게 된다는 것은 더 이상 부연을 요구하지 않는
다.9) 그러므로 죽음이 되어버린 아이와 애정이 손상된 부부는 다 같
이 생명력의 발현이 불가능한 불모의 삶 혹은 죽음과도 같은 삶을 나
타내는 은유적 표현 단위들로 볼 수 있다. 「불의 강」에는 실제로 그
러한 죽음과 같은 불모성을 표현하는 은유들이 즐비하다. 예를 들면
날개가 부러진 듯 보이는 수틀 속의 학과 "검은 자줏빛으로 시들어가
는 꽃병에 꽂힌 꽃"과 산소를 마시기 위해 수면에 주둥이를 내놓고서
죽어 가는 붕어와 "거침없이 불이 번져 가는 잔디"와 붉은빛으로 불
투명하게 물든 사막과 "메마른 목소리로 울고 있는 한 마리 삵" 등이
그것이다. 생명력의 또 다른 수성적(水性的) 변형인 "강"이 그것을 말
려버리고 제거하는 "불"에 의해 제압되어 있다는 것을 '～의'라는 소
유격을 통해 암시하는 '불의 강'이라는 이 소설의 제목은 그 점을 좀

---

9) 물의 상징적 의미에 대한 보다 자세한 논의는 알레브 라이틀 크루티어의 『물의 역사』(윤희기 옮김, 예문, 1997)
　　를 참고할 수 있다.

더 앞서서 나타낸다.[10)

    그러나 남편과 아내는 죽음과도 같은 불모의 삶을 단순히 체념 속에서 받아들이고 또 그러한 삶에 완전히 침윤되어 있는 것만 같지는 않다. 독자가 아내의 ㉢ '흡연'과 남편이 보여주는 시의 ㉡ '작성'과 성냥의 ㉡ '소지'와 같은 건전하지 못하며 비현실적인 행동에 주목하게 되는 것은 바로 이 지점에서이다. 불모의 삶에 대응되어 있는 불건전하고 비현실적인 행동들은 독자로 하여금 그 인과성 속에서 일정한 저항 의지를 읽게 만든다. 그들은 각자가 저마다의 일탈적 행위를 통해서 삶의 불모성에 대해 그 나름대로의 대응 방식을 수행하는 것으로 보인다. 탈수(脫水)의 불모성이 탈수(脫囚)의 자유를 꿈꾸게 하는 것은 인간학적인 견지에서 어쩌면 당연한 것인지도 모른다. 그렇지만 죽음의 불모성에 맞닥뜨린 산 자들의 대응 방식은 능동적인 극복의 의미를 담고 있기보다는 소극적인 반응과 이탈이라는 의미를 담고 있는 대응 방식으로 생각된다. 우선 아내의 담배 피우기는 여자의 흡연이라는 점에서 일탈적 불만을 표현하는 의미 있는 저항 행위로 보이지만, 남편 모르게 이루어지는 그 은밀함 때문에 청소년기적 호기심의 일시적인 발로 정도로 이해된다. 흡연이 탈수 증세를 동반한다는 생리학적 사실의 연상은 오히려 아내의 일탈이 불모의 삶과 공모하고 있는 것일 수 있다는 가능성마저 드러낸다. 실제로 아내는 "절실하게 생활의 흐름을 바꾸고자 소망하지 않는다." 한편 시란 절실한 내면적 갈망이 있을 때 쓰이는 것이고 그 갈망은 어떤 결핍을

---

10) 불의 불모성이 불러일으킨 삶의 심각성은 특히 산소를 마시기 위해 수면에 주둥이를 내놓고서 죽어가는 '붕어'의 은유 속에서 극단적인 표현을 얻는다. 붕어가 물 밖으로 주둥이를 내밀고 헐떡이는 것은 이미 물조차 불을 닮아버렸다는 처참한 사실을 알려준다. 불의 불모성에 저항하는 물의 풍요로운 생명력은 이제 그 상징적 의미마저 사타질 위태로운 지경에 있다.

전제로 한다는 점에서 남편의 시 쓰기도 분명 어떤 결핍을 확인하고
자 하는 의지를 수반하는 것이지만 그냥 거기에서 멈추고 만다. 사회
적 외침으로 공유되기도 전인데 "이제 그는 시를 쓰지 않는다." 흡연
자가 아닌 그가 성냥을 지니고 다니는 것도 또한 방화와 같은 파괴
욕망을 통해 삶의 불모성에 대한 적의를 드러내는 것이지만 그 적의
는 불장난이라는 성냥에 대한 유아적 관심을 넘어서지 않는다.[11] 소
설에 표현된 대로, 성냥의 소지는 "실제로는 가능하지 않은 탈출의
욕망, 이탈의 시도에 대한 보상 심리"에 불과하다.

　죽음과도 같은 불모의 삶을 벗어나는 일은 여기서 일단 좌절하고
실패하는 것 같다. 독자는 삶의 부정성에 대한, '흡연'과 '작성'과 '소
지'와 같은 인과적 대응의 동사들이 패배와 절망의 의미론에 귀착된
다는 암울한 느낌을 가지게 된다. 그러나 남편과 아내에게서 반복되
는 밖으로 나가는 행위의 목격은 독자에게 다시 한번 어떤 희망의 빛
을 감지하게 만든다. 나가는 행위는 스스로를 불모성의 영역 바깥에
위치시키려는 의미론적 지향을 보여줌으로써 불모의 삶에 대한 보다
적극적인 대응 방식을 뜻할 수 있기 때문이다. 남편과 아내의 ㈃/㈄
'외출'은 그렇다면 삶의 부정성에 대한 대응 방식을 한 걸음 더 진전
시키는 것이라 할 수 있다. 그러나 아내가 "산책" 나간 밤거리는 "술
을 마시고 여자를 사고 마침내 이런 모든 행위를 길거리에 버려둔 채
달아나버리는 무책임한 사내들"이 있는 매정한 불모성의 또 다른 공
간에 지나지 않는다. 아내의 외출은 결국 불모성이 삶의 안팎의 모든

---

11) 불의 불모성을 불의 파괴력으로 적대한다는 것은 불의 상징적 이중성을 보여준다. 그러나 아내의 일탈적인
　　담뱃불이 불모의 삶과 공모할 가능성이 있는 것처럼 남편의 일탈적인 불장난도 그 파괴의 힘이 생명의 재건
　　으로 이어지기보다는 폐허의 점증만을 가져온다는 점에서 불모성의 불에 협조하기가 쉽다. 그런 의미에서
　　「불의 강」의 불은 여전히 단일한 의미를 지니고 불모의 삶을 초래하는 상징적 진앙이 된다고 할 수 있다.

국면에 자리 잡고 있어서 그것의 치유 가능성은 어디에서도 찾을 수 없다는 쓰디쓴 확인에서 멈춘다. 남편의 "출분"은 아내와 다르게 불에 대한 관심이 "방화의 욕망"을 키우면서 "구체적인 대상에로 접근해 가고 있다"는 점에서 일단 불모의 삶에 대한 거부와 저항의 강도 높은 실현 가능성을 보여주는 것처럼 보인다. 그렇지만 남편의 외출에서도 삶의 부정성에 대한 거부와 저항의 몸짓은 끝내 "불구경"의 차원에 떨어지고 만다. 남편과 아내의 외출은 모두 불모성의 현실은 변화시키지도 파괴하기도 어렵다는 인식과 결부되어 이제 (ㅂ)/(ㅅ) '귀가' 행위로 이어진다. 11평 아파트의 좁은 공간으로 회귀하는 것은 무엇보다도 일종의 자궁 퇴행의 밀실(密室) 애호증을 의미하는 것은 아닐까 한다. 아파트라는 공간과 관련하여 특히 "정육각형의 창살"이나 "아파트의 6층"과 같이 유독 '6'이라는 숫자를 반복하는 것은 그런 판단과 해석을 상징적으로 뒷받침해준다. '6'이 도상학적으로 자궁 속 태아의 모양과 유사한 숫자라고 할 때 아마도 아파트를 퇴행적 공간으로 암시하려는 의도가 있었을 것이다. 불모의 현실이라는 벽에 부딪쳐 내면으로 퇴락한 인물들인 남편과 아내가 '꼬부림', '오므림', '웅크림', '곱아 듦', '움츠림' 등의 움직임을 보여준다는 데서 그 상징적 퇴행성을 좀 더 명확히 확인할 수 있다.[12] 실제로 "자신의 표면적을 최소한으로 줄이려는 염원"의 퇴행성은 아내의 품에 아이처럼 안겨 잠든 남편의 모습을 그리고 있는 소설 말미에서 가장 극명한 표현

---

12) "창틀에 동그마니 올라앉은 그는, 등을 한껏 꼬부리고 무릎을 세운 자세 때문에 어린아이처럼, 늙은 곱추처럼 보인다. 어쩌면 표면 장력으로 동그랗게 오므라든 한 방울의 수은을 연상시켜 그 자체의 중량으로 도르르 미끄러져 내리지나 않을까 하는 아찔한 의구심을 갖게도 한다."(p.7); "그의 살갗 밑을 흐르는 혈액 속에는 표면 장력이 있어 그는 늘 그렇게 자신의 표면적을 최소한으로 잔뜩 웅크린 채 조심스럽게 살아가고 있는 것 같다."(p.7); "등이 써늘해지자 나는 벽에 걸린 그의 잠바를 떼어 어깨에 걸치고 다시 앉아 수틀을 집어든다. 이내 손이 빨갛게 곱아들어왔다."(p.8) 등등

을 얻는다.

「불의 강」은 이렇게 삶의 현실에 편만(遍滿)해 있는 불모성에 대한 깨달음과 죽음과도 같은 불모의 삶을 넘어서려는 일정한 대응 의지 그리고 다시 불모성의 현실로부터 패배당한 자들의 절망적 퇴행성을 인과론적으로 보여준다. 이 소설은 바로 죽음이라는 고통의 원천으로부터 확산된 불모성이 그것을 극복해 보려는 노력과 안간힘을 억압하고 있는 플롯인 셈이다. 불모성의 죽음에 교착되어 있는 삶의 현실을 가리키는 이러한 플롯은 어떠한 희망과 전망도 허락하지 않음으로써 패배와 절망의 의미론을 완성하고 있는 것으로 생각된다. 그런 의미에서 「불의 강」에는 사실 '현실의 삶은 살아 있는 누구도 벗어날 수 없는 죽음과도 같은 불모의 삶이다'라는 철저한 비관이 깔려 있다. 이 소설이 제시하는 죽음의 불모성은 극복이나 초월이 가능한 삶의 한 경험적 양상이 아니라 이미 삶 그 자체가 그 죽음의 불모성과 다를 바 없는 개인적 실존의 선험적 배경으로 그려진다. 「불의 강」의 플롯이 출제한 의미론적 수수께끼의 해답이 '불모성으로부터 벗어날 수 없는 죽음과도 같은 삶의 실존적 비극'이라는 주제로 요약될 수 있는 것은 무엇보다도 거기에 있을 것이다.

3. 묘사와 비밀

이번에는 의존 화소의 시간 계획을 교란하는 자유 화소가 소설적 의미에 개입하고 작용하는 또 다른 양상을 주목해 보기로 하자. '의존 화소(bound motif)'는 소설의 시간적 전개에 반드시 필요한 화소들을 말하는 것으로 소설의 인과적 진행에 방해가 되는 일은 삼간다. 그래서 자연적 시간에 대한 단순한 순응과 타협과는 분명 다르지만 의존 화소도 역시 전진적인 시간에 대한 동의를 보여주는 동사적 서술이 그 화소 체계의 근간을 형성하게 된다. '자유 화소(free motif)'는 바로 의존 화소가 도모하는 그런 시간의 전진적인 인과적 진행을 훼방함으로써 소설 전체의 의미론적 단일성을 교란하는 의식적, 무의식적 의도를 가진다. 자유 화소가 소설적 시간의 전개에 꼭 필요하지 않은 공간적 장식들을 가리키는 이유는 무엇보다도 거기에 있다. 그런 의미에서 공간의 계획을 따라가는 자유 화소는 '묘사(description)'의 체계이지 않으면 안 된다. 왜냐하면 묘사는 원리적인 의미에서 형용사의 체계라고 할 수 있고[13] 또 그 형용사는 시간의 축 한 점 위에서 언제나 방사선적인 부풀림을 보여주는 어휘로서 시간에 대한 저항과 거부의 언어적 반응이라 할 수 있기 때문이다. 형용사적 묘사는 그렇듯이 시간의 낭비와 관련되면서 현재의 의미로부터 늘 새롭게 출발하는 '미분적 차이화'[14]라는 개방성을 지니기 때문에 일반적으로 주제적 의미론의 균열을 보존하여 복수적인 의미들로 확산되는 양상을 보인다. 일치와 부합의 의미론을 산종(散種)시키는 자유 화소가 단일한 의미에 대한 이해를 어렵게 만들 것이라는 사실은 여기서 자명해진다.

---

13) 묘사도 그 순수한 의미에선 반드시 형용사의 체계라고 말할 수 없다. 상태 동사를 포함해서 형용사 이외의 어휘들이 묘사 속에 등장하는 것이 아마도 보다 사실에 가까울 것이다. 그러나 묘사의 체계에 형용사 이외의 어휘들이 들러붙는다 하더라도 그것은 결코 그 체계의 원리가 되는 지배적인 어휘들은 아니다.

14) '미분적 차이화'도 마찬가지로 나카이 히사오의 관용적 표현을 나름대로 변형해 본 것이다. 나카이 히사오는 산란된 흐름 그 자체를 허용하는 분열증적 행태를 '미분'이라는 수학적 개념을 차용해 설명한다(아사다 아키라, 앞의 책, p.84에서 재참조). 그러니까 '미분적 차이화'라는 개념은 '묘사'와 같이 의미론의 균열과 틈에 의한 의미의 차이화 작용을 수사학적으로 표현한 것으로 간주하면 된다.

　　자유 화소는 소설적 의미에 대한 직접적인 접근을 차단하거나 방해한다는 점에서 사실 플롯과 유사한 효과를 갖는다. 그러나 플롯은 직선적 시간의 계획을 변경하고 순서의 위안을 좌절시켜 의미에 대한 이해를 지연하고 보류하지만 결국 단일한 주제로 풀리는 데 반해 자유 화소는 공간의 계획이 전진적 시간의 계획을 간섭하도록 허용함으로써 주제적 의미의 독단을 지속적으로 경계하는 이질적인 언어의 증식으로 열린다. 시간의 작용 속에서 주제적 의미를 제약하는 플롯이나 의존 화소는 흔히 효과적인 일관성에 종속되지 않는 공간의 묘사적 자료들이나 상징들에 대해 거부 반응을 보인다. 단일한 주제적 의미의 집중을 지향하는 플롯이나 의존 화소의 시간적 풀림은 실제로 의미의 복수화(複數化)를 통해 모호한 비밀을 증식시키는 자유 화소의 공간적 부풀림을 억압한다. 그리하여 소설 안에서 효과적인 일관성에 무관하거나 적대적인 요소들이 작가의 의도를 배반하고 생성될 수 있음에도 불구하고 전통적인 독자들은 시간의 위로에 몰두하느라 공간의 미로를 향유하지 못하게 된다. 자유 화소에 의한 묘사적 부풀림은 바로 단일한 주제적 의미에 대한 성급한 합의를 중지시키고 복수적 의미를 즐기도록 하는 비밀을 발생시킨다. 물론 그 비밀은 의미의 원심적 확산을 가능하게 하는 자유로운 해석의 다의적 공간을 말하는 것이지 주제적 의미를 유희적으로 봉인하는 신비로운 미신적 공간을 말하는 것이 아니다. 그런데 자유 화소는 효과적인 일관성을 배반함으로써 비밀스럽고 모호한 공간을 형성하게 되지만 그 공간 안에 있는 묘사적 자료와 상징들은 파편적이지 않다. 해석학적 절차와 노력은 또다시 묘사적 자료들이 이루는 상징적 개방성 속에서 최소한 한 가지 이상의 새로운 의미를 주제적 의미에 추가할 수 있다. 자유 화소의 의미 작용은 ‘열려 있는 비밀’을 만드는 셈이다.

　오정희의 단편 「불의 강」을 다시 한번 읽고 이번에는 그 자유 화소
의 상징적 분석을 통해 묘사적 자료들이 이루고 있는 비밀의 상자 안
에서 이 소설의 또 다른 의미론적 전언을 찾아보기로 하자. 그런데
서술의 인과적 연결과 구분되는 묘사적 자료들의 경계가 어디까지인
가 하는 문제가 우선적으로 해결되지 않으면 안 된다. 어떤 자료들의
묘사성 여부를 판단하는 문제는 물론 그 자료들의 어휘가 보여주는
양상과 성격의 허명으로 풀리는 문제이기는 하다. 묘사적 자료들은
상태 동사를 포함해서 전반적으로 형용사의 체계인 것이어서 기본적
으로는 어휘의 양상과 성격을 통해 묘사성 여부를 판단하는 것이 가
능한 것이다. 그러나 묘사성을 어휘의 양상과 성격으로 규명하는 것
은 상당히 섬세한 논증을 요구하는 것이므로 또 다른 지면을 빌리지
않고서는 당면한 해석학적 과제와 병행하기가 어렵다. 묘사를 포괄적
인 의미에서 ‘장면적 그림’의 동의어로 규정하고자 하는 이유는 거기
에 있다.[15] 그러니까 장면적 그림을 떠올릴 수 있다는 일반적인 동의
를 이끌어내고 또 서술 체계로부터 비교적 자유롭다고 판단되는 선
에서 자유 화소의 묘사성을 확인하고 그 묘사적 자료들을 해석하는
데 집중하고자 한다. 이 소설에서 무엇보다도 독자에게 묘사에 대한
열정이 가장 크게 발휘되고 있는 대상의 하나로 제일 먼저 눈에 띄는
것은 “화력 발전소”라는 건물이다. 그것은 단순한 배경적 요소의 의

---

15) 경험의 언어적 재현에 해당되는 소설에서 행동과 사건의 재현인 서술과 달리, 묘사는 사물과 인물을 재현
　　하는 경우를 가리킨다. 그것은 순수한 의미에서 정적인 것의 재현에 해당하는 것이다. 물론 어떤 행동과
　　사건이 의존 화소의 일부가 되지 못하고 자유를 부여받은 경우 그러한 동적인 것의 재현도 일정하게 묘사
　　에 포함될 수 있다. 묘사에 대한 보다 정교하고 상세한 논의는 하태환의 「묘사에 관하여」(≪외국문학≫
　　1997년 여름호)란 글을 참고할 수 있다.

미를 넘어서 무언가 의미심장한 상징성을 띠고 있는 것처럼 보인다.

　발전소라는 건물은 "비교적 작은 규모의 화력 발전소"라는 왜소한 신원을 지닌 것으로 그려진다. 그리고 발전소는 "잿빛의 우중충한" 모습이 보여주는 초라함과 "어떤 이유에서인지 폐쇄"된 상태에 놓인 무력함을 그 신원의 왜소함에 보탠다. 닳아서 빛바랜 색채와 정상적인 기능을 상실한 용도는 일단 한 건물의 왜소함을 좀 더 강조해서 묘사하고 있는 것처럼 보인다. 여기서 명민한 독자라면 변색과 변용에 대한 표면적인 관찰과 판단에서 멈추지 않고 보다 깊이 있는 상징의 세계로 파고들 것이다. 우선 색채의 변모는 발전소라는 건물에 가해진 시간의 풍화 작용을 지시하는 것으로 볼 수 있다. '우중충하다'

라는 형용사가 본래적인 색감을 잃어버린 과정을 환기하고 있다는 점에서 '잿빛'으르 변색된 발전소의 외장(外裝)은 어떤 대상이나 사물에 미친 시간의 영향을 보여준다. 일반적으로 색채의 변모는 자연적 시간의 보이지 않는 파괴력을 시각화하는 암시적인 리얼리티에 해당된다. 그런 의미에서 변모된 색채는 건물이 폐쇄된 어떤 이유와 무관하게 발전소의 기능을 마비시킨 근원적인 원인이 있음을 짐작하게 해준다. 시간이 자연의 흐름을 표현한다면, 독자는 그러한 원인이 한마디로 자연의 복수(復讐)라고 단정할 수도 있다. 발전소와 자연의 이러한 이항 대립은 무엇보다도 발전소를 문명의 제유적 공간으로 이해하도록 만든다. 화력 발전소는 특히 열에너지를 빛에너지로 바꾸는 발전의 공간으로 전깃불을 생산함으로써 사람들을 밤의 어둠에서 해방시킨 산업 사회의 발명품이다. 어둠이 상징하는 자연적 원시성을 전깃불을 통해 사회로부터 추방한 발전소가 산업 사회적 문명의 상징으로 받아들여지는 것은 여기서 어색하지 않다. 그런데 발전소가 상징하는 산업 사회적 문명은 현재 용도가 폐기되었을 뿐만 아니라 지금 그 모습과 형편이 매우 궁색하다.

추방당한 자연의 앙갚음 때문에 발전소의 문명이 초라하고 무력한 왜소함으로 드러난다고 해서 근심하고 염려할 필요는 없다. 자연적 시간의 끊임없는 마모와 손상의 위협에도 불구하고 산업 사회적 문명은 자연과 다투는 경쟁적 노력을 포기하지 않는다. 그래서 산업 사회적 문명의 팔루스적 변형인 "발전소의 굴뚝"은 발전소가 폐쇄된 이후에도 "비늘이 돋듯 조금씩 반짝거리며 불그레 달아오르고 있는 듯" 생기를 띠고 있는지도 모른다. 이 문명의 생기는 가동이 중단된 발전소가 "해산물의 하치장"에서 "얼음 창고"로 다시 "갱 영화의 촬영 현

장"으로 계속적인 용도 변경을 통해 생산적 노력을 멈추지 않고 있다
는 묘사에서 직접적으로 확인된다. 그러나 발전소의 생산성이 산업
사회적 문명의 진보에 대한 장밋빛 미래를 여전히 밝히고 있다는 데
서 독자가 안도의 숨을 내쉰다면 그것은 커다란 오해다. 독자는 "아
직까지도 건물의 전체적인 윤곽을 파악하지 못하고 있다." 발전소에
서 만들어지고 있는 영화가 '갱 영화'라는 것은 실제로 산업 사회적
문명이 폭력적이라는 것에 대한 환유적 암시로 기능한다.[16) 생산성
의 신화 속에서 산업 사회적 문명이 벌이는 자연에 대한 경쟁적 노력
은 결국 효율성의 극대화를 위해 자연적 생명력에 대한 폭력적 착취
로 귀결될 수밖에 없는 것이다. 신화적 상징의 차원에서 볼 때, 인류
문명의 기원이 된 프로메테우스의 뜨거운 불은 사실상 그것의 산업
사회적 재생이라고 할 수 있는 빛나는 전깃불에 이르러 은총이 아닌
저주가 되어버린다. 아니 어쩌면 뜨거운 불은 이미 빛나는 불을 예고
하고 있었다는 점에서 처음부터 은총을 가장한 음험한 저주였는지도
모른다.

　과연 프로메테우스적 문명의 불은 생산력의 효율성을 고양하기 위
해 자연적 생명력을 폭력적으로 억압한다. 이 소설에서 우선 '뜨거운

---

16) 「불의 강」은 전쟁과 발전소의 의미론적 연관성 속에서 그것을 다시 한번 상징적으로 암시한다. 산업 사회
　　적 문명의 폭력성은 오히려 '전쟁'에서 가장 극심하게 드러난다고 할 수 있다. 전쟁 자체가 물론 산업 사
　　회의 소산은 아니지만 기계 문명의 발달에서 오는 대량 살상 무기 같은 것은 전쟁을 그러한 문명의 폭력
　　성이 시험되는 장소로 만들었다. 또한 발전소의 문명은 전쟁뿐만 아니라 온갖 폭력적 행위들을 거느리는
　　'유령의 성'으로 그려진다는 점에서 그 상징적 암시는 더욱 강화된다. "전쟁 때 그 안에서 대량 학살이 있
　　었거든. 사람들을 한데 몰아넣고 그냥 개 패듯 때려죽였다는 거야. 벽에는 그때의 사람들의 핏자국과 살점
　　이 남아 있다느니, 때로 우리들이 건져내는, 강물에 떠내려오는 갓난 핏덩이는 바로 거기서 나오는 것이라
　　느니, 발전소가 돌아갈 무렵 감전되어 죽은 사람들이 밤마다 그 안에서 돌아다니고 있다느니, 남의 눈을
　　피해 발전소 속에 들어가 아이를 낳은 처녀가 아이를 죽이고 끝내 미쳐 그 주위를 아이를 찾으며 어슬렁
　　거린다는 말들이 종잡을 수 없이 떠돌고, 그것은 우리들의 상상력을 자극해서 차츰 불가사의한 모습으로
　　자리 잡게 되었고 온갖 신화를 만들어내었지. 게다가 발전소의 문은 늘 잠겨져 있었어. 상상 속에서 그것
　　은 입구는 있되 출구는 없는, 수많은 방과 미로를 가진 유령의 성이었어."(pp.12〜13)

불'의 폭력성은 증발의 현상학으로 나타난다.[17] 「불의 강」은 증발의 폭력을 구사하는 산업 사회적 문명을 가리키기 위해 실제로 '사막'의 은유를 등장시킨다. 그리하여 생명력의 실질적인 양분이자 상징적 원천이기도 한 자연의 물은 그 문명적인 사막의 불로 인하여 증발되고 따라서 압살되는 것으로 묘사된다.

> 사막의 한복판에 꽃을 든 그가 서 있다. 아랍식의 터번 아래 드러난 얼굴은 죽은 사람처럼 창백한 납빛이다. 왜 그러고 있는 거예요. 나는 그에게 외친다. 그는 꼼짝 않고 직립해 있을 뿐이다. 그의 손에서 진한 자줏빛 꽃이 뚝뚝 떨어져 내렸다. 내 목소리는 곳곳에 구릉 지대를 이루고 겹쳐 있는 모래 언덕에 스며 되돌아오지 않는다. 해는 보이지 않는데 모래 빛의 반사로 하늘과 땅은 붉은색의 셀로판지를 통해 보듯 온통 붉은 빛이다. (……중략……)
> 금주(禁酒)의 시대였는데 술집 주인은 먼 길을 가는 우리를 위해 술을 한 병 내주었다. 우리는 그것을 들고 사막을 건넜다. 사막은 여전히 불투명한 붉은빛이었고 그에 대한 기억은 확실치 않다. 함께 가고 있다는 느낌뿐 실체는 느껴지지 않았다. 사막을 다 건넌 후 마른 목을 축이고자 병을 땄을 때 술은 뜨거운 물이 되어 수증기로 피어올랐다. 마법의 병처럼 그곳에 갇힌 수증기는 좁은 아구리로 빠져나오려고 뒤엉켜 비비적대고 있었다(p.25).

---

17) '증발의 현상학'을 한편으로 '말림'이라는 어휘와 결부시켜 이해해 보는 것은 상당히 흥미로운 해석을 제공한다. 수분을 마르게 하다 라는 의미로서의 동사 '말리다'의 폭력성은 증발의 폭력성과 겹쳐지면서 「불의 강」의 인물들이 보여주는 퇴행적 움직임을 불러일으킨다. 즉 수분이 마르고 제거되는 과정에서 생기는 응축과 위축의 움직임은 형용사 '말리다'의 퇴행성과 중첩되면서 인물들이 작고 둥그렇게 말리는 움직임에 이어진다. 한편 '말리다'의 동사적 형태를 효율성을 위해 단일한 움직임을 강요하는 산업 사회적 상황을 표현하는 원리적인 어휘라고 할 경우 '말리다'의 형용사적 형태는 서술의 단일한 움직임으로부터 자유로움을 획득하고자 하는 것이 형용사적 묘사라는 점에서 그 퇴행성을 산업 사회적 상황의 폭력성에 대한 의미 있는 대응으로 끌어올리는 원리적인 어휘라고 할 수 있다. 서술의 체계에서 이해해 보았던 퇴행성의 부정성은 여기서 다시 저고의 대상이 된다. 사실 퇴행성의 부정적 움직임은 부정성 그 자체로 끝나는 것이 아니라 그러한 부정성을 낳은 더 잔인하고 야비한 부정성을 물고 들어가면서 그 부정성의 존재를 비판하는 긍정성을 갖는 것이라 할 수 있을지도 모른다.

몽환적인 잠 속이다. 아내는 온통 "불투명한 붉은빛"으로 채색된 어지러운 꿈을 꾸고 있다. 프로이트 식으로 말한다면, 아마도 아내의 꿈은 소위 '꿈의 작업'을 진행시키고 있을 게 분명하다. 그래서 그럴 만한 독자라면 꿈의 작업으로 변형되고 은폐되어 상징성을 띠게 된 공간으로 아내의 꿈을 바라보고 그곳을 자유롭게 상상하고 해석하게 된다. 무엇보다도 '붉다'라는 색채 형용사는 '사막'이라는 공간적 정보에 접촉하기에 앞서 곧바로 독자에게 아내의 꿈속이 뜨거운 불에 지배되어 있는 폭력적 공간임을 알려준다. 그와 같은 불의 폭력성은 먼저 남편에게 건네진 아내의 목소리가 뜨거운 불의 대지적 변형인 "모래 언덕"에 "스며" 제대로 전달되지 못하는 일차적인 증발의 현상학을 낳는다. 아내의 목소리가 사랑의 교감을 통해 생명력을 발현하기 위한 일종의 교량과 같은 의미를 가지는 것이라 할 때, 그 생명력은 뜨거운 불의 증발력 앞에서 무너져버리고 마는 것이다. 조금 더 과감하게 말하자면, 목소리의 차단은 산업 사회적 문명 안에서 노동의 효율성을 떨어뜨리는 잡담(雜談)의 금지라는 의미를 지니는 것으로써 뜨거운 불의 폭력성이 그러한 문명의 상황과 야합하는 양상을 절묘하게 그린다고도 할 수 있다. 그러니까 남편은 잡담이 금지된 공장 안에서 노동에 매달릴 수밖에 없기 때문에 무슨 소리를 듣고서도 "꼼짝 않고 직립해" 있는지도 모르고 또 그로 인해 노동의 피로에 지쳐 "죽은 사람처럼 창백한 납빛"의 얼굴이 되어 있는지도 모른다. 뜨거운 불의 폭력성이 다음으로 보여주는 증발의 현상학은 그렇듯이 억압되어 있는 생명력을 보다 철저하게 막다른 곳으로 몰고 간다. 독자는 여기서 디오니소스적 생명수인 술이 갈증을 해소시켜주지도 않고 매정하게 "피어오르는" 순간을 주목하게 된다. 아내와 남편이 마른 목을 축이기 위해 꺼내 든 술병은 상징의 차원에서 디오니소스적 무질서와 혼란을 장전하고 있는 것이어서 노동의 질서를 문란케 하여 그 기반을 흔들리게 할 것이 틀림없다. "금주의 시대"로 불리워질 수밖에 없는 산업 사회적 상황에서 술은 폭력적인 금지의 대상이 되지 않으면 안 되는 것이다. 그러나 '술'은 '뜨거운'이라는 한정적 형용사가 암시하듯이 이미 불에 구속되어 있어 갈증의 해소는커녕 갈증의 점증을 가져올 것이 뻔한 '뜨거운 물'에 지나지 않는다. 아내의 꿈은 물이 있어도 결코 먹을 수 없도록 하는 산업 사회적 상황의 폭력적 증발력이 얼마나 혹독한 것인지를 상징적으로 증거한다.

그러나 산업 사회적 상황이 도모하는 자연적 생명력에 대한 폭력적 억압은 사실 '뜨거운 불'이 '빛나는 불'로 전이되면서 그 정점에 이르게 된다. 산업 사회의 상징인 발전소가 발전(發電)에 의한 발전(發展)을 매개로 발명한 '빛나는 불'은 수면의 의미론을 통해 폭력을 행사하고 그럼으로써 생명력의 억압을 극대화하는 것이다. 산업 사회적 폭력의 전형은 바로 '빛나는 불'에 의해 완성된다고 할 수 있다.

재봉틀 소리가 수화기 가득 들, 들, 들, 들 끓어오르고 있었다. 김씨, 김씨, 한동안 그를 부르는 소리가 들리고 이어 그의 조심스러운 목소리가 들려왔다. 그는 전화기 저쪽에서 놀라듯 매양 낮은 탄성을 울렸다.
"오늘도 밤일이 있을 거야, 일이 밀려서 말이야…… 내 손으로 다 뽑아야 하니까."
그가 잠시 말을 끊고 숨을 들이쉬는 사이 내쉬는 사이로 재봉틀 소리는 재빨리 끼어들었다. 들들들들, 달달달달, 전화선을 타고 오는 그 소리는 마치 이를 가는 소리처럼 들렸다. (……중략……)
"알았어요, 알았다구요. 그럼 끊어요."

나는 한숨을 쉬고 수화기를 내려놓으며, 수면 부족으로 충혈된 눈으로 재봉틀을 돌리고 있을 그를, 그의 일터를 생각하고 문득 전율을 느꼈다. 그가 묻혀오는 일터의 분위기, 끊임없이 되풀이되는 그 들들들 재봉틀 돌아가는 리듬이 우리 생활을 돌리고 있는 것이다(pp.15~16).

　　"수면 부족으로 충혈된 눈"을 하고 야간작업에 시달리는 남편이 등장한다. 독자는 실제로 전깃불이 밤을 축소하고 낮을 확장하여 사람들이 밤에도 계속 일하지 않을 수 없도록 만든 잔인한 문명의 발생 원천이라는 것을 안다. 사람들은 '충혈되어 있다'라는 상태 형용이 그리고 있듯이 수면을 취해야 하고 그래서 생명의 힘을 회복하고 온축(蘊蓄)해야 하는 밤의 어둠이 전깃불에 의해 추방되면서 고단한 "밤일"을 하지 않을 수 없게 된 것이다. 그렇다면 빛나는 전깃불에 의한 노동 시간의 연장은 생산력의 증대를 위해 생명력을 소진시켜서 자연적인 삶의 가능성을 박탈할 수밖에 없다. 산업 사회적 상황이 그렇다고 해서 수면 시간을 빼앗은 대가로 성취감과 같은 가치 있는 보수를 제공한 것은 아니다. "재봉틀 돌아가는 리듬이 우리 생활을 돌리고 있"는 산업 사회적 상황은 차라리 사람들이 사용하기 위해 만든 도구가 사람들을 도구로 사용하게 되었다는 역설적인 소외적 상황을 말해준다. 그래서 밀린 일거리를 자신의 손으로 하지 않으면 안 된다고 말하는 남편의 말은 일에서 성취감을 느끼는 사람의 일에 대한 완수 의지나 책임감이 아니라 생산력의 수단으로 전락한 인간의 산업 사회적 상황에 대한 얽매임과 피구속성으로부터 발원한 언급이라고 할 수 있다. 노동이나 상품으로부터 소외된 사람들이 사실상 "장인다운 자부심"을 갖기는 어렵다. 자기의 일을 증오하고 "지긋지긋해한다는 것"이 "이를 가는 소리"로 암시되고 있는 데서 그러한 상황의 심각성은 한껏 고조된다. 어쨌든 "일터"에서 돌아오지 못하는 남편의 처지는 산업 사회라는 폭력적 상황 속에 놓인 사람들의 극심한 고통과 그들의 공통된 불행을 상징적으로 보여준다.

「불의 강」은 이처럼 프로메테우스적 불의 폭력적 상징성을 통해 산업 사회적 문명의 폐해와 해악을 암시하고 드러낸다. 그 불은 일단 순차적 계기성을 가지고 뜨거운 불과 빛나는 불로 구분된다. 그렇게 해서 '뜨겁다'라는 형용사는 증발의 현상학을 통해 혹독한 폭력성을 묘사하고 또 '빛나다'라는 형용사는 수면의 의미론에 의해 극심한 폭력성을 묘사한다. 사람들의 삶이 폭력적인 상황 속에 교착되어 있다는 것을 보여주는 묘사적 자료들은 그와 같은 상징적 일관성을 통해 결국 산업 사회가 갖는 심각성을 그려낸다. 그런 의미에서 77년작인 「불의 강」은 자유 화소의 묘사적 자료들이 제공하는 상징적인 공간 안에서 최소한 한 가지의 의미는 더 말하고 있다고 할 수 있다. 한국 사회가 산업 사회적 상황의 심각성을 본격적으로 절감하게 된 역사적 시기가 1970년대라고 한다면, 「불의 강」은 '1970년대 한국의 산업 사회적 상황이 노정한 폐해와 해악'이라는 비밀로 남아 있던 또 다른 의미를 앞선 주제적 의미에 덧붙이는 것으로 보인다.

4. 소설과 대화

이제 오정희의 단편 「불의 강」의 중층적 구조에 대해 말할 수 있게 되었다. 「불의 강」은 두 개의 텍스트를 포개놓은 구조로 이루어져 있다. 하나는 '서술'의 인과적 결성에 의해 구축된 '수수께끼의 텍스트'이고, 다른 하나는 '묘사'의 상징적 개방성을 통해 부각된 '비밀의 텍스트'이다. 그리고 전자의 결정성의 독법은 '불모성으로부터 벗어날 수 없는 죽음과도 같은 삶의 실존적 비극'이라는 주제적 의미로 동일화하고 후자의 개방성의 독법은 '1970년대 한국의 산업 사회적 상황이 노정한 폐해와 해악'이라는 상징적 의미로 그 동일성의 주제로부터 차이화한다. 그렇게 해서 이 두 개의 텍스트는 바로 상호 간의 의미론적 대화를 통해 「불의 강」이라는 소설의 다의적 구조를 형성하게 된다. 소설을 동일성과 차이성의 배반적 의미화가 서로 대화하고 길항하는 언어적 구조물로 보려는 이 글의 방법론적 관점은 여기서 생겨났다. 오정희의 소설을 가지고 모색한 이러한 방법론을 일단 '비밀의 시학'[18]이라 불러보는 것이 가능할지도 모르겠다. 말하자면 비밀의 시학은 서술의 텍스트와 묘사의 텍스트가 보여주는 긴장된 대화를 단일한 언어적 의미로 환원하지 않고 묘사적 자료들의 비밀성을 통해 개방해버린다는 점에서 좀 넓은 의미에서이긴 하지만 바흐친적 의미의 '대화 원리(le dialogisme)'에 대체로 부합하는 것으로 보인다. 서술과 묘사의 대화를 주제적 단일성으로 통합하여 대화를 독백화시켜버리는 것이 전통적인 시학이고 보면, 의미론적 차이성을 보존하려는 비밀의 시학은 어느 정도 방법론적 새로움을 갖는 것이라고 말할 수 있다.

전통적인 독법 안에선 사실 상징적 개방성을 지닌 묘사의 텍스트

---

18) '비밀의 시학'은 사실 F.커모드의 「비밀과 서술 순서」(G. 쥬네트 외, 『현대 서술 이론의 흐름』, 석경징 외 옮김, 솔, 1997)라는 글에서 암시받은 바가 크다. 그러나 커모드의 논의는 방법론이라는 측면에서 구체적으로 활용하기에는 구조적 명확성이 다소 부족한 듯 생각된다. 그래서 '비밀의 시학'은 좀 더 구체적이고 활용 가능한 방법론적 틀을 고안하려는 목적에서 서술과 묘사가 서로 길항하는 대화법의 의미에 주목한다.

는 인과적 결정성을 갖는 서술의 텍스트를 보완하고 심화하는 보조적인 자료로 간주된다. 비록 인과적 서술성으로 조율된 텍스트의 일관된 의도가 상징적 묘사성으로 파열되어 그것 때문에 배반되고 어긋나는 경우가 있을지라도 전통적인 시학은 그것을 의도적으로 무시한다거나 혹은 심리적 보완물로 해석학적으로 환원해버림으로써 주제적 의미의 단일성을 끝까지 고집한다. 그러나 '서술과 묘사의 대화'로 규정된 이 글의 방법론적 가정은 자유 화소의 묘사적 자료들이 만들어내는 의미의 잉여를 텍스트가 의도하는 주제의 동일화 작업에 희생시킬 수 없다는 관점을 통해 기존의 전통적 시학과 구분된다. 지속적인 차이화 공간으로서의 묘사의 텍스트는 그 상징적 개방성을 가지고 비밀의 텍스트를 구축하면서 전통적 시학의 거점인 서술의 텍스트를 끊임없이 파열시키고 해체하게 되는 것이다. 물론 비밀의 텍스트를 가정함으로써 '결정된 의미'의 존재를 부인하겠다는 것은 의미론적 수렴 과정을 이용하는 해석학적 절차를 완전히 포기하겠다는 말이 아니다. 이것은 동사적 서술과 형용사적 묘사 사이의 길항적 갈등 관계를 배제하지 않고 그것으로부터 발생하는 의미의 나머지를 다시 한번 결합함으로써 숨겨진 의미를 새롭게 발견하겠다는 것이다. 이 글은 그런 맥락에서 단일한 의미에 의해 억압된 다양한 의미들을 하나하나 인식의 지평으로 귀환시키고자 하는 이른바 '해석학적 다원주의'에 그 이론적 근거를 가진다고 할 수 있다. '서술과 묘사의 대화'라는 방법론적 관점이 갖는 첫 번째 의미는 바로 그러한 이론적 근거로부터 온다.

그런데 텍스트의 의미론적 동일성을 맹신하는 전통적 시학의 옹호자는 여전히 이런 의문을 버리지 않을 것이다. 「불의 강」의 서술과 묘사가 각기 드러낸 의미들은 서로 교류되거나 교직되어 있는 주제적 의미의 한 요소들이 아닌가 또 그것들은 단일한 주제의 풍요로운 의미 효과는 아닌가 하고 말이다. 전통적인 시학의 해석학적 환원주의는 실제로 이 과정에서 「불의 강」의 두 가지 의미론적 층위를 혼동하게 된다. 불모와 죽음의 삶이라는 개인적 실존의 문제와 산업 사회의 폐해와 해악이라는 공동체적 사회의 문제를 구분하지 못하는 전통적인 독자는 여기서 사회적 문제를 중심으로 실존의 문제를 참조하는 리얼리즘적 독법과 실존적 문제를 축으로 사회의 문제를 부연하는 모더니즘적 독법의 편향된 시각으로 경사한다.[19] 기존의 연구들은 무엇보다도 「불의 강」을 포함한 오정희 소설에서 실존적 문제의 형상화라는 측면을 강조함으로써 대체로 모더니즘적 독법이라는 한 가지 편향성만을 보여주고 있는 것이 사실인데, 오정희 소설 연구에서 의미론의 환원주의를 고수할 때 다른 한편으로는 앞으로 얼마든지 리얼리즘적 편향성의 시각도 나타날 가능성이 많은 것 또한 사실이다. 주제적 동일화를 상대적 차이화를 통해 연기하고 보류함으로써 의미론적 환원주의를 폐기하고 정립한 의미론적 다원화는 바로 그런 도식적인 리얼리즘/모더니즘 이분법을 넘어선다. 개인적 실존의 문제와 공동체적 사회의 문제는 어느 하나가 다른 하나를 종속시켜 자신의 우위성을 강변할 수 있는 문제가 아니다. 서술과 묘사의 층위에서 드러난 의미들은 상보 관계에 놓이지만 동등한 그런 의미들이

---

19) 실존적 문제를 다루면 모더니즘이 되고 사회적 문제를 다루면 리얼리즘이 된다는 규정은 엄밀한 의미에서 반드시 올바른 규정이 되는 것은 아니다. 그러나 한국 근대문학사의 용례는 개인의 실존적 문제에 주목한 대부분의 소설들이 모더니즘적 기법을 선호했다는 점과 또한 보편화된 사회적 문제를 강조한 대부분의 소설들이 리얼리즘적 재현 원리를 추수했다는 점을 보여준다. 그런 관례적인 의미에서 모더니즘과 리얼리즘이라는 용어가 사용되고 있는 것이다.

지 종속 관계 위에서 위계화되는 보충적 의미들은 분명 아닌 것이다. 범주의 차이를 섬세하게 지각하고 구별하는 것은 '서술과 묘사의 대화'라는 방법론적 관점이 갖는 두 번째 의미라고 할 수 있다.

마지막으로 한마디 더 덧붙이자면, 가령 바흐친의 담론적 대화 이론의 중심 개념인 '다성성'은 폭넓은 재현을 통해 다양한 언어들이 충돌하고 갈등하도록 만든 장편 소설의 연구에 적합한 방법론적 개념이라고 할 수 있다. 사실 세련된 집중을 통해 단일한 사건과 인상, 그리고 통일된 문체를 보여주는 단편 소설은 그 시적 독백성으로 대화성의 분석에 저항함으로써 사실상 다성성의 개념이 적용되기 어렵다. 그러나 해석학적 다원주의 이론에 기초한 '다의성' 개념은 그 '서술과 묘사'를 보여주지 않는 소설은 거의 없다고 볼 수 있으므로 폭넓은 재현에 중점을 두는 장편 소설뿐만 아니라 세련된 집중을 보여주는 단편 소설에도 유용하게 활용될 수 있는 방법론적 개념이다. '서술과 묘사의 대화'를 통해 나타나는 '다의성'이라는 방법론적 개념은 그 방법론의 적용력이 지니는 보편성으로 인해 한층 유용한 것으로 보인다. 아마도 구체적인 분석 작업을 통해 그 점은 계속 인증되어야 할 것이지만, 결국 '서술과 묘사의 대화'라는 방법론적 관점은 그 방법론의 보편적 적용력이라는 측면에서 그 세 번째 의미를 갖게 된다고 할 수 있다. 지금까지 언급된 이 세 가지 의미는 결국 그 '서술과 묘사의 대화'라는 방법론적 가정이 보여주는 의미와 가치를 지속적으로 음미하도록 할 것이다.

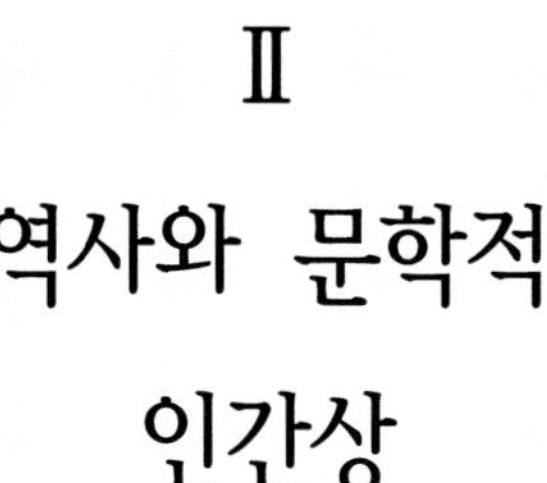

Ⅱ
역사와 문학적 인간상

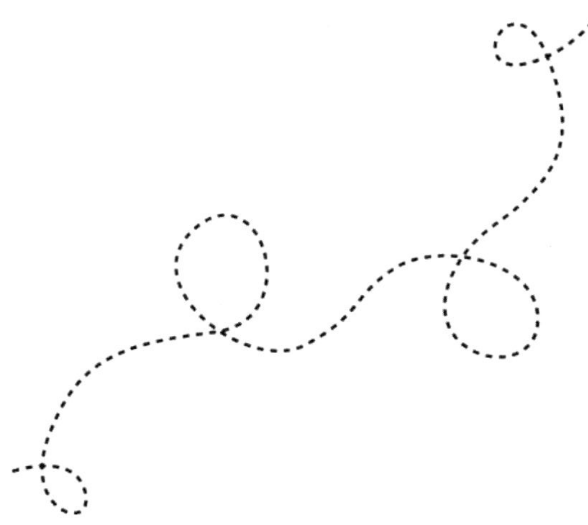

이광수와 계몽의 위안

-「무명(無明)」을 중심으로-

1. 문제 제기

프랑코 모레티에 따르면, 소설은 근대의 <상징적 형식>이다.[1] 근대의 특정한 정신적 내용은 이미지라는 소설의 특정한 물질적 기호와 연결되고 동일시된다는 것인데, 여기서 우선 근대의 특정한 정신적 내용은 <이동성(mobility)>과 <내면성(interiority)>으로 요약된다. 새로운 이익사회가 전통적인 공동사회를 대체하면서, 근대의 사회적 공간은 전대미문의 이동성을 강요하고 불안한 내면성을 만들어냈다는 것이다. 그런가 하면 모레티는 근대의 그러한 정신적 내용은 외적인 역동성과 내적인 불안정성이라는 젊음의 이미지에 의해 정확하게 전달되는 것으로서, 젊음은 말하자면 소설의 핵심적인 상징이 된다고

---

[1] 여기서 〈상징적 형식〉은 모레티 식 소설사회학을 구축하기 위한 선험적 전제이다. 그에 따르면, 서사시와 달리 소설은 한 문명의 물질적이고 상징적인 기반을 이야기하는 것이 아니라, 오히려 그 문명이 이미 정상적으로 작동되고 있음을 전제로 하는데, 그 이유는 소설적 묘사의 대상이 되는 일상성은 사회관계들의 도전받지 않는 안정성을 요구하기 때문이다. 따라서 모레티의 소설사회학 안에서 근대소설은 미학적 관점에 따라 안정된 사회관계에 대한 거부를 표현하는 장르가 아니라 사회학적 관점에서 그러한 사회관계에 대한 승인을 함축하는 상징들을 내포하는 장르로 가정된다. 그런가 하면 하나의 소설이 놓인 사회역사적 맥락에 대한 승인을 그 소설의 상징들 안에서 찾아낼 수 있을 때, 그 소설은 이른바 〈상징적 적법성〉을 지니는 것으로 파악된다. 프랑코 모레티, 『세상의 이치』, 성은애 옮김(문학동네, 2005), pp.25~42 참조.

말한다.

그러나 모레티는 이동성과 내면성이 소설 속의 젊음을 근대의 중요한 <상징>으로 만들었다고 할 때, 젊음이라는 그 근대적 상징의 무정형한 성질은 다시 <형식>이 되기 위해 젊음과 정반대되는 특성, 즉 어떤 제한과 종결을 선험적으로 확립해야 한다고 덧붙인다. 다시 말해서 근대소설은 젊음의 무한한 역동성을 핵심으로 하면서도 오로지 그 핵심을 저지하는 데 동의함으로써만 자신이 처한 근대를 상징적으로 적법하게 재현할 수 있다고 지적한다. 그에 의하면, 결국 근대의 <상징적 형식으로서의 소설>은 역동성과 제한, 불안정성과 종결이라는 이항대립을 통해 불가피하게 내재적으로 모순적인 것이 된다.

아울러 그러한 대립은 <근대적 사회화의 이중적 본질>을 나타내는 것으로도 규정될 수 있다.[2] 모레티에 따르면, 실제로 그 사회화는 크게 두 가지 차원에서 진행되는데, 하나는 객관적이고 전문적인 것으로 제도화된 교육의 목적인 사회 질서로의 <기능적 편입>을 목표로 하는 사회화 과정이고, 다른 하나는 주관적이고 일반적인 것으로 문학의 목적인 사회 질서의 <상징적 적법화>를 목표로 하는 사회화 과정이다. 말하자면 학교나 감옥과 같은 제도들은 개인적인 감정이나 신념과 상관없이 <행위>를 사회화하려 한다면, 반면 문학과 예술은 개인의 <영혼>을 사회화하는 데 목적이 있다는 것이다. 그리고 후자의 경우에는 개인과 사회의 연속성을 억압적인 <강요>가 아니라 다소 의식적인 <동의>를 통해 이루려고 한다는 것이 특징적이라고 지적한다.

이처럼 개인과 사회의 연속성을 가정하는 것은 근대적 사회화에서

---

2) 모레티는 행위의 사회화와 영혼의 사회화를 구분하고, 이것을 〈근대적 사회화의 이중적 본질〉이라 규정한다. 프랑코 모레티, 앞의 책, pp.28∼29 참조.

계몽주의적 이상으로 표출된다. 그런데 이것은 바로 우리의 근대를 최초로 재현했다고 평가받는 이광수 문학에 대한 우리의 근본적인 전제로서도 유효하다. 물론 이러한 전제가 완전히 새로운 것은 아니다. 김동인의 「조선근대소설고」(1929)[3]로부터 김붕구의 「신문학 초기의 계몽사상과 근대적 자아」(1964)[4]에 이르기까지, 이광수의 이른바 <계몽주의 문학>은 개인의 권리를 강조하는 <정육론(情育論)>의 낭만적 미학과 사회적 의무에 역점을 두는 <수양론(修養論)>의 공공선이 결합되어 있는 것으로 이해되었다.[5] 그러나 이 논의들에서 미(美)와 선(善)은 이광수라는 상징적 형식에 통합된 대립이라기보다는 대체로 문학과 사상 사이의 지양 불가능한 모순으로 파악되었다.

사실 전환적인 논의는 김현·김윤식의 『한국문학사』(1973)를 기점으로 이루어지는데, 이들은 이광수의 미의식과 윤리의식 사이의 모순을 친일 이데올로기와의 연관성을 통해 해소하고, 문학사 연구의 세대교체를 이루게 된다.[6] 그리고 이것을 계기로, 연구자들은 미학과 공공선의 동질성을 가정하며, 마침내 이광수를 일관된 계몽주의자로 규정하는 데 도달한다.[7] 그러나 그들은 이광수 문학의 계몽주의적 일

---

3) 김동인, 「조선근대소설고」, 『김동인전집16』 (조선일보사, 1988).

4) 김붕구, 「신문학 초기의 계몽사상과 근대적 자아」, 『한국인과 문학사상』(일조각, 1964).

5) 문학의 자율성을 강조하는 문학에 대한 근대적 규정으로서의 이른바 〈정육론〉(「금일 아한청년과 정육」 (1910), 『이광수전집』 1권, 삼중당, 1962)과 문학과 도덕의 동질성을 강조하는 문학에 대한 전근대적 규정으로서의 〈수양론〉(「문사와 수양」, 『이광수전집』16권, 삼중당, 1962) 사이의 충돌은 한동안 이광수 문학의 모순으로 간주되었다. 그러나 최근에 〈정육론〉이 1920·1930년대 모더니스트들의 구상과 동일한 것이 아니라는 것이 밝혀지게 되면서, 〈정육론〉과 〈수양론〉의 모순은 오히려 일관성으로 간주되고 있다.

6) 김영민, 「남·북한에서의 이광수 문학 연구사 정리와 검토」, 『춘원 이광수 문학 연구』(국학자료원, 1994), pp.186~188; 최영석, 「민족의 마모된 비석, 이광수 해석의 역사」,(≪작가세계≫ 2003년 가을호), pp.55~63 참조.

7) 김현·김윤식의 논의 이후에 이광수의 계몽주의적 일관성을 논증하는 연구들은 황종연의 논문(「문학이라는 역어(譯語)」, 『한국문학과 계몽담론』, 새미, 1999)을 도화선으로 해서 일종의 폭발적인 유행을 이룬 것으로 보인다. 물론 그 논의들은 대개 계몽주의적 일관성 안에서 이광수의 친일 행위와 결합된 파시즘의 혐의를 찾아내는 데 집중되고 있다. 가까운 예로는 김현주, 「이광수의 문화적 파시즘」, 『문학 속의 파시즘』,

관성에서 정치와 분리된 문화적 파시즘의 친-체제적 논리를 적발하는데, 말하자면 민족적 정체성의 기반을 상실한 식민지 상황에서 계몽주의적 감정 교육을 통한 사회적 통합을 말한다는 것은 <순전한 공상>을 넘어 일제에 협력하는 전체주의적 <문명화 기획>이 된다는 것이다. 따라서 계몽주의의 일관성이 아니라 계몽주의의 변질이 그들의 요점이라고 할 수 있다.

결국 오늘날 이광수의 문학, 특히 그의 소설은 개인과 사회 사이의 내재적 모순을 종합하는 한국 계몽주의 시기의 상징적 형식으로 파악되지만, 불운하게도 식민지적 근대의 특수성이라는 맥락에 얽혀 그 상징적 적법성은 박탈당한 상태이다. 그런데 과연 우리의 근대를 재현한 이광수 소설에서 그 상징적 적법성을 박탈하는 것은 여지없이 타당한 일일까? 학교와 같이 행위를 사회화하는 <기능적 적법성>의 문제라면, 식민지 상황이라는 역사적 맥락에서 정당성을 획득하는 일은 어려울지 모른다. 그러나 문학처럼 영혼을 사회화하는 <상징적 적법성>의 문제라면, 생각을 조금 달리해야 하지 않을까? 그렇지 않다면 이광수에게서 상징적 적법성을 박탈한 논자들이 지지하는 심미주의도 제대로 평가하기 어렵다. 바로 이것을 검토하는 데 이 글의 목적이 있다.

물론 상징적 적법성을 박탈한 논의들 편에서 보면, 이광수의 소설이 암시하는 정치적이고 윤리적인 자가당착의 증거는 많다. 그중에서도, 특히 일제의 식민 통치가 절정에 이르는 1939년 ≪문장≫지에 발

(삼인, 2001);「공감적 국민=민족 만들기」, ≪작가세계≫ 2003년 여름호;『이광수와 문화의 기획』(태학사, 2005); 김예림, 「근대적 미와 전체주의」, 『문학 속의 파시즘』(삼인, 2001); 「이광수의 미 이념」, ≪작가세계≫ 2003년 여름호 등이 있다.

표된 단편 「무명」은 제국의 감옥에서 <합법성>을 옹호하며 도덕적 우월성을 과시하는 괴상한 인물이 등장한다는 점에서 가장 첨예한 예로 거론되곤 한다.[8] 그런 의미에서 「무명」이 빠진 자가당착은 무엇보다도 이광수 문학의 상징적 적법성을 가늠하는 시금석이라고도 할 수 있는데, 이 글이 「무명」을 중심으로 전개되는 이유이다.

2. 계몽의 위안

상징적 적법성의 문제를 다루기 전에, 먼저 이광수의 소설이 우리 근대의 <상징적 형식>으로서 자격을 갖는다는 사실로부터 출발해 보자. 말할 것도 없이, 이광수는 안정적인 전통사회를 대체한 혁신적인 근대사회의 성격, 즉 근대성(modernity)의 딜레마를 분명히 의식하고 있었고, 나아가 개인성과 사회화의 요구 사이에서 가장 조화로운 해결책을 찾아내려고 했다. 이것은 물론 개인과 사회의 융합이 외부의 법적 강제가 아니라 내면적인 법의 동의를 기초로 해서만 이룩될 수 있다는 것을 전제로 한 상징적 차원의 것이었다. 이광수의 소설이 우리 근대의 단순한 시원적 지점이 아니라 여전히 유효한 본질적인 지점인 것은,[9] 그와 같이 개인의 자유와 사회적 행복의 통합을 낙관

---

8) 송욱과 김현주의 논의가 대표적인데, 전자는 「무명」의 주인공이 윤리적인 우월성을 발현할 때마다 합법성이라는 터무니없는 관념을 들고 나온다는 사실을 꼬집고, 후자는 그 합법성이라는 관념을 통해 주인공의 윤리적인 우월성이 정신과 신체의 훈육과 감시로 귀착된다고 비판한다. 송욱, 「일제하의 한국 휴우머니즘 비판, 자기기만의 윤리」, 『문학평전』, 일조각, 1963, p.57; 김현주, 「공감적 국민=민족 만들기」, 앞의 책, p.77.

9) 최근의 논의들은 이광수의 문학을 단순한 시원적 지점으로서조차 인정하지 않으려 한다. 아버지의 자리를 부정하는 데서 지적 쾌감을 느끼는 이른바 문화적 좌파들은 근대성이라는 미완의 기획을 완성하기 위해 요청되어야 할 이광수의 계몽주의 패러다임을 부정하며 이른바 해석의 난장을 펼쳐 보이고 있다. 이것은, 가령 다음의 논의에서 매우 노골적으로 드러난다. 최영석, 앞의 글, p.64 참조.

적 확신 속에서 명징하게 재현해 냈기 때문이다.

『여러분은 오늘 그 광경을 보고 어떻게 생각하십니까.』
이 말에 세 사람은 어떻게 대답할 줄을 몰랐다.
한참 있다가 병욱이가,
『불쌍하게 생각했지요.』
하고 웃으며,
『그렇지 않아요?』 한다.
오늘 같이 활동하는 동안에 훨씬 친하여졌다.
『그렇지요, 불쌍하지요! 그러면 그 원인이 어디 있을까요?』
『물론 문명이 없는 데 있겠지요―생활하여 갈 힘이 없는 데 있겠지요.』
『그러면 어떻게 해야 저들을……저들이 아니라 우리들이외다……저들
을 구제할까요?』
하고 형식은 병욱을 본다. 영채와 선형은, 형식과 병욱의 얼굴을 번갈아 본다.
병욱은 자신이 있는 듯이,
『힘을 주어야지요! 문명을 주어야지요.』
『그리하려면?』
『가르쳐야지요! 인도해야지요!』
『어떻게?』
『교육으로, 실행으로.10)

　　삼랑진 수해 주민을 위한 자선 음악회 장면에 이어지는 이 대목은
바로 「무정(無情)」(1917)의 유명한 클라이맥스인데, 여기서 형식·병
욱·영채·선형 네 사람은 <우리들>의 <문명>을 위해 <교육>과
<실행>을 결심한다. 사실 형식과 약혼 이후 선형은 기생방을 출입한
다는 그에 대한 소문 때문에 그의 외모까지도 탐탁지 않았던 차였고,

<hr>

10) 이광수, 「무정」, 『이광수전집1』(삼중당, 1962), pp.310~311.

형식을 잊지 못하는 영채는 병욱의 조언 덕분에 사랑보다 정절을 앞
세웠던 자기 생활의 속박을 깨달은 이후였다. 그런데 만일 낭만주의
적 패러다임에서라면 극단적인 행동으로 이어졌을 법한 그런 감정적
갈등의 드라마는 놀라울 정도로 아주 손쉽게 공공선을 향한 유대감
으로 바뀌는데, 이것은 바로 근대적 사회화를 위한 계몽주의적 이상
의 서사적 반영이라고 할 수 있다.

그러나 너무 쉽지 않은가? 그들이 정말 사회적 의무에 대해 저마다
자발적으로 공감하는 것처럼 보이는가? 실제로 클라이맥스에 나타나
있는 <공감(sympathy)>[11]은 개인적 감정의 사회화에서 자발성에 기
초한 심리학적 내용이라기보다는 타율성을 토대로 한 교육학적 형식,
즉 교육자와 피교육자의 관계만을 암시하는 것으로 보인다. 왜냐하면
<교육>이라는 계몽주의적 <실행>에 대한 공감은 이 형식의 교육자
적 권위에 거스를 수 없이 압도되어 있기 때문이다. 결국 1917년의 이
광수는 주관적 영혼과 객관적 행위를 종합한 교양소설(Bildungsroman)
의 <성장>을 구체화하고 있었던 것이 아니라, 주관적 개인보다는 객
관적 제도에 역점을 두는 이른바 교육소설(Erziehungsroman)의 <관
계>만을 포착하고 있었던 셈이다.[12] 무엇보다도 <실행>이 강조된
것은 그 결정적 증거라고 할 수가 있다.

---

11) 이광수가 말하는 〈공감〉의 의미는 민족 구성원에 대한 동정적 동료애로부터 확장되어 나온 것이다. 전 장
면에서 음악회를 개최하며 병욱이 말하는 것을 보라 "병욱은 세 사람을 대표하여,/『저희는 음악을 알아서
하려 함이 아니올시다. 다만 여러 어른께서 동정을 줍시사 함이외다. 더구나 행리 중에 보표(譜表)가 없으
니 따로 외워 하는 것이라 잘못되는 것도 많을 것이올시다.』"(이광수, 「무정」, 앞의 책, p.308.)

12) 가령 김현주는 이광수의 「무정」에 나타난 감정교육은 동의와 억압, 자율성과 의무 사이의 복잡한 갈등을
통과하면서 〈성장〉의 개념을 구체화하고 있다(「공감적 국민=민족 만들기」, 앞의 책, 69면)고 본다. 그러나
성장의 개념은 좀 더 섬세한 접근이 필요하다. 개인성의 주관적 전개를 그린 〈발전소설〉과 교육자의 입장
에서 관찰된 객관적 과정의 〈교육소설〉을 종합한 형식이야말로 그 성장의 개념을 구체화한 교양소설의 본
령에 해당하는 것이라는 점에서, 교사의 권위에 압도되어 있는 이광수의 「무정」은 교양소설보다는 교육소
설에 가깝다고 볼 수 있다. 프랑코 모레티, 앞의 책, p.45 참조.

비유하자면, 1917년의 이광수는 <영혼의 문학>을 <행위의 학교>와 완전히 구분하지 않은 채 근대적 사회화를 목표로 했던 것이다. 물론 장편 「무정」의 <실행>은 1910년 합방 이후 전개된 것이지만, <문명>을 도모하려는 계몽주의적 기획이 <우리들>로 표상되는 <민족>을 향한 것이었다는 점은 그 <학교>의 상징적 적법성을 구제하는 것으로 보인다.13) 그렇지만 이것은 1939년의 이광수에게는 적용되지 않는다. 다시 말해 「무명」에서는 일제의 식민 통치가 중반을 넘어 절정으로 치닫고 있던 시기를 배경으로 하고 있음에도 불구하고, "법을 어기는 것이 내 뜻에 맞지 아니"14)한다는 이른바 합법성의 관념을 가진 교사가 등장하는데, 이처럼 식민지 상황에 대한 법률적 승인을 통해서는 상징적 적법성이 결코 유지될 수 없기 때문이다. 개인적 감정과 사회적 요구의 종합이라는 근대적 사회화의 과제는 <우리들>로 대변되는 민족적 정체성의 기초를 떠나서는 성립할 수 없는 것이다.

그런 의미에서 이광수의 소설을 우리 근대의 상징적 형식으로서 지속시키기를 원하는 논의들이 「무명」을 <불교의 구원 사상>을 바탕으로 <극한 상황 속의 인간>에 대한 깊은 통찰을 보여주는 당대 최고의 작품으로 상찬하면서 역사적 맥락을 제거하고 문학적 허구라는 보편성의 차원으로 끌고 갔던 것은 이해할 만한 일이었다.15) 하지

---

13) 이광수의 민족은 특수한 것이었다는 주장도 있다. 가령 김현주에 따르면, 이광수가 말하는 민족과 국가의 표상은 유길준이나 신차호의 국가의 대한 표상과 다르다. 그의 민족은 법적, 정치적 실체로서의 국가가 아니라 내적 권위, 즉 감정과 애정을 바탕으로 한 자연스러운 권위에 바탕을 둔 가족적 구조로 상상된다는 것이다. 김현주, 「공감적 국민=민족 만들기」, 앞의 책, p.72 참조.

14) 이광수, 「무명」, 『이광수전집』 6권, 삼중당, 1962, p.453.

15) 김윤식의 논의가 대표적이다. 그는 "「무명」을 두고, 식민지하의 법 준수를 윤에게 설명하는 '나'의 설교가 얼마나 낮은 수준이며 식민지 체제 긍정인가에 대한 비판은 이 허구성의 참뜻을 염두에 둘 때 비로소 가능해질 것이다"(김윤식, 『이광수와 그의 시대 2』, 솔출판사, 1999, p.282)라고 기술한 바 있다. 그러니까

만 근대적 사회화의 모순적 공존, 즉 개인의 자유와 사회적 행복의 조화와 균형을 촉진하려는 계몽주의적 시도는 「무명」에서조차 여전히 유지되고 있다는 것이 필자의 생각이다. 그러나 기존의 해석과 다른 그런 해석이 수반하게 되는 위험이 있는데, 이를테면 1939년의 이광수에 대한 계몽주의적 이해는 이광수라는 상징적 형식의 적법성을 위협하는 사회역사적 맥락을 다시금 부각시키기 때문이다. 그러나 이광수 문학의 역사적 의미를 규정하는 계몽주의적 기획은 거기서 새로운 양상을 띠며 상징적 적법성의 위기를 가까스로 비켜간다.

> ……이때에 「진상!」하고 부르는 소리가 들렸다. 고개를 들어 돌아보니 일방 창으로 윤의 머리가 쑥 나와 있었다. 그 얼굴은 누르스름하게 부어올라서 원래 가느다란 눈이 더욱 가늘어졌다. 나는 약간 고개를 끄덕여서 인사를 대신하였으나, 이것도 물론 법에 어그러지는 일이었다. 파수 보는 간수에게 들키면 걱정을 들을 것은 물론이다.
> 『진상! 저는 꼭 죽게 됐는 게라. 이렇게 얼굴까지 퉁퉁 부었능기라우. 어젯밤 꿈을 꾸닝게 제가 누런 굵은 베로 지은 제복을 입고 굴건을 쓰고 종로로 돌아다니는 꿈을 꾸었지라오. 이게 죽을 꿈이 아닝기오?』
> 하는 그 목소리는 눈물겹도록 부드러웠다.
> ……(중략)……
> 『진상! 나무아미타불을 부르면 죽어서 분명히 지옥으로 안 가고 극락 세계로 가능기오?』
> 하고 그 가는 눈을 할 수 있는 대로 크게 떠서 나를 바라보았다. 나는 생전에 이렇게 중대한, 이렇게 책임 무거운 질문을 받아 본 일이 없었다. 기실 나 자신도 이 문제에 대하여 확실히 대답할 만한 자신이 없었건마는 이 경우에 나는 비록 거짓말이 되더라도, 나 자신이 지옥으로 들어갈 죄인이 되더라도 주저할 수는 없었다. 나는 힘있게 고개를 서너 번 끄덕

여기서 역사적 맥락은 허구를 통해 소거된다.

끄덕 한 뒤에,

『정성으로 염불을 하세요. 부처님의 말씀이 거짓말 될 리가 있겠읍니까?』
하고 내가 듣기에도 엄청나게 큰 목소리로 엄청나게 결정적으로 대답을
하였다.[16]

이 장면은 1937년 서대문 형무소에서 병감 생활을 겪은 작가의 자
전적인 체험을 바탕으로 한 「무명」의 결말 부분인데, 여기서 이광수
의 문제는 일단 「무정」의 문제와 같다. 사기죄로 투옥된 <윤>은 애
초에 불평과 원망이 가득한 성미 급한 사람으로 악담과 식탐, 호기
등을 통해 다른 이들을 배려할 줄 모르는 안하무인의 인간이었다. 그
런 이기적 인간이 눈물겹도록 부드러운 목소리로 참된 진리에 맹목
일 수밖에 없는 <무명(無明)>의 상태를 벗어나 종교적 귀의를 고백
하고 있다. 그러나 기존의 논의에서 종종 강조되고 있는 것과 달리,
윤의 회심에서 결정적인 것인 비유컨대 불교의 <명(明)>이 아니라
계몽의 <광(光)>이라고 할 수 있다. 왜냐하면 윤의 회심은 <종교의
위안>으로 이해될 수도 있지만, 그 종교적 회심에서 교사의 목소리
를 회복하는 주인공 편에서 보면 그것은 여전히 계몽의 가능성을 확
인해주는 것이기 때문이다.

다만 여기서 계몽은 교육의 현실이 아니라 한 교사에게 심리적인
위안으로만 작용한다. 따라서 이 소설에서는 계몽의 대상이 되는 마
법적 종교마저도 그 계몽의 방법으로서 발견되고 있는 셈이다. 말하
자면 불법(佛法)을 포함한 모든 법에 대한 존중을 통해 개인적 자유는
사회적 의무에 종속되어야 한다는 계몽주의적 신념은 여전히 유지되

---

16) 이광수, 「무명」, 앞의 책, pp.486~487.

는 것인데, 물론 이 과정이 순탄치만은 않다. 한 정치범의 방관 속에 방화범이 사기범을 타이르고 사기범이 사기범을 단죄하는 자유주의적 무질서가 드러내는 것처럼, 서로가 서로를 가르치려 드는 왜곡된 교육학적 형식은 이광수의 분신이라고 해야 할 그 정치범의 교육자적 권위를 거의 붕괴시킨다. 그리고 결국 인간적 악덕의 교정에 대한 계몽주의적 희망을 좌절시킨다. 이것은 감옥이 계몽을 제도적으로 관철시키는 장소가 아니라 오히려 계몽의 신념을 약화시키는 절망의 공간으로 비치는 것으로 암시된다. 그런데 이러한 계몽의 절망은 한 악한이 고백하는 종교적 회심의 순간에 <계몽의 위안>으로 탈바꿈하게 된다.

갑자기 교사의 소명감을 회복한 <큰 목소리>가 살아난 것인데, 이때 핵심은 종교가 계몽의 지위를 복원했다는 사실이다. 하지만 분명한 것은, 그 지위는 회심의 결과로서 주어진 것이지 회심의 원인이 아니라는 점이다. 다시 말해 <윤>의 종교적 귀의를 나타내는 <회심(conversion)>은 교육학적 관계에서 유래하는 계몽의 빛 그 자체가 아니라 심리학적 자발성으로부터 촉발된 <계몽의 위안>이라는 점에서「무정」과 다르다.「무명」의 새로움은 바로 여기에 있다. 교사의 권위와 무관한 상태에서 무명을 벗어난 인물이 가리키고 있는 것처럼, 개인적 자유의 사회화가 처한 <교육소설>적 <관계>의 위기는, 이번에는 제도적인 객관성보다는 개인의 주관성에 무게 중심을 둔 소위 <발전소설(Entwicklungsroman)>의 <각성> 속에서 힘겨웠지만 평화롭게 종결된다.[17] 결국 1939년의 이광수도 영혼과 행위를 변증법적

---

17) 앞서 주12)에서 언급한 바 있는 것처럼,「무정」과「무명」은 교사의 권위를 통한 각성과 자발적인 각성 사이의 차이를 뚜렷하게 보여준다. 전자에서는 이 형식의 교육자적 권위가 암시하는 것처럼 교육자의 입장

으로 결합한 교양소설의 <성장>에는 미치지 못했던 것인데, 왜냐하면 죽음을 앞두고 각성에 이른 때늦은 <영혼>은 <행위>를 보증할 수 없기 때문이다.

하지만 그럼에도 불구하고 계몽의 위안에서 오는 <행복>이라는 사회적 감정만큼은 너무도 뚜렷하다. 물론 식민지 상황이라는 역사적 맥락 속에 놓인 합법성의 관념이 한국의 근대를 재현했다는 이광수 소설의 상징적 적법성을 부정하고 있는 것은 틀림없는 사실이다. 그러니까 식민지하의 법 준수를 윤에게 설명하는 주인공의 설교가 얼마나 낮은 수준이며 식민지 체제 긍정인가에 대한 비판은 비록 <허구성의 참뜻>을 염두에 둔다 하더라도[18] 불가피한 일이라고 할 수 있다. 그러나 「무명」에 나타난 교사의 심리 속에 가까스로 살아남은 <계몽의 위안>은 행위의 문제와 무관한 영혼의 문제에다 자신을 한정함으로써 사회·역사적 맥락을 잃지 않고서도 상징적으로 적법한 형식으로서의 자격을 갖게 된다.

3. 행복 대 자유

이것은 좀 더 보충될 필요가 있다. 왜냐하면 <행위의 학교>와 <영혼의 문학>을 구분하는 것은 자의적이라는 비판이 있을 수 있기

에서 관찰된 객관적 과정을 강조하고 있는 〈교육소설〉의 양태가 선명하다면, 후자의 경우는 윤의 각성이 드러내는 자발성이 가리키고 있는 것처럼 개인성의 주관적 전개를 그린 〈발전소설〉의 양상이 선명하다. 물론 김윤식은 이러한 구별이 선명할 수 있는지를 질문하는데, 가령 교육소설과 교양소설의 차이를 말하기 어렵다고 지적한다. 김윤식, 『이광수와 그의 시대 1』(솔출판사, 1999), p.576 참조.

18) 김윤식, 『이광수와 그의 시대 2』(솔출판사, 1999), p.282 참조.

때문이다. 사실 영혼의 문학은 행위의 학교에 영향을 줄 수 있다. 이 것은 마치 마음먹은 일이 반드시 행동으로 옮겨지는 것은 아니지만 행동으로 옮겨질 공산이 큰 것과 같은 이치다. 따라서 행위의 착오와 파탄이 예측된다면, 영혼의 상태는 전혀 중요한 것이 아닐지 모른다. 그러나 그것은 <중요한 것>이라기보다는 <필요한 것>이다. 말하자 면 내면적 동의를 기초로 한 개인성의 이상적인 사회화는 종교적 행 복이 아니라 세속적 행복을 겨냥한 계몽주의적 근대성에서 반드시 요청해야 하는 명제인 것이다. 식민지 상황이라고 해서 개인성과 사 회성을 조화시키는 근대 문명의 기초적 과제가 포기될 수는 없는 일 아닌가? 이 토대를 부정한다면, 이광수에게서 상징적 적법성을 박탈 한 논자들이 지지하는 심미주의, 즉 문학을 사회의 반대편으로 규정 하는 일 또한 부정될 수밖에 없다. 가령 김동인의 「광염 소나타」 (1929)에 나타나는 범죄에 어떻게 상징적 적법성을 부여할 것인가?

그 뒤에 이 도회에서 일어난 알지 못할 몇 가지 불은 모두 제가 질러 놓은 것이었습니다. 그리고 불이 있던 날 밤마다 저는 한 가지의 음악을 얻었습니다. 며칠을 연하여 가슴이 몹시 무겁다가, 그것이 마침내 식체와 같이 거북하고 답답하게 되는 때는 저는 뜻 없이 거리를 나갑니다. 그리고 그러한 날은 한 가지 방화 사건이 생겨나며, 그날 밤에는 한 곡의 음악이 생겨났습니다.
……(중략)……
선생님은 이제 제가 쓰는 일을 이해하여 주실는지요. 그것은 너무도 기괴한 일이라 저로서도 믿기어지지 않는 일이었습니다. 저는 그 송장을 타고 앉았습니다. 그리고 그 송장의 옷을 모두 찢어서 사면으로 내던진 뒤에, 그 발가벗은 송장을 (제힘이라 생각되지 않는) 무거운 힘으로써 높이 쳐들어서, 저편으로 내어던졌습니다. ……(중략)…… 그날 밤에 된 것이 <피의 선율>이었습니다.

······(중략)······

저는, 그날 밤 혼자 몰래 그 여자의 무덤을 찾아갔습니다. 그리고 칠팔 시간 전에 묻어 놓은 그의 무덤의 흙을 다시 파서 그의 시체를 꺼내놓았습니다.

푸르른 달빛 아래 누워 있는 아름다운 그의 모양은 과연 선녀와 같았습니다. 가엾게 눈을 닫고 있는 창백한 얼굴, 곧은 콧날, 풀어헤친 검은 머리, -아무 표정도 없는 고요한 얼굴은 더욱 처연함을 도왔습니다. 이것을 정신이 없이 들여다보고 있다가, 저는 갑자기 흥분이 되어-아아 선생님, 저는 이 아래를 쓸 용기가 없습니다. 재판소의 조서를 보시면, 저절로 알으실 것이올시다.

그날 밤에 된 것이, <사령(死靈)>이었습니다.

······(중략)······

-(중략) 이리하여 저는 마침내 사람을 죽인다 하는 경우에까지 이르렀습니다.

그리고 한 사람이 죽을 때마다 한 개의 음악이 생겨났습니다. 그 뒤부터 제가 지은 모든 것은 모두 다 한 사람씩의 생명을 대표하는 것이었습니다.[19]

여기서 작곡가이자 피아니스트인 백성수의 <방화, 사체 모욕, 시간, 살인, 온갖 죄>[20]는 정당화될 수 있을까? 말할 것도 없이, 행위의 차원이 아닌 영혼의 차원에서만 백성수는 찬탄의 대상이 될 수 있다. 「광염 소나타」의 또 다른 등장인물 <음악 비평가 K 씨>의 말을 들어보자. "힘 있는 예술, 선이 굵은 예술, 야성으로 충일된 예술 -우리는 이것을 기다린 지 오랬습니다. 그럴 때에 백성수가 나타났습니다. 사실 말이지 백성수 그의 예술은 하나하나가 모두 우리의 문화를 영

---

19) 김동인, 「광염 소나타」, 『한국문학대표작선집 13』(문학사상사, 1993), pp.263~267.
20) 김동인, 「광염 소나타」, 앞의 책, p.267.

구히 빛낼 보물입니다. 우리 문화의 기념탑입니다. 방화? 살인? 변변치 않은 집 개, 변변치 않은 사람 개는 그의 예술 하나가 산출되는 데 희생하라면 결코 아깝지 않습니다."21) 온갖 범죄가 영구히 빛나는 문화적 보물이라는 의미를 획득할 수 있는 것은 바로 인간의 힘과 야성을 억압하는 제도적 문명에 대한 영혼의 저항이라는 낭만적 차원에서만 가능한 것이다.

그렇지 않고 만일 학교와 같이 행위를 사회화하는 기능적 적법성의 문제를 포함한다면, 그것이 공동체적 질서의 맥락에 수용되는 것은 불가능한 일이 된다. 백성수의 범죄를 행위의 지침이 아니라 영혼의 격률로서 수용할 때, 비로소 김동인의 소설은 개인적 감정의 사회화가 야기하는 부작용, 이른바 근대적 문명의 획일성이 지닌 위험을 반성하며 개인의 자유로운 영혼을 그 근대화에 대한 반성으로 정립하는 미적 근대성(aesthetic modernity)의 심미주의적 발현으로 이해될 수 있다.22) 이처럼 행위와 영혼을 구분함으로써 범법 행위들에서 낭만적 부정(否定)의 의미를 읽어내는 미학적 이해 방식은 김동인의 소설이 상징적 적법성을 얻기 위해서 필수적이다. 결국 영혼의 차원에서 <범법>이라는 개인적 행위를 근대 문명에 대한 미학적 반성과 결합할 수 있다면, 마찬가지로 <합법>이라는 관념을 계몽의 위안과 결합하는 방식으로의 사회화의 요구도 충분히 가능하다. 심미주의적

---

21) 김동인, 「광염 소나타」, 앞의 책, p.268.

22) 이런 지적을 대변하는 논의로는, 가령 김윤식의 언급이 있는데, 그는 다음과 같이 말한다. "그는 아주 풀어져 계몽주의적 상태에 떨어진 문학을 미술과 같은 순도 높은 예술로 끌어올리고자 마음먹고, 그 일을 감행해간 근대인이다. 『창조』지 9권이 모두 그 노력 속에 포함된다. 그는 이광수 문학에 맞서 '참예술'을 내세웠다. 정확히 말해 그에게는 '문학'이란 말은 없고 그 대신 '예술' 또는 '참예술'만이 있었다. 소설을 예술이라고 우기고 그런 신념을 가졌던 것이다."(김윤식, 「문학사와 미술사와의 만남 – 김동인과 김관호」, 『김윤식 선집 1 – 문학사상사』, 솔, 1996, p.284) 바로 이 <예술로서의 소설>에서 <미적 근대성>은 탄생하게 된다.

근대성을 기초 짓는 <행위와 영혼의 분리>가 계몽주의적 근대성에 적용되어서는 안 될 이유가 없는 것이다.

요컨대 이광수의 <합법성의 관념>과 김동인의 <반문명의 관념> 사이의 차이는, 기존의 논의에서처럼, 전자는 역사적 맥락을 망각하고 있는 데 반해, 후자는 역사적 맥락을 기억하고 있다는 차이로 보아서는 안 된다. 합법성이라는 것이 의심스럽다면 역시 반문명이라는 것도 의심스러운데, 왜냐하면 이광수의 경우는 국가라는 물리적 기반의 부재가 거론될 수 있지만, 김동인의 경우에는 문명이라는 정신적 토대의 부재가 거론될 수 있기 때문이다. 그러나 뿌리 없는 관념은 문학이 다른 제도와 달리 <행위의 학교>가 아니라 <영혼의 학교>라는 점에서 결함이 아니라 불가피한 것이다. 이것은 문학이 현실과 직접적으로 관련될 때조차 수사학적 차원과 결부되는 이유인데, 이러한 수사학(rhetoric)을 염두에 두지 않는다면, 김동인은 근대적 미학과 퇴폐주의를 혼동한 미숙한 창조자가 되고 이광수는 계몽주의자의 가면을 쓴 파시스트라는 편향되고 성급한 이해로 나아가게 된다.[23]

따라서 진정한 차이는 두 관념의 역사철학적 차이에 있다. 즉 이광수가 처음으로 보여준 것처럼, 교사의 합법적인 중개에서 개인의 권리와 사회적 의무의 조화를 통해 형성된 행복이라는 공동체적 감정은 <질서>의 이념에 대한 계몽주의적 수사학과 관련되는 것이라면, 반대로 김동인이 제시한 바 있듯이, 천재의 범죄 본능을 통한 근대적

---

23) 이광수 문학 속의 파시즘을 부각시키는 논의들은 사실 계몽주의적 근대성을 낭만주의적 근대성으로 대체하고 미적 근대성에 관한 등의를 표현하는 논의들이라고 할 수 있다. 그것들은 객관적이고 중립적인 논의들이라기보다는 미학주의에 대한 신념을 후원하기 위한 당파적 이해에 가깝다. 2000년대 이후 1920년대 동인지 문학의 미적 근대성에 대한 집중적인 부각 또한 동일한 맥락에서 일어난 현상이라고 할 수 있다. 대표적인 연구들로는 김철·신형기 외, 『문학 속의 파시즘』(삼인, 2001); 김현주, 『이광수와 문화의 기획』(태학사, 2005) 등이 있다.

사회화에 대한 반발과 저항으로서 형성된 개인적 감정은 질서에 대한 안티테제로서의 <자유>의 이념에 대한 낭만주의적 수사학과 관계되는 것이다.[24] 말하자면 김동인의 행복은 도발과 유희의 부산물로서 안정을 흔드는 파괴적인 것이기 때문에 언제나 종결을 모르는 혁명의 약속과 관계되는 데 반해, 이광수의 행복은 도발과 유희의 반대로서 계승과 안정을 의미하는 개선의 이해와 관련되는 것이다. 물론 우리는 먼저 이광수의 계몽주의 문학에서 상징적 적법성을 찾지 않으면 안 되는데, 왜냐하면 토대에 대한 부정은 토대 없이 성립할 수 없기 때문이다.[25]

4. 결론

오늘날 이광수 문학, 특히 그의 소설은 개인과 사회 사이의 내재적 모순을 종합하는 상징적 형식으로 파악됨과 동시에, 불운하게도 한국적 근대의 특수성 속에서 그 상징적 적법성을 박탈당한 상태이다. 사실 상징적 적법성을 박탈한 논의들 편에서 보면, 이광수의 소설이 암시하는 정치적이고 윤리적인 자가당착의 증거는 많다. 그중에서도, 특히 일제의 식민 통치가 절정에 이르는 1939년에 발표된 단편「무명」은 제국의 감옥에서 합법성을 옹호하며 도덕적 우월성을 과시하는 시대

---

24) 김동인의 자유주의 수사학은 단재 신채호의 무정부주의적 수사학으로 번안될 수 있다. 이것은 일체의 권위를 부정하고 혁명을 통해 변형에 대한 갈망을 영원히 지속하려는 감정을 지지한다. 오늘날 한국문화 전반에서 일종의 정통성을 형성하게 된 것은 이광수 식의 계몽주의가 아니라 바로 신채호와 김동인 식의 혁명적 미학주의이다. 김윤식, 「단재사상의 문제점」, 『김윤식 선집 1 - 문학사상사』(솔, 1996), pp.223~233 참조.

25) 만약 이광수의 문학에서 김동인의 문학에 이르는 역사철학적 과정을 친일 행위의 적발이라는 민족주의적 열광 속에서 희석시켜버린다면, 사회적 행복의 반대편에 위치하게 되는 것은 개인의 자유가 아니라 세상의 무질서가 될지 모른다.

착오적 인물이 등장한다는 점에서 가장 첨예한 예로 거론되곤 한다.

그런데 과연 우리의 근대를 재현한 이광수 소설에서 그 상징적 적법성을 박탈하는 것은 여지없이 타당한 일일까? 물론 학교와 같이 행위를 사회화하는 기능적 적법성의 문제라면, 식민지 상황이라는 역사적 맥락에서 정당성을 획득하는 일은 어려울지도 모른다. 그러나 소설처럼 영혼을 사회화하는 상징적 적법성의 차원이라면, 생각을 조금 달리해야 하지 않을까? 그렇지 않다면 이광수에게서 상징적 적법성을 박탈한 논자들이 지지하는 심미주의도 이해되기 어렵다. 바로 이것을 검토하는 데 이 글의 목적이 있었다. 말할 것도 없이, 이광수 문학의 상징적 적법성을 가늠하는 시금석이라고도 할 수 있는 문제적인 작품 「무명」은 이 글의 중점적인 논의의 대상이 되었다.

「무정」에서 「무명」에 이르는 이광수 소설의 과제는 무엇보다도 사회적 의무를 개인의 욕망 안에 부착시키는 데 있었다. 그렇다면 근대의 자유로운 개인이 자신의 자유를 제한하는 데 자발적으로 동의하도록 만들어야 하는데, 이것은 대체로 교사의 권위와 가르침에 대한 각성과 공감을 통해 가능한 것이었다. 그러나 이 공감이 우리들을 묶어주는 민족적 연대감일 때는 실행에 관계된 행위의 사회화조차 문제가 되지 않았지만, 우리들의 행위를 길들이는 식민지적 합법성에 대한 것일 때는 영혼의 사회화에서 종결되어야만 했다. 이광수의 「무명」은 바로 그 증거였다.

물론 행위의 학교와 영혼의 문학을 구분하는 것은 자의적이라는 비판이 있을 수 있었다. 영혼의 문학은 행위의 학교에 영향을 줄 수 있기 때문인데, 이것은 마치 마음먹은 일이 반드시 행동으로 옮겨지는 것은 아니지만 행동으로 옮겨질 공산이 큰 것과 같은 이치였다.

따라서 행위의 착오와 파탄이 예측된다면, 영혼의 상태는 전혀 중요한 것이 아니었다. 그러나 그것은 중요한 것이라기보다는 필요한 것이었다. 말하자면 내면적 동의를 기초로 한 개인성의 이상적인 사회화는 종교적 행복이 아니라 세속적 행복을 겨냥한 계몽주의적 근대성에서 반드시 요청해야 하는 명제였다.

만약 행위와 영혼의 분리를 승인하지 않는다면, 이광수에게서 상징적 적법성을 박탈한 논자들이 지지하는 심미주의도 그 적법성을 박탈당할 수밖에 없었다. 가령 계몽주의 패러다임에 대한 안티테제로서의 심미주의에 상징적 적법성을 부여한 예로서의 김동인의 경우, 행위의 형식과 영혼의 형식 사이의 분리를 전제하지 않았다면 어떻게 되었겠는가? 김동인의 「광염 소나타」(1929)에 나오는 백성수의 범범 행위들이 문명에 대한 반성과 결합되려면, 그의 소설은 당연히 행위의 형식으로부터 분리된 영혼의 형식으로 간주되지 않으면 안 되었다. 만일 범법을 영혼의 격률이 아니라 행위의 지침으로 수용하게 된다면, 범죄 행위의 낭만적 정당화를 통한 비판적 부정이라는 미학적 의미는 상실되고, 결국 백성수에게 바치는 미학적 찬사는 그에 대한 비난으로 바뀔 수밖에 없었다.

요컨대 이광수의 「무명」은 우리의 근대를 재현하는 데 있어 행위의 형식으로서는 적법하지 않지만 영혼의 형식으로서는 적법한 셈이었는데, 결국 식민지 상황이라는 국가적 기반의 부재에도 불구하고 이광수는 행위와 영혼의 분리를 통해 개인과 사회의 통합이라는 근대적 사회화에 대한 계몽주의적 이상을 유지했다고 할 수 있었다. 물론 이것은 적극적인 의미에서 이광수가 식민지의 법은 우리의 법이 아니므로 모든 범죄는 곧 정의가 된다는 민족주의적 오류로부터 거리를 두고자 했던 것으로 이해될 수도 있다. 식민지 상황이라고 해서 개인성과 사회성을 조화시키는 근대 문명의 기초적 과제가 범죄적 충동에 압도되어 포기될 수는 없기 때문이다.

교환의 사회학

− 김동인의 「감자」를 중심으로 −

1. 서론

리오 로웬달(L. Lowenthal)은 자신의 유명한 책『문학과 인간상 *Literature and the Image of Man*』의 서론에서 다음과 같이 말하고 있다. "작가의 상상력이 빚어낸 인물이나 상황의 경험을 그것들이 실제로 유래한 역사적인 풍토와 관련짓는 것이 문학 사회학자들의 소임이다. 그는 주제와 문체라는 개인적인 방정식을 사회적인 방정식으로 바꾸어 놓아야 한다."[1] 말하자면 문학 사회학적 접근은 사회적 관계가 개인성이라는 필터를 통해 재현되는 것이 곧 문학이라는 관점을 지지하는 것이다. 물론 그렇다고 해서 문학 사회학이 문학과 사회 사이의 관련성을 소박한 반영론의 입장에서 다룬다고 생각하는 것은 성급한 결론이다.

실제로 최근의 문학 사회학은 문학이란 반영을 통해 사회적 현실에 매몰되어 있기보다는 관여를 통해 사회적 관계를 부정하거나 폭로하는 일종의 이데올로기 해독제로 기능한다는 관점으로까지 나아간다. 가령 마슈레와 발리바르, 제임슨과 이글턴과 같은 알튀세주의

---

1) L. 로웬달, 『문학과 인간상』, 유종호 옮김(이화여대출판부, 1984), p.10.

자들은 낭만적 암시에서 아방가르드적 부정에 이르는 자율성 미학의 핵심, 즉 문학과 예술은 사회적 관계와 연관된 이데올로기의 반영물이 아니라 그것과 무관하거나 그것을 치환하고 탈자연화하는 창조물이라는 견해를 공유하고 있다.[2] 그러나 리오 로웬달이 지적한 바 있는 것처럼, 작가는 '사실을 정확하게 기록하는 기계'도 아니지만 '어수선한 꿈을 꾸는 막연한 신비론자'도 아니다.[3]

그런 의미에서 이른바 문학 사회학은 강조점에 따라 크게 두 가지 관점으로 구분된다고 할 수 있다. 하나는 이데올로기 내지 사회적 현실이란 작품을 이해하기 위한 배경 자료일 뿐이라는 문학적인 관점이고, 다른 하나는 문학 작품이란 개인적인 경험을 통하여 이데올로기나 사회적 현실을 확인하기 위한 보조 자료라는 사회학적인 관점이다. 물론 문학 사회학의 가능한 형태는 그러한 두 가지 관점 사이의 긴장을 유지하고 균형을 성취하는 데서 찾을 수 있다.[4] 그러나 완벽한 균형이라는 것이 사실상 소망적인 사고에 지나지 않는 것이라면, 문학에 대한 사회적 접근의 실천적 사례들은 문학이 사회에 대해 말하면서도 거리를 둔다는 문학적 관점이거나 문학이 사회와 갖는 거리에도 불구하고 밀접한 관련을 지닌다는 사회학적 관점이 될 수밖에 없다.

김동인의 「감자」(1925)를 통해 서사적 재현과 당대의 사회적 현실

---

2) 실제로 알튀세르는 과학과 이데올로기와 예술이 갖는 미묘한 차이들에 초점을 맞춘다. 그에 따르면, 과학이 이데올로기적 효과들의 보이지 않는 구조를 드러내는 반면에, 예술은 이데올로기 내부에서 그 이데올로기 내에 현재하지 않는 것을 암시하는 거리를 만들어낸다. 다시 말해 예술은 이데올로기적인 것을 이데올로기로서 보이게 한다는 것이다. 그리고 알튀세르의 입장은 피에르 마슈레와 프레드릭 제임슨 등과 같은 알튀세주의자들에 의해서 계승된다. K. M. 보그달, 『새로운 문학 이론의 흐름』, 문학이론연구회 옮김(문학과지성사, 1994), pp.106~136 참조.

3) L. 로웬달, 앞의 책, p.10 참조.

4) 김인환, 「한국문학의 사호사 문제」, 『기억의 계단』(민음사, 2001), pp.22~33 참조.

의 관련성을 해명하는 일종의 소설사회학을 목표로 하는 이 글은 당연히 후자의 관점이 우세한 것이 되어 있다. 이런 관점을 택하게 된 데에는 두 가지 이유가 있다. 첫째는 어떤 문학 작품이 사회적 현실에 관련되면서 그것을 벗어난다는 자율성 이론은 형이상학적 당위론일지도 모른다는 필자의 문제의식이 그것이다. 실제로 모레티는 근대 소설이 주된 묘사의 대상이 되는 일상성은 사회관계들의 도전받지 않는 안정성을 요구한다는 점에서 문학 작품은 사회관계의 거부가 아니라 승인을 상징화하는 형식이라고 설득력 있게 정의한 바 있다.[5] 또 다른 이유는 좀 더 실질적인 것이다. 그동안 김동인 소설에 관한 논의들은 단순한 사조적 이해를 극복한 이후에도 주기적으로 리얼리즘 미학과 모더니즘 미학을 규범으로 하여 그의 소설에 대해 각기 상반된 평가를 내리는 해석의 교체 현상을 보여주고는 했는데, 바로 그러한 이해의 당파성을 조화시키는 데 사회학적 분석의 중립성이 어떤 입각점을 제공하리라 판단했기 때문이다.

예를 들어 리얼리즘론을 평가의 기준으로 삼았던 김흥규[6]는 김동인 소설들이 다양한 형태에도 불구하고 비속한 세계에 처한 무력한 개체들의 참담한 전락 과정을 일관되게 그리고 있다고 지적하면서, 결정론적 비관주의가 작가 김동인의 세계 인식의 한계라고 규정하고, 나아가 그의 예술가소설이 보여주는 광기의 영웅주의조차 비속한 삶

---

5) 모레티 식 소설사회학은 조금 급진적으로 보일 수도 있다. 그에 따르면, 서사시와 달리 소설은 한 문명의 물질적이고 상징적인 기반을 이야기하는 것이 아니라, 오히려 그 문명이 이미 정상적으로 작동되고 있음을 전제로 하는데, 그 이유는 소설적 묘사의 대상이 되는 일상성은 사회관계들의 도전받지 않는 안정성을 요구하기 때문이다. 따라서 모레티 식 소설사회학 안에서 근대소설은 미학적 관점에 따라 안정된 사회관계에 대한 거부를 표현하는 장르가 아니라 사회학적 관점에서 그러한 사회관계에 대한 승인을 함축하는 상징들을 내포하는 상징적 형식으로 가정된다. 프랑코 모레티, 『세상의 이치』, 성은애 옮김(문학동네, 2005), pp.25~42 참조.

6) 김흥규, 「황폐한 삶의 초상과 환상 – 김동인 소설의 세계상과 사조적 특질에 관한 재검토」, 『문예사조사』 (민음사, 1986).

의 지배만을 확인해주는 역설적 선택에 지나지 않는다고 비판한다. 김흥규에 따르면, 결국 김동인 소설들은 예외 없이 비역사적이고 자연주의적인 경향에 함몰되어 있다. 반면에 모더니즘론에 따라 자아의 절대화와 미의 탐구를 결합한 심미주의의 공식을 지지하는 황종연[7]에게 김동인 소설을 관통하는 것은 오히려 미적인 삶의 추구인데, 이것은 정신적으로 미숙한 젊은이에게 고유한 허위의식의 단순한 발로에 불과한 것이 아니고, 멀게는 18세기 유럽 낭만주의의 예술 개념과 이어져 있고 가깝게는 일본 백화파의 낭만적 애기주의와 연결되어 있는 절대적 부정성의 원리를 구현하는 것으로 파악된다. 황종연에 의하면, 그의 소설은 근대문학 형성에 필수적인 낭만적 주체성의 정당한 한국적 형성이다.

말할 것도 없이 이 논의들이 보여주는 「감자」에 대한 해석들도 조화되기 어려운 대립각을 이루고 있다. 우선 김흥규는 복녀의 전환적인 변화에서 비속한 삶과 타협하고 경쟁하는 타락한 자아를 보고, 결국 그녀의 파국에서 세계의 횡포에 대한 저항이 아니라 "비속한 삶의 파멸적 자기운동"[8]을 읽는다. 이와는 다르게 황종연은 「감자」를 자세한 분석의 대상으로 삼고 있지는 않지만 복녀의 변화에서 엉뚱함(extravagance)이라는 특성, 즉 "생활의 모든 속박으로부터 해방된 어떤 특별한 경험의 순간"[9]을 읽으며, 좌절된 것이기는 하지만 오히려 비속한 세계를 넘어가는 낭만적 동경을 본다. 과연 두 사람의 이해는 서로 다른 가치판단의 규범만을 확인시켜줄 뿐인가?

---

7) 황종연, 「낭만적 주체성의 소설 – 한국근대소설에서 김동인의 위치」, 『김동인 문학의 재조명』(새미, 2001).
8) 김흥규, 앞의 글, p.347.
9) 황종연, 앞의 글, p.83.

그렇지 않다는 것이 필자의 판단이다. 말하자면 두 사람의 해석은 각각 근대적 방향을 이루는 것의 한 면만을 부각시키고 있는 것으로 생각된다. 즉 한 사람은 육체성에 대한 복녀의 자각이 가리키는 것에 주목하여 근대적 자아가 역사적으로 형성되는 의의를 강조하고, 다른 사람은 육체성에 매몰되어버리고 마는 복녀의 운명이 가리키고 있는 그 자아의 어두운 역사적 전개를 비판하고 있을 뿐이다. 앞으로 드러나겠지만, 근대적 자아의 탄생(황종연)이 타락한 자아(김흥규)에 귀결되고 마는 사회역사적 과정을 드러낸다는 「감자」에 대한 사회학적 이해 속에서 앞선 두 논자의 해석은 충돌하는 것이 아니라 다시금 결합될 수 있는 것으로 보인다. 물론 김동인에 대한 소설사회학적 접근은 그가 언제나 대결의식으로 마주했던 이광수 문학의 사회학적 의미가 비교의 대상으로 거론될 때 좀 더 선명한 논점을 제공해 준다. 그러니까 당대의 사회적 현실과 관련된 근대적 자아의 탄생과 이 자아의 어두운 행로는 이광수 문학의 계몽주의 패러다임의 붕괴와 밀접한 관련을 가진다고 할 수 있다.

2. 계몽의 불안

이광수의 계몽주의 패러다임과의 급격한 단절이 김동인의 문학사적 위치를 결정한다는 생각은 문학과 사회의 복잡한 관련성이라는 맥락에서 보면 너무 단순한 견해이다. 사정은 훨씬 미묘하고 복잡하다. 기존의 논의가 이미 정식화한 것이지만,[10] 이광수는 안정적인 전통 사회를 대체한 혁신적인 근대 사회의 성격이 지닌 딜레마를 분명

히 의식했을 뿐만 아니라, 자신의 소설에서 개인성의 지지와 사회화
의 요구 사이에서 가장 조화로운 해결책을 찾았다고 확신했다. 이것
은 물론 개인과 사회의 융합이 외부의 법적 강제가 아니라 내면적인
법의 동의를 기초로 해서만 이룩될 수 있다는 것을 전제로 한 서사적
차원의 것이었다. 그러나 개인성을 지지하면서도 사회를 지탱할 수
있다는 근대적 사회화에 대한 계몽주의적 확신이 문학사에서 오래도
록 지속되지는 못했는데, 낭만적 개인성과 전통적 공동체를 통합할
수 있다는 그 확신은 김동인의 「감자」에서부터 점차 좌절의 그림자
를 드리우기 시작하기 때문이다.

> 그 겨울도 가고 봄이 이르렀다.
> 그때 왕 서방은 돈 백 원으로 어떤 처녀를 하나 마누라로 사 오게 되었다.
> 『흥!』
> 복녀는 다만 코웃음만 쳤다.
> 『복녀 강짜 하갔구만.』
> 동네 여편네들이 이런 말을 하면, 복녀는 흥 하고 코웃음을 웃고 하였다.
> 내가 강짜를 해? 그는 늘 힘 있게 부인하고 하였다. 그러나 그의 마음에
> 생기는 검은 그림자는 어찌할 수가 없었다.
> 『이놈 왕 서방 네 두고 보자.』
> 왕 서방이 색시를 데려오는 날이 가까웠다. 왕 서방은 아직껏 자랑하던 기
> 다란 머리를 깎았다. 동시에 그것은 새색시의 의견이라는 소문이 퍼졌다.
> 『흥!』

---

10) 여러 논자들을 통해 이광수의 이른바 '계몽주의 문학'은 개인의 권리를 강조하는 '정육론(情育論)'의 낭만
적 미학과 사회적 의무에 역점을 두는 '수양론(修養論)'의 공공선이 결합되어 있는 것으로 이해되었고, 이
것은 개인성과 사회성의 조화라는 계몽주의적 관념의 실현으로 간주되었다. 물론 최근에는 그 계몽주의적
관념에서 전체주의에의 동조를 읽어내려는 탈신화화의 독법이 제기되기도 했다. 김동인, 「조선근대소설고」,
『김동인전집16』(조선일보사, 1988); 김붕구, 「신문학 초기의 계몽사상과 근대적 자아」, 『한국인과 문학사
상』(일조각, 1964); 김현·김윤식, 『한국문학사』(민음사, 1973) 등 참조.

복녀는 역시 코웃음만 쳤다.

마침내 색시가 오는 날이 이르렀다. 칠보 단장에 사인교를 탄 색시가, 칠성문 밖 채마밭 가운데 있는 왕 서방의 집에 이르렀다.[11]

이 대목 이후에 무슨 일이 벌어졌을까? 복녀는 '마음에 생기는 검은 그림자'를 이기지 못하고, 결국 신랑 신부의 방안으로 침입하여 강짜를 부리고 왕 서방과 드잡이를 하다가 마침내 낫까지 휘두른다. 그러나 결과는 복녀의 죽음으로 나타난다. 왕 서방에게 낫을 빼앗긴 그녀는 피를 쏟으며 고꾸라지고 마는 것이다. 사실 복녀를 사로잡은 어두운 마음의 그림자는 애초에 계몽주의적 서광(曙光)에서 시작된 것이었다. 게으른 남편 때문에 기자묘 솔밭에 송충이 잡는 인부로 나섰다가 매음을 통해 육체성의 유쾌함을 발견하게 된 복녀는 "한 개 사람이 된 것 같은 자신"[12]을 얻음으로써 불완전하게나마 전통적인 도덕의 세계에 매몰되어 있던 자기존중의 열정, 즉 근대적 자아에 대한 일정한 각성을 보여준 바 있었다. 만일 이광수의 경우였다면, 그것은 아마도 계몽주의가 합법화한 교육적 소명 속에서 갈등 없이 사회화의 요구와 조화되었을 것이다. 왜냐하면 계몽주의 패러다임에서 개인성은 사회화의 요구와 대립하는 낭만적 요소라기보다는 근대적 사회화의 완성을 위한 계기라고 할 수 있기 때문이다.

가령 「무정(無情)」(1917)의 유명한 클라이맥스인 삼랑진 수해 주민을 위한 자선 음악회 장면에서 형식·병욱·영채·선형 네 사람은 '우리들'의 '문명'을 위해 '교육'과 '실행'을 결심한 바 있는데, 사실

---

11) 김동인, 「감자」, 『동인전집 7』(홍우출판사, 1964), p.369.
12) 김동인, 앞의 책, p.367.

형식과 약혼 이후 선형은 기생방을 출입한다는 그에 대한 소문 때문
에 그의 외모까지도 탐탁지 않았던 차였고, 형식을 잊지 못하는 영채
는 병욱의 조언 덕분에 사랑보다 정절을 앞세웠던 자기 생활의 속박
을 깨달은 이후였다. 여기에도 분명히 복녀의 '강짜'까지는 아니더라
도 자기존중의 열정에서 촉발된 시기와 원망이라는 개인적인 감정의
앙금, 즉 어두운 마음의 그림자가 충분히 드리워져 있었다. 그런데 이
런 감정적 갈등의 드라마는 교사적 소명 의식 속에서 아주 쉽게 공공
선을 향한 유대감으로 변화되었다. 이른바 '미적 교육'의 이념[13]이
보존되었던 것이다.

그러나 김동인의 주인공은 더 이상 이광수의 교육적인 소명을 확
신하지 않는다는 듯이 개인성에 대한 감각적인 향유와 과도한 탐닉
으로 나아간다. 그녀는 어두운 마음의 그림자를 떨쳐내지 못하고 그
것에 휩싸이고 마는 것이다. 물론 복녀의 변화는 삶을 즐겁게 누리고
자 하는 향락주의적 욕망을 암시하는 것으로 볼 때, 명백히 자기존중
의 열정에서 오는 낭만적 자아의 각성이라는 차원과 밀접한 관련을
가진다.[14] 그리고 이것은 무엇보다도 이광수의 정육론에서 구체화된
바 있는 개인적 감정의 낭만적 특권을 수양론이 표상하는 사회적 이
해관계 속에 정립해야 한다는 계몽주의적 요구와 결합될 가능성을
갖는 것이다. 하지만 이광수와 달리, 김동인은 그러한 계몽주의의 요
구, 즉 개인을 지지하면서도 사회를 포기하지 않는다는 근대적 사회

---

13) 실러의 '미적 교육'의 이 념에서 두드러지는 개인의 형성과 사회화의 통합이라는 명제가 근대소설의 출발
    지점에 놓인 교양소설에서 그 서사적 표현을 얻는다는 모레티의 지적은 개인성을 지지하면서도 사회화의
    요구를 포기하지 않는 이광수의 계몽주의 소설을 이해하는 데 시사하는 바가 크다. F. 모레티, 앞의 책,
    pp.67~73 참조.
14) 황종연, 앞의 글, pp.89~94 참조.

화의 이상 안에 잠복해 있던 개인성과 사회성 사이의 모순을 첨예하
게 드러낸다. 말하자면 이광수는 계몽주의적 소명 안에서 '문명'과
'교육'에 대한 동의를 요청함으로써 개인과 사회의 통합이라는 모순
적인 과제를 이상주의적으로 해결한 반면, 김동인은 그러한 해결 대
신 그 해결의 어려움을 직시하고 있는 것이다.

　요컨대 김동인의 「감자」에 이르러, 복녀의 변화와 파국이 암시하
는 것처럼 계몽주의의 빛과 그것이 동반하는 그림자는 양립할 수 없
는 모순으로 드러나게 된다. 이것은 특히 삼랑진 수해 주민을 위한
'자선' 음악회의 '공간'이 복녀가 발휘하는 '처세'의 진보적 '시간'으
로 대체되는 것과 무관하지 않다. 다시 말해 변화와 진보라는 관념이
지배하는 근대적 공간15)은 이상주의의 존재론적 원환으로 인해 고정
된 사회적 연관의 안락한 공간성에다가 시간의 역동성을 부과하면서
동시에 '불안'을 끌어들이는데,16) 이런 맥락에서 시간의 불안은 '검
은 그림자'의 진정한 실체라고 할 수 있다. 그러니까 변덕스러운 왕
서방에게 애정을 요구하는 복녀에게 불안은 자연스러운 것인데, 「감
자」의 경우에 애욕과 결합된 복녀의 사랑에 개입하는 그 불안한 시간
성은 변덕에 대한 일종의 심리적 방어기제라고 할 수 있는, 하지만 그
녀의 자아가 사회적 요구와 결합되는 것을 방해하는 부담스러운 열정

---

15) 물론 복녀의 공간은 교육적 실행이 미치지 못한 곳이라는 점에서 계몽주의의 가능성이 완전히 무산된 것
　　은 아니라고 할 수 있다. 그러나 그러한 공간의 존재는 동시에 계몽주의적 실행이 지닌 취약성을 반영하
　　는 것으로 이해될 수도 있다.

16) 모레티에 따르면, 근대소설에서 묘사와 같은 공간적인 비유는 평정과 조화라는 관념을 전달하고 서사와
　　같은 시간적인 차원은 변화와 불안을 암시한다. 그리고 모레티는 이 둘의 화해는 계몽주의 패러다임의 핵
　　심이라고 지적한다. 그러나 이것을 문학사적 전개에 적용해 보면, 공간적인 비유가 압도적인 이광수에서
　　시간적인 차원이 우세한 김동인으로 문학사의 무게중심이 옮겨간다고 가정해 볼 수 있다. 이광수의 서사
　　와 김동인의 서사가 갖는 차이는 좀 더 상세한 분석을 필요로 하는 일이지만, 이광수에게는 계몽주의의
　　대중화, 즉 공간적인 확장이 서사적으로 우세하고, 김동인에게는 계몽주의의 실패와 인생의 위기로 대변
　　되는 시간적인 변화가 그의 서사를 지배한다. F. 모레티, 앞의 책, pp.90~101 참조.

을 야기한다. 계몽주의적 확신을 대체한 자기존중의 열정, 바로 여기에
서부터 근대적 사회화에 대한 계몽주의적 관념의 좌절이 시작된다.

> 복녀의 송장은 사흘이 지나도록 무덤으로 못 갔다. 왕 서방은 몇 번을
> 복녀의 남편을 찾아갔다. 복녀의 남편도 때때로 왕 서방을 찾아갔다. 둘
> 의 사이에는 무슨 교섭하는 일이 있었다. 사흘이 지났다.
> 밤중 복녀의 시체는 왕 서방의 집에서 남편의 집으로 옮겼다. 그리고 시
> 체에는 세 사람이 둘러앉았다. 한 사람은 복녀의 남편, 한 사람은 왕 서
> 방, 또 한 사람은 어떤 한방 의사ㅡ. 왕 서방은 말없이 돈주머니를 꺼내
> 어, 십 원짜리 지폐 석장을 복녀의 남편에게 주었다. 한방 의사의 손에도
> 십 원짜리 두 장이 갔다.
> 이튿날, 복녀는 뇌일혈로 죽었다는 한방의의 진단으로 공동묘지로 가져
> 갔다.[17]

김동인이 선택한 결말이다. 한 여자의 내면에서 일어났던 열정의
드라마는 마침내 삶의 파국으로 귀결되었다. 이것은 무엇보다도 개인
의 주관적 열정과 사회의 객관적 이해관계 사이의 간극을 두드러지
게 보여준다. 여기서 '열정'과 '이해관계'가 조화로운 결합을 보여주
지 않고 일종의 대립항을 이루게 되었다는 서사적 결론이 가리키는
것은 명백한데, 이광수의 계몽주의 패러다임의 와해가 그것이다.[18]
그러나 그것은 급격한 단절이라기보다는 완만한 변화에 해당한다. 왜
냐하면 「감자」의 경우, 김동인은 결말의 파국을 통해 주인공의 주관
적인 순간에 대한 낭만주의적 격려를 보여주기보다는 부담스러운 열

---

17) 김동인, 앞의 책, p.370

18) 허쉬먼에 따르면, 열정의 개념이 이해관계 개념으로 대체되는 과정은 자본주의의 탄생과 결합된다. 이것
   은 열정을 갈무리하는 김동인의 결말에 나타난 '교섭'에서 자본주의적 이미지를 연상하는 것을 가능하게
   해준다. A. 허쉬먼, 『열정과 이해관계』, 김승현 옮김(나남, 1994), pp.17~71 참조.

정이 수반하는 반사회성의 위험을 강조하고 있는 것으로 보이기 때문이다. 그러니까 서술자의 풍자적 논평에서 예고되고 있듯이,[19] 결말에서 강조된 것은 그러한 순간의 좌절에서 낭만적인 동경의 절실함을 상기시킨다기보다는 주인공의 열정이 사회적 경계를 환기시켜야 할 만큼 과도한 것이었다는 생각을 떠올리게 한다. 그렇다면 이해관계 속에서 열정을 조율해야 한다는 근대적 사회화의 기획은 「감자」에서 완전히 포기되지는 않은 것처럼 보인다.

사실 근대의 사회화는 전통적인 공동체 사회에서처럼 존재론적 조건의 필연적 결과가 더 이상 아니다. 그것은 하나의 과정으로만 성립한다. 이 과정은 젊고 역동적이며 주관적인 순간을 장려하며 열정의 지지를 표명하는가 하면, 반대로 그 우유부단한 방황과 그 속에 깃든 자기 파괴의 위험을 강조하며 열정의 관리를 시도하기도 한다.[20] 복녀에 대한 김동인의 태도에서처럼 말이다. 말하자면 작가는 「감자」를 통해서는 이해관계를 벗어난 열정의 파국을 그림으로써 열정의 관리를 역설하는 이광수의 계몽주의 패러다임을 불안하게나마 일정하게 지속하고, 이후 두 편의 소설 「광염(狂炎)소나타」(1929)와 「광화사(狂

---

19) 이 점은 문체 분석이나 서술기법에 대한 분석을 통해서도 짐작해 볼 수 있다. 복녀의 욕망에 대한 부정적인 판단은, 가령 「감자」에는 권위적이고 주관적인 통제자로서 그 세계에 간섭하고 판단하는 서술자의 존재가 감지된다는 지적을 통해 그 소설의 자연주의적 객관주의가 사실은 위장된 것이라고 주장하는 황도경의 문체에 대한 분석으로 일단 암시되고, 「감자」의 서술자는 「오몽녀」의 서술기법과 비교할 때 윤리적인 이념의 주체가 되어 소설의 세계를 전횡하는 강력한 지배자와 같다고 지적하는 정연희의 서술기법에 대한 분석에서 보다 확연해진다. 김동인의 경우, 윤리적인 계몽주의의 주제는 「발가락이 닮았다」(1932)나 「김연실전」(1939)에까지 지속되기도 한다. 황도경, 「위장된 객관주의 – 문체로 읽는 『감자』」, 『김동인 문학의 재조명』(새미, 2001), pp.74~75; 정연희, 「김동인과 이태준의 서술기법 비교연구 – 「감자」와 「오몽녀」를 중심으로」, 『현대문학이론연구』 제15호(현대문학이론학회, 2001), p.310 참조.

20) 근대 이전의 사회화는 수직적 위계에 근거하고 있었기 때문에 개인적 열정을 제어할 사회적 필요성이 크지 않았다. 그러나 위계의 붕괴에 기초한 근대화 과정은 개인적 열정을 지지하게 되면서 불가피하게 사회화를 관철시키기 위한 특별한 노력이 요구되었다. 왜냐하면 열정을 관리하지 않으면 개인들을 사회적 네트워크 속에 끌어들일 수 없었기 때문이다. 따라서 학교나 군대, 문학이나 예술 등의 근대의 사회적 제도는 모두 그러한 열정의 관리에 일정하게 복무하였다. F. 모레티, 앞의 책, p.121 참조.

畵師)」(1935)에서는 범죄적인 향락과 초월적인 삶에 대한 낭만적 동경의 형상을 통해 사회화의 반대편에서 개인적 열정에 대한 강력한 지지를 보여주었던 것이다. 결국 김동인은 앞으로 그가 매진하게 될 낭만주의 패러다임으로 넘어가기 전에 계몽주의의 잔영 속에서 이른바 '계몽의 불안'을 아주 분명하게 보여주고 있었던 것으로 보인다.

이처럼 김동인은 과도한 열정의 관리에서부터 열정적인 예술적 광기에 대한 예찬에 이르는 자신의 서사적 전개 과정을 통해 근대적 사회화 과정의 모순과 어려움을 첨예하게 부각시킨다. 하지만 그렇다 하더라도 「감자」의 위치는 과도기적인데, 낭만적 개인성을 지지하며 획일적인 사회적 통합에 저항하는 「광염소나타」와 「광화사」의 오만하고 거친 예술혼으로 나아가기에 앞서, 거기서는 아직 「무정」의 이상주의 패러다임이 근대화 초기에 가정했던 계몽의 위안에 관련되어 있기 때문이다. 그러나 복녀의 파국이 시사하는 것처럼, 김동인은 근대성의 도래에 따라 활성화된 시간의 네트워크인 사회적 공간에 대한 탐색이 성공할 수도 있지만 실패할 수도 있다는 근대적 삶의 시간성과 역동성을 환기함으로써 계몽주의를 불안과 결합하고 있다. 복녀의 열정은 저지되었지만, 파국을 불사할 만큼 그 염원은 너무도 강렬하다는 것이 확인되었기 때문이다. 이제 김동인의 불안한 계몽주의[21]는 개인성을 그 자체로 보존하면서도 그것에 사회적 요구를 부과하는 이른바 이광수적 총체성이 더 이상 유지될 수 없을지 모른다는 의

---

21) 장수익은 이 글과 마찬가지로 김동인에게서 계몽주의적 주제를 읽는다. 그러나 그는 김동인이 계몽성을 벗어나 자율성 쪽으로 기울어지는 신문학 운동의 귀착점을 보여준다고 지적하면서도, 그러한 주제의 포기가 곧바로 문학과 현실의 대립이라는 자율성 패러다임으로 이끌려갔다고 판단한다. 우리의 논의와 구분되는 지점이 바로 여기인더. 장수익은 자연주의와 유미주의 경향의 작품들을 하나로 묶어 계몽적인 동기를 상실한 자율적 내용을 갖는 작품들로 간주한다. 장수익, 「김동인 소설과 근대 문학의 자율성」, 『김동인 문학의 재조명』(새미, 2001), pp.233~234 참조.

심을 재현한다.

결론적으로 복녀의 파국은 두 가지 의미로 해석이 가능하다. 일단 그것은 주관적 욕망이 객관적 가능성 속에서 조율되지 않을 때 무의미한 방황과 자기 파괴의 위험에 직면할 수 있다는 계몽주의적 경고로 이해된다. 그리고 여기서 오는 계몽의 위안은 시간의 역동성에서 초래된 불안에도 불구하고 일정하게 유지된다. 그러나 더 중요한 의미는, 복녀의 죽음이 상징적 차원에서이기는 하지만 왕 서방과 복녀의 남편과 한방의, 이 세 남자의 협잡에 연결됨으로써 사회화의 객관적 가능성이 환상이자 허위일지 모른다는 계몽주의적 이상에 대한 의문과 회의를 촉발한다는 사실에 있다. 즉 복녀의 과도한 열정에도 사회화의 요구를 무시한다는 윤리적인 문제가 내재해 있지만, 세 남자의 협잡이 상징하는 열정의 사회적 저지에도 그 부도덕과 가혹함으로 인해 혐의점을 발견할 수 있다는 것이다. 이런 맥락에서 사회적 경계를 초과하는 복녀의 욕망은 어쩌면 그 초과의 부담에 반응하는 사회의 성격을 알아내고자 하는 일종의 리트머스 시험지였을지도 모른다. 실제로 「감자」는 그 시험지에 '교섭'이라는 비정한 두 글자가 나타나게 함으로써 마침내 이광수의 사회와는 구분되는 새로운 사회의 신원을 노출시킨다.

3. 교환의 사회학

기존의 연구에 따르면, 식민지적 제약하에서 한국 자본주의의 형성과 전개는 1910년대의 '토지조사사업'을 통한 원시적 자본 축적기를 통해 임금 노동자를 양산함으로써 1920년대에는 자본주의적 상품 경제를 일상적으로 구축하게 된다.[22] 따라서 김동인이 제시한 '교섭' 은 1925년경에 이미 정상적으로 작동하고 있던 자본주의의 사회적 일상성을 상징적인 방식으로 재현하고 있는 것으로 보아도 무방하다. 물론 기존의 논의도 「감자」에서 교섭으로 구축된 사회적 일상의 성 격에 대해 주목해 왔는데, 서두에서 결말까지 복녀가 겪는 사건은 모 두 돈에 관련된 것으로서, 그녀는 무엇보다도 '교환가치가 지배하는 세계'에 속한다는 지적은 대표적인 예라고 할 수 있다.[23] 그러나 그 교환의 세계가 개인의 생존 방식을 왜곡하는 부도덕하고 탐욕스러운 원리라는 지적은 좀 더 자세히 분석될 필요가 있다. 왜냐하면 교환의 세계가 복녀를 타락시켰다는 단순한 지적만으로는 주인공의 변화와 처신에서 근대적 사회화가 결렬되어 가는 과정이 잘 드러나지 않기 때문이다.

> 복녀는, 원래 가난은 하나마 정직한 농가에서 규칙 있게 자라난 처녀였
> 었다. 이전 선비의 엄한 규율은 농민으로 떨어지자부터 없어졌다 하나,
> 그러나 어딘지는 모르지만 딴 농민보다는 좀 똑똑하고 엄한 가율이 그
> 의 집에 그냥 남아 있었다. 그 가운데서 자라난 복녀는 물론 다른 집 처
> 녀들같이 여름에는 벌거벗고 개울에서 멱 감고, 바짓바람으로 동네를 돌
> 아다니는 것을 예사로 알기는 알았지만, 그러나, 그의 마음속에는 막연
> 하나마 도덕이라는 것에 대한 저품을 가지고 있었다.
> 그는 열다섯 살 나는 해에 동네 홀아비에게 팔십 원에 팔려서 시집이라

---

22) 물론 '식민지 자본주의설'을 부정하며 일제의 주도하에서 진행된 일체의 자본주의적 사회 변화를 반(半)봉
　　건적인 성격을 갖는 것으로 그 의미를 제한하는 민족주의적 관점을 지닌 논자들도 있다. 이에 관한 논란은
　　김정식, 「일제하 한국경제구조변동에 관한 연구」, 『한국항만경제학회지』 제13집(한국항만경제학회, 1997),
　　pp.623~626 참조.
23) 김흥규, 앞의 글, pp.345~346 참조.

는 것을 갔다. 그의 새서방(영감이라는 편이 적당할까)이라는 사람은 그
보다 이십 년이나 위로서, 원래 아버지의 시대에는 상당한 농민으로서
밭도 몇 마지기가 있었으나, 그의 대로 내려오면서는 하나 둘 줄기 시작
하여서, 마지막에 복녀를 산 팔십 원이 그의 마지막 재산이었었다. 그는
극도로 게으른 사람이었었다. 동네 노인의 주선으로 소작 밭 개나 얻어
주면, 종자만 뿌려둔 뒤에는 후치질도 안 하고 김도 안 매고 그냥 버려
두었다가는, 가을에 가서는 되는대로 거두어서 「금년은 흉년이네」하고
전주집에는 가져도 안가고 자기 혼자 먹어버리고 하였다. 그러니까 그는
한 밭을 이태를 연하여 붙여본 일이 없었다. 이리하여 몇 해를 지내는 동
안 그는 그 동네에서는 밭을 못 얻으리만큼 인심과 신용을 잃고 말았다.[24]

이 대목은 「감자」의 서두인데, 주인공 복녀의 성장 배경과 결혼 생
활의 추이를 요약적으로 제시하고 있다. 그런데 이것은 단지 개인적
삶의 과정에 대한 평범한 묘사에 그치는 것이 아니라, ‘선비’의 딸이
‘팔십 원’의 중매를 통해 ‘농군’의 아들과 결혼하는 일이 암시하는 것
처럼, 규율과 도덕에 기초한 전통 사회의 안정성이 화폐를 매개로 하
여 새롭고 불안을 조성하는 자본주의적 역동성으로 대체되는 과정에
대한 서사적 압축이기도 하다. 말하자면 매매를 통한 복녀의 결혼은
앞선 세대의 안정된 삶을 보장하던 전통적인 수직적 위계가 신분의
표지가 제거된 화폐가 도입됨으로써 합리적인 교환이라는 이해관계
로 수평화된 사회적 국면을 지시하고 있다. 뿐만 아니라 그 수평화에
따른 이동성(mobility)의 증대에서 느리고 예견할 수 있는 안정된 삶의
지위가 빠르게 변화하는 사회적 공간에 대한 불안정한 탐색 과정으
로 대체되었다는 사실 또한 가리킨다.

---

24) 김동인, 앞의 책, p.364.

물론 이해관계와 결합된 근대적 수평화와 이동성의 증대는 전통적인 안정성이 상실된 절망적 결과이기도 하지만, 새로운 불안정성이 사회적 상승의 기회를 만드는 희망의 계기이기도 하다. 그리고 바로 여기서 근대적 처신의 형태, 즉 분별력을 활용한 근대적 위선으로서의 기회주의(opportunism)[25]가 탄생하게 된다. 말할 것도 없이 복녀의 변화에서 일어난 처음의 성공은 그런 맥락에서 이해될 필요가 있다. 그러니까 복녀가 교환의 세계에 처음 진입하였을 때, 그녀는 게으른 남편 때문에 '칠성문 밖 빈민굴'로 '밀려나오게' 된 절망적 상황에도 불구하고 기회를 잡기 위한 분별력을 지속적으로 발휘한다. 일차적으로 그녀는 타인의 동정을 구하는 빌어먹는 일에서 유독 수입이 좋은 사람들을 발견하고 있다. 그리고 마침내 그녀는 기자묘 솔밭에 송충이 잡는 인부로 쓰이게 된 절호의 기회를 놓치지 않는다. 젊은 여인들이 매음으로 일을 안 하고도 공전을 더 많이 받는 것을 이상하게 여기던 복녀는 '반반한' 미모를 이용해 사회적 상승의 기회를 붙잡는다. 나아가 그녀는 왕 서방과의 우연한 만남에서 매음의 부가가치를 높여 '빈민굴의 한 부자'가 되기까지 한다.

그러나 결정적인 전환이 다가온다. 왕 서방과의 만남에서 벼락출세의 기회를 잡은 복녀는 "동네 거러지들한테 애교를 파는 것을 중지"[26]하며 기회주의를 포기하는데, 왕 서방이 보장하는 수입과 거러지들에게서 오는 수입을 결합하지 않고 후자를 버린다. 이는 이해관

---

25) 근대적 사회화에서 개인의 자율성과 사회적 통합이 양립할 수 없는 선택이 되면서 야기된 것은 계몽주의적 이상의 상실이기도 하지만, 이와 더불어 삶의 여정과 함께 '네가 마주친 모든 것이 너의 삶을 만들어가는 데 사용될 수 있음'을 뜻하는 사회적 상승에 대한 '기회'의 출현이기도 하다. 모레티에 따르면, 결국 여기서 근대적이고 역사적인 위선의 유형, 기회주의가 탄생하게 된다. F. 모레티, 앞의 책, pp.156~162 참조.
26) 김동인, 앞의 책, p.369.

계의 합리성이라는 측면에서 볼 때 매우 문제적인 처신이라고 할 수 있다. 왜냐하면 교환의 세계에서 합리적 분별을 통해 가능한 교환의 규칙을 따르지 않는다는 것은 그러한 현실에 대한 적응의 노력을 포기함으로써 이동성이라는 근대적 원리에 기초해 성공이 나락으로 전환되는 사회적 실패를 야기할 위험이 있는 비합리적인 행동이기 때문이다. 사실 복녀가 보여주는 기회주의의 포기는, 교환의 세계가 구축한 이동성의 네트워크가 예기치 않았던 희망을 가져다주는 충만한 것이면서도 개인적 욕망들의 충돌을 수반하므로 항상 불만스러운 내면성(internality) 또한 만들어내는 것이라는 점에서 잠복된 것의 표출이라는 의미가 강하다.27) 다시 말해 거러지들 대신 어엿한 소작인을 선택한 일에서 감지되는 것은 분명 자기존중의 열정이다. 그리고 결국 복녀는 왕 서방이 새색시를 들이는 일을 계기로 열정이 합리성을 압도하는 상태에 직면하게 되는 것이다. 이것은 사회적 이해관계의 합리성과 개인적 열정의 내면성 사이의 충돌을 정확히 포착한다.

결론적으로, 이동성의 네트워크를 효과적으로 이용할 줄 아는 복녀의 분별력과 기회주의는 왕 서방과의 만남을 계기로 일단은 그녀에게 벼락출세의 기회가 되지만, 그 이동성이 동반하는 불만의 내면성에 말리게 되면서 복녀의 마음에 드리워지기 시작한 열정의 그림자는 자신의 출세를 보장하던 기회주의를 거부하고 교환을 중지하게 함으로써 그녀가 획득한 사회적 상승의 과정을 교환의 세계로부터 후퇴시키도록 만든다. 이를테면 냉정한 상인(merchant)의 세계에서 준

---

27) 말하자면 전근대적 안정성이 해체되는 근대적 과정이 도입하는 개인적 욕망의 수평화가 그렇지 않았으면 형성되지 않았을 갈등과 경쟁을 통해 이른바 '기회주의적 내면성'을 형성하고, 당연히 모든 내면적 욕구가 충족될 수 없다는 데서 그것은 불만스러운 것이 된다는 사실이다.

수되어야 하는 교환의 규칙은 분별력을 잃고 교환을 중지한 복녀의 불만스럽고 불안한 내면성 속에서 망각되어버리고, 결국 복녀는 세 남자의 교섭, 즉 강력한 자본주의의 힘에 의해 곧바로 교환의 세계로부터 배제되고 마는 것이다.[28] 이러한 과정에서 드러나는 것이 이른바 '교환의 사회학'이라는 메커니즘임은 말할 것도 없다. 그러나 여기서 좀 더 주목해야 할 점은 '개인의 형성과 사회화의 분열'이 이제 자명해졌다는 사실이다. 이때 같은 시기에 발표된 「오몽내(五夢女)」(1925)에 대한 이해는 지금까지의 분석에 대한 적절한 예증이 된다.

> 지참봉은 여편넨 달아나고, 눈은 멀고, 재물은 없고, 누구든지 자살한 것으로 알게 되었다. 남은, 이젠 오몽내는 찾기만 하면 내 것이라 하고 서수라로 웅기로 싸다녔으나 허탕만 잡고 오륙일 만에 돌아왔다. 돌아와 보니 오몽내는 어디선지 하루 앞서 멀쩡해 돌아와 있는 것이다. 남은 오몽내를 만나자 잠깐 어쩔 줄을 몰랐다. 그간 자기가 범죄 중에 가장 큰 것을 범하면서까지 애먹은 생각을 하면, 또 어떤 놈과 어디로 가 그렇게 여러 날씩 파묻혀 있다 온 생각을 하면 당장 잡아다 족치고 싶으나 이왕 지나간 것보다는 앞으로의 욕심이 목 밑에서 꿀꺽거린다. '인전 내 해다' 하는 느긋한 손으로 유들유들한 오몽내의 볼을 꾹 찝었다 놓으면서,
> "앙이 어디루 바람이 났읍데?"
> ……(중략)……
> 남 순사는 슬그러미 오몽내를 위협하였다. 너의 남편이 죽은 것은 너 때문이니까 너는 살인자나 마찬가지다, 네가 잡혀가지 않을 길은 하나밖에 없다, 그 길은 내 첩이 되는 것이다, 하고 달래기도 하였다.
> 그러나 오몽내는 남 순사의 첩 노릇보다는 금돌의 아내 노릇이 이름부

---

28) 이런 맥락에서 이광수의 작품이 계몽의 위안을 추구하는 인간, 즉 교사의 영향력을 보여준다면, 김동인의 작품은 교환의 사회를 살아가는 기회주의적 인간, 즉 상인의 힘을 보여준다. 그런 의미에서 복녀의 실패는 상인의 세계에서 살아남기 위해 필요한 상인의 정체성을 포기한 대가라고 할 수 있다.

터도 나은 것이요 정에 들어서도 그랬다. 오몽내는 우선 남이 쌀말부터, 이부자리부터 끌어들이는 대로 받아들였다. 그리고는 금돌이와 내통을 해 동산(動産)이란 것은 놋숟갈 한가락까지라도 모조리 배로 빼어내었다. 그리고 남 순사가 오마던 자정이 가까워 올 임시에 오몽내까지 배로 뛰어나왔다.

이들의 배는 이 밤으로 돛을 높이 달고 별빛 푸른 북쪽 하늘을 향해 달아났다.[29]

이태준의 처녀작 「오몽내」의 마지막 장면인데,[30] 이 소설은 종종 김동인의 「감자」와 동일한 모티프를 가진, 이른바 도상학적 유사성을 보여주는 것으로 거론되는 작품이다. 예를 들어 돈에 팔려 한 남자와 살게 된 여자, 한 여자의 자유 분망한 애정 행각, 여주인공을 둘러싼 세 남자 등 두 소설은 모두 동일한 모티프와 흡사한 착상을 보여준다. 그러나 이 두 작품은 유사한 모티프를 가지고 서로 전혀 다른 주제를 형상화하고 있는데, 이것은 특히 결말에서 결정적인 차이로 드러난다. 우선 「감자」에서 여주인공은 한 남자(왕 서방)에 대한 애정 때문에 모든 것을 돈으로 환산하는 자본주의의 규칙을 거슬렀다가 교환의 사회적 현실로부터 제거되는 반면에, 이태준의 「오몽내」는 앞선 인용문이 나타내는 것처럼 주인공이 한 남자(금돌)에 대한 자신의 애정을 관철시키기 위해 교환의 사회적 현실을 속이는 데 성공함으로

---

29) 이태준, 「오몽녀(五夢女)」, 『이태준문학전집 1』(깊은샘, 1995), pp.27~28.

30) 여기에 인용된 작품은 개작된 이후의 작품, 즉 1939년 작이다. 따라서 한 가지 난점이 생기는데, 원작과 개작의 차이가 크다는 사실이다. 그러나 이태준은 『이태준 단편선』(박문출판사, 1939)에 개작된 작품을 실을 때 서두에 다음과 같은 변을 붙였다. "이 作品은 오직 나의 處女作이란 愛着에서 여기 걷운다. 모델 小說이 아닌 것, 여기 나오는 現實도 지금은 딴판인 十五六年前 옛날임을 말해 둔다." 이러한 변을 고려 하면, 1939년의 「오몽녀」에서 1925년의 「오몽녀」에 재현된 현실을 유추하는 것이 터무니없는 일은 아닐 것이다. 여기서는 1939년 「오몽녀」를 정본화한 『이태준문학전집 1』(깊은샘, 1995)에 수록된 텍스트를 대 상으로 한다. 민충환, 『이태준 연구』(깊은샘, 1988), pp.183~189쪽 참조.

써 그 현실을 벗어난다. 전자는 이해관계가 모든 열정을 흡수하는 데 비해, 후자는 열정이 이해관계를 빨아들인다.

다시 말해「감자」는 주인공이 자신의 욕망을 세 남자의 '교섭'으로 암시된 자본주의적 현실 안으로 들여놓는 데 실패하는 결말을 통해 '교환의 사회학'이 지배하는 비속한 사회의 이해관계를 강조하는 반면,「오몽내」에서 주인공은 두 남자의 교섭 사이에서 한 남자에 대한 자신의 '바람'을 관철시킴으로써 교환의 사회학이 지배하는 세계를 따돌리며 궁극적으로 낭만적 열정을 완성한다. 그러나 서로 다른 차이에도 불구하고, 두 경우 모두 이제 사회적 현실은 개인의 자율성과 사회적 통합을 양립할 수 없는 선택 사항으로 만들고 있다. 요컨대 이태준의「오몽나」는 김동인의「감자」에 대한 일종의 거울상을 이루며 당대에 정상적으로 작동하고 있던 교환의 사회학에 대한 또 하나의 증거가 된다. 결국 김동인의 자연주의적 현실과 이태준의 낭만주의적 이상은 동시에 1920년대 초 한국사회에서 '개인성과 사회화의 분열'은 더 이상 철회할 수 없는 확고한 현실이 되었다는 점을 상기시킨다.

정리하자면, 사회적 예속을 거부하고 그것에 무관심하려는 자의 자기존중의 열정이 한 작품에서는 교환의 사회학에 의해 압도되어 있고, 다른 작품에서는 '별빛'의 낭만주의로 관철되고 있다. 여기서 바로 이광수의 계몽주의적 총체성은 하나의 환상임이 폭로되고 만다. 그러니까 1925년경 두 작가는 개인과 사회의 통합이라는 이상적인 계몽주의 패러다임이 붕괴되어 있던 현실을 한 사람은 교환의 사회학이라는 자연주의적 현실을 통해, 또 다른 사람은 개인적 욕망의 충족이라는 낭만주의적 이상을 통해 그려내고 있다. 그러나「감자」의 자연주의적 현실성은 낭만주의와 함께 등장한 것이라 하더라도, 논리적으로 볼 때 계몽주의를 낭만주의가 대체해가는 문학사적 과정에 필수적인 중간항이라는 의미가 있다. 왜냐하면 교환의 사회학이라는 비속한 현실을 전제하지 않으면, 그러한 현실에 대한 문학적 반응으로 제기된 낭만주의를 이해하는 것은 불가능하기 때문이다.[31]

4. 결론

이 글은 김동인의 「감자」에서 서사적 재현과 당대의 사회적 현실의 관련성을 해명하는 일종의 문학 사회학을 목표로 하였다. 그동안 김동인 소설에 관한 논의들은 단순한 사조적 이해를 극복한 이후에도 주기적으로 리얼리즘 미학과 모더니즘 미학을 규범으로 하여 그의 소설에 대해 각기 상반된 평가를 내리는 해석의 교체 현상을 보여주고는 했는데, 이러한 이해의 당파성을 조화시키는 데 사회학적 분석의 중립성이 어떤 입각점을 제공하리라 판단했기 때문이다. 특히 「감자」는 서로 대립하는 이해들의 논쟁점을 부각시키는 해석학적 기반으로 작용해 왔다는 점에서 주된 분석 대상이 되었다. 사실 기존의 대립적 이해들은 강조점의 차이에서 오는 해석들이라는 것이 필자의

---

31) 여기서 1920년대 초반 나도향에게서 이미 뚜렷했던 낭만주의는 우리의 논의에서 하나의 난점을 이룬다. 우선 이태준의 「오몽녀」는 나도향이 도입한 낭만주의 패러다임을 내면화한 작가가 김동인적인 자연주의적인 도상들을 새로이 배치하고 있는 것으로 보면 쉽게 이해될 수 있다. 그러나 논리적으로 교환의 사회학 다음에 와야만 하는 낭만주의는 김동인에 앞서는 나도향의 존재로 인해 이해할 수 없는 것이 된다. 어떻게 된 것일까? 계몽주의 패러다임이 붕괴되면서 출현한 자연주의적 현실과 뒤를 이은 낭만주의적 이상 가운데 후자가 나도향에 의해 먼저 포착되었고, 전자는 김동인의 「감자」에 이르러 포착된 것으로 이해할 수 있다. 이것은 미술사가 앙리 포시용의 다음과 같은 말에서 암시된다. "역사란 일반적으로 너무 이른 것과 현재의 것 그리고 뒤늦은 것 사이의 갈등에 불과하다."(앙리 포시용, 『형태의 생명』, 다카시나 슈지, 『미의 사색가들』, 김영순 옮김, 학고재, 2005, p.54에서 재인용)

판단이었고, 따라서 필자는 「감자」에 대한 사회학적 접근을 통해 그러한 상반된 해석들을 조화시킬 수 있으리라 기대하였다.

한마디로 「감자」의 사회학은 교환의 사회학이라고 할 수 있었다. 소설의 주인공 복녀는 우선 근대적 이동성의 네트워크를 활용하는 분별력 있는 기호주의자로서 왕 서방과의 만남에서 교환가치를 창출하고, 이것을 벼락출세의 계기로 만들었다. 그러나 그 이동성이 동반하는 불만의 내면성에 휘말리게 되면서 복녀의 마음에 드리워지기 시작한 열정의 그림자는 기회주의를 거부하고 교환을 중지하게 만들어버림으로써 그녀가 교환의 세계로부터 배척당하는 결정적인 순간이 되고 말았다. 다시 말해 냉정한 상인의 세계에서 준수되어야 하는 교환의 규칙은 분별력을 잃고 상혼을 상실한 복녀의 불만스럽고 불안한 내면성 속에서 망각되고 말았고, 결국 복녀는 세 남자의 교섭 과정을 통해 곧바로 교환의 세계로부터 추방되었던 것이다. 이런 맥락에서 사회적 경계를 초과하는 복녀의 욕망은 그 초과의 부담에 반응하는 사회의 성격을 알아내고자 하는 일종의 리트머스 시험지로 작용하였다. 그리고 실제로 김동인의 「감자」는 그 시험지에 '교섭'이라는 비정한 두 글자가 나타나게 함으로써 마침내 새로운 사회의 신원을 노출시켰다.

이것이 소위 자본주의적인 교환의 세계가 자신의 사회학을 정상적으로 작동시키고 있던 당대의 현실을 포착하는 「감자」만의 방식이었는데, 여기서 '개인의 형성과 사회화의 분열'은 이제 자명한 것이 되었다. 이때 문학사적으로 부각되는 것은, 교환의 사회학을 통해 이광수의 계몽주의적 총체성은 하나의 환상임이 폭로된다는 점이었다. 말하자면 이광수는 자신의 소설에서 자기존중의 낭만적 열정과 사회화의 요구라는 현실적 이해관계 사이에서 조화로운 해결책을 찾았다고 확신했지만, 마침내 김동인은 「감자」를 통해 개인을 지지하면서도 사회를 지탱할 수 있다는 근대적 사회화에 대한 계몽주의적 확신이 붕괴되었다는 사실을 확인시켜 주었다. 결국 「감자」는 '비속한 삶의 파멸적 자기운동'에만 함몰되어 있지도, 반대로 '생활의 모든 속박으로부터 해방된 어떤 특별한 경험의 순간'에만 탐닉하고 있지도 않았다. 오히려 「감자」는 근대적 생활의 어떤 특별한 순간들이 '상인'이 지배하는 비속한 교환의 세계 속으로 빨려 들어가 버리는 사회역사적 과정을 아주 상징적인 방식으로 재현하고 있었다.

상인에 대한 반대

-현진건의 「빈처」에 나타난 인간상과 그 사회적 의미-

1. 서론

이 글은 현진건의 소설 「빈처」(1921)에 나타난 인간상을 분석하고 그 사회적 의미를 고찰하는 데 목적이 있다.

우선 소설의 등장인물이 사회적 현실과 관련된다고 할 때 그 인물들이 사회적 현실에 대한 순응의 형식인가 아니면 저항의 형식인가 하는 질문이 있을 수 있는데, 이것을 판별하는 일은 통상 어려운 미학적 문제로 간주된다. 당대의 왜곡된 사회적 현실에 대한 순응적 재현이 그 왜곡에 대한 저항적 인식을 촉발한다는 루카치 식 아이러니의 개념은 사실 그러한 문제에 대한 잠정적인 해결책일 뿐이다.[1] 왜냐하면 왜곡에 대한 재현이 왜곡에 대한 판단과 저항이 된다는 인식론적 해법은 동시에 재현이 모방과 정당화를 부르게 되는 존재론적 변이의 가능성을 포함하기 때문이다. 실제로 소설의 등장인물이 사회

---

[1] 루카치는 아이러니라는 개념을 통해 소설의 등장인물이 사회적 현실의 단순한 반영물이 아니라 그 현실의 왜곡되고 타락한 양상에 대한 비판을 재현한다고 보았다. 왜냐하면 왜곡 그 자체의 성공적인 표현은 왜곡되지 않은 기준의 존재를 전제한다고 확신했기 때문이다. Georg Lukacs, *The Meaning of Contemporary Realism*, trans. J. and N. Mander, London: Merlin Press, 제럴드 그라프, 『자신의 적이 되어가는 문학』, 박거용 옮김(현대미학사, 1997), p.70 재참조.

적 현실의 일부일 뿐이냐 그 현실의 잉여를 암시하느냐 하는 비평적 논의는 해결 없는 논란만 불러일으키는 경우가 많다. 그렇다면 소설의 등장인물을 통해 한 시대를 표상하거나 그 시대의 정수를 파악하는 사회학적 해법의 중립성이 오히려 더 가치 있는 일일지 모른다.[2]

물론 사회사의 어느 순간과 특별한 관련을 가지는 것으로 보인다 할지라도, 소설은 미학의 한 형식으로서 사회적 현실로부터 독립된 자율성의 영역이라는 것을 고집하는 사람들에게 이른바 '사회적 표현'[3]으로서의 소설이라는 관점은 언제나 작품을 그 내용에만 주목하여 그것을 현실의 참고 자료로만 다루는 사회학적 환원주의라는 비난에 직면해 왔다. 그러나 형식이라는 개념이 소설작품뿐만 아니라 사회적 현실에도 관련된다는 사실을 종종 망각하는 순전한 형식주의에 골몰했던 경우를 제외한다면, 소설과 사회의 관련성에 대한 가정은 단순한 형태로나 복잡한 형태로나 거의 모든 사람들에게 또 언제나 일반적인 전제이기도 하였다.

실제로 현진건 소설에 대한 논의들 또한 문학의 사회적 관련성을 전제하는 것은 물론이거니와, 대체로 소설작품에 대한 사회학적 접근을 주된 방법으로 하는 것이었음을 보여준다.[4] 그러나 현진건 소설을

---

2) 미하일 바흐친에 따르면, 근대소설에서 등장인물로서의 인간상은 세계와 함께 성장하고, 자신 속에 세계 자체의 역사적 성장을 반영한다. 성장하는 인간의 형상은 여기서 제한된 형태로나마 사적인 성격을 극복하기 시작하고, 완전히 새롭고 활짝 열린 역사적 존재의 공간으로 나아간다. 물론 바흐친의 그러한 언급은 교양소설의 문제 설정을 고찰하는 과정에서 나오게 된 말이다. 그러나 역사적 존재로서의 인간상이라는 것은 그런 특정한 양식에 국한되는 특징만은 아닐 것이다. 그것은 사실 역동적인 '입체적 인물'이 정태적인 '평면적 인물'을 압도하는 근대소설 전반의 보편적인 특징으로 보아도 크게 무리가 없다. 미하일 바흐친, 「교양소설과 리얼리즘 역사 속에서의 그 의미」, 『말의 미학』, 김희숙·박종소 옮김(도서출판 길, 2006), pp.305~306 참조.

3) 미셀 제라파, 『소설과 사회』, 이동렬 옮김(문학과지성사, 1977), p.22.

4) 현진건 소설에 대한 논의들은 초창기에는 문학작품을 기법의 측면과 사조의 맥락에서 다루는 소박한 형식주의를 벗어나지 못했다. 그러나 본격적인 논의가 시작되면서 1960년대부터는 소설의 기법이나 구조를 작가의 현실관이나 사회의식과 결합하는 점진적인 방향전환을 통해 1970년대에 이르면 마침내 이른바 '문예사회학적

사회적 표현으로서 다루는 기존의 논의들은 당대의 복잡한 현실에 대한 서사적 분석이자 종합으로서의 소설이라는 현상분석적인 사회학의 관념과 결합되어 있었던 것이 아니라, 사실 식민지적 상황으로만 단순하게 요약된 시대적 현실에 대한 작가의 의식이자 응전으로서의 소설이라는 가치판단적인 문예비평의 개념과 결합되어 있었다. 이것은 특히 「빈처」(≪개벽≫ 1921년 1월호), <술 권하는 사회>(≪개벽≫ 1921년 11월호), <타락자>(≪개벽≫ 1922년 1월~4월호) 등처럼 작가 자신의 신변적인 체험을 기초로 하여 식민지 지식인상을 형상화한 현진건의 초기 소설들어 대한 부정적 언급들에서 두드러진다.

예를 들면, 최원식에게 현진건의 초기 소설들에 나오는 등장인물은 대개 일제의 기만적인 회유책에 마비된 현실의 한 단면에만 매몰되어서 개인과 사회의 갈등을 추상화하고 "세계사적 모순의 현장인 식민지 사회라는 특수성"을 외면함으로써 당대의 사회를 '상투형'으로 제시하는 것으로 비판된다.[5] 또한 신희교는 현진건 소설의 주인공이 현실과 대결을 벌이는 것이 아니라 동화되고 있을 뿐만 아니라 그의 초기작들에 나타난 현실은 "개념적으로 요약되거나 추상적으로 진술된 것이며 식민지 상황의 테두리에 미치지 못하는 현실"[6]에 지나지 않는다고 지적한다. 그런가 하면 현진건의 소위 신변체험적 소설들에 대한 긍정론[7]의 경우조차도 거의 동일하게 식민지 상황 그 자체가 사회적 현실의 막연한 핵심을 이룬다.

연구'가 현진건 소설에 다한 논의들에서 거의 압도적인 방법론이 된다. 이주형, 「현진건 문학의 연구사적 비판」, 『현진건 연구』(새믄사, 1981), pp.64~71 참조.

5) 최원식, 「현진건 문학의 사회적 가치」, 『현진건연구』(새문사, 1981), pp.82~85 참조.

6) 신희교, 「현진건의 초기 소설 연구 – 주인공의 현실 대응을 중심으로」, 『어문논집』 제28집(안암어문학회, 1989), p.217.

7) 김교봉, 「현진건 문학의 민족문학적 성격 연구」, 『어문학』 제55집(한국어문학회, 1994), pp.88~89.

이처럼 현진건 소설의 등장인물들을 통해 암시된 작가의 현실관이나 사회의식의 정당성을 심문하는 문예비평적인 논의들은, 소설에 대한 사회학적 접근을 표방하면서도 식민지적 현실이라는 역사적 좌표에 압도당함으로써 현진건의 초기작들이 드러내고 있는 당대의 사회적 현실에 대한 구조적인 탐색을 대개는 작가의 현실인식과 대응의지를 비판하는 일로 대체해왔다. 물론 몇몇 논자들의 경우는 현진건의 초기 작품들과 시대 상황과의 구조적인 관련성을 파악하려 함으로써 사회학적 외연 속에서 진행된 문예비평의 내포를 바꾸겠다는 의지를 표출한 바 있다. 그러나 현진건의 등장인물들은 "개인적인 욕망에 얽매여 사회적 비상을 실현하려는"[8] '반지성적 모습'을 보여준다는 결론에서 드러나는 것처럼, 사실상 문예비평의 영향력은 지속된다.

물론 비교적 최근의 논의들은 다소 진전된 논의를 보여주고 있는 것 같다. 가령 현진건의 초기작에 나타난 현실을 간단히 식민지 상황으로 요약해버리는 일 대신에 식민지 시대를 살아간 한 지식인의 '산문의식'이나 '자의식'을 통해 그의 소설을 당대의 현실에 대한 구조적인 상관물이자 식민지의 근대적 일상에 대한 서사적 표현으로서 간주하는 것과 같은 방식이다.[9] 말하자면 그러한 논의들에서 마침내 소설이란 사회적 상황이 개인성을 매개로 하여 재현된다는 사회적

---

8) 현길언, 「현진건 소설의 구조와 그 사회적 의미 – 초기 소설을 중심으로」, 『한국언어문학』 제22집(한국언어문학회, 1983), p.266.

9) 그렇지만 이 논의들에도 소설 주인공의 의식이나 내면에 투영되어 있는 현실만을 강조함으로써 당대의 사회적 현실에 대한 탐구를 아이러니(irony)처럼 작품에 내재되어 있는 형식에 대한 구조적인 해명으로 대체하고 있다. 물론 그것은 현진건의 아이러니를 당대의 사회적 성격을 포괄하는 근대성의 표현으로 간주한다는 점에서 현진건 소설에 대한 사회학적 접근의 한 형태라고 할 수 있다. 정연희, 「근대소설의 형성과 현진건 초기소설의 산문의식에 관한 연구」, 『현대소설연구』 제27호(현대소설학회, 2005), pp.195~200 참조; 고인환, 「현진건 소설에 나타난 식민지 지식인의 근대적 자의식 연구 –『빈처』, 『술 권하는 사회』, 『타락자』를 중심으로」, 『어문연구』 제51집(어문연구학회, 2006), pp.58~59 참조.

표현으로서의 문학이라는 관점이 정당하게 구현되게 된 셈인데, 이로써 현실과의 접촉면이 제한적이라는 신변체험적 성격에 매몰되지 않고서도 현진건의 초기 소설의 사회적 의미를 탐구할 수 있는 발판이 일정하게 마련된 것이라고 할 수 있다.

이 글은 바로 여기에서부터 출발하고자 한다. 그러니까 이 글은 앞선 연구 성과들을 토대로 소설과 사회와의 관련성을 전제하는 문학작품에 대한 사회학적인 접근을 통해 현진건의 소설, 특히 당대의 사회적이고 역사적인 국면을 상징적인 방식으로 집약하고 있는 것으로 판단되는 「빈처」를 중심으로 1920년대 식민지 초기의 사회적 현실을 분석하는 데 목적을 둔다.[10) 물론 「빈처」의 사회적인 의미에 대한 탐구는 그 소설에 등장하는 인물들을 분석함으로써 일종의 서사적인 인간상을 도출하는 과정과 결합될 것이다. 여기서 '서사적 인간상(narrative image of man)'이라는 말은 특정한 소설작품 속에서 사회적 변화와 관련하여 드러나게 되는 인간의 이미지를 뜻하는 개념이다.[11)

2. 교양인의 존재론

계몽주의의 시기를 통과할 때 무엇보다도 교육은 개인성과 사회성 사이의 모순에 대한 가장 조화로운 해결책이었다. 실제로 이광수

---

10) 현진건 자신도 한 편의 문학작품을 두고 "시간과 장소를 떠나서는 아무것도 존재치 못하는 것"이라고 전제함으로써 암시적으로나 문학의 사회적 관련성 내지는 사회적 표현으로의 문학이라는 관념을 두드러지게 강조한 바 있다. 현진건, 「조선혼과 현대정신의 파악」, ≪개벽≫ 1926년 제65호, p.34.

11) 서사적 문학작품이 시간의 흐름 속에서 드러낸 인간의 이미지, 즉 서사적 인간상의 탐구 가능성에 대해서는 리오 로웬달, 『문학과 인간상』, 유종호 옮김(이화여대출판부, 1984), p.3 참조.

의 「무정」(1917)은 출세라는 개인적 야망과 계몽이라는 사회적 과제를 '교육'의 비전 안에서 갈등 없이 결합하였다. 바로 이 때문에 형식과 병욱, 영채와 선형 네 사람에게 교육의 실행을 위해 유학을 결심하는 일은 그들 모두의 개인적 포부를 성취하는 일과도 크게 다른 것이 아니었다.[12] 그러나 개인성의 지지와 사회화의 요구 사이의 행복한 통합은 얼마 후 좌절되고 말았는데, 김동인의 단편 「감자」(1925)는 그것의 전형적인 서사적 표현이었다. 말하자면 사회적 협잡으로 야기된 한 여자의 비참한 결말은 개인성과 조화를 이룬다는 사회화의 가능성이 허위일지 모른다는 의문을 불러일으키고, '교섭'이라는 두 글자를 통해 마침내 자본주의적 교환의 체계라는 새로운 사회적 일상을 드러내게 되었다.[13] 그렇다면 이광수가 천명한 바 있는 '교육'에는 어떤 변화가 일어났던 것일까?

> 6년 전에(그때 나는 16세이고 저는 18세였다) 우리가 결혼한 지 얼마 아니 되어 지식에 목마른 나는 지식의 바닷물을 얻어 마시려고 표연히 집을 떠났다. 광풍에 나부끼는 버들잎 모양으로 오늘은 지나支那, 내일은 일본으로 굴러다니다가 금전의 탓으로 지식의 바닷물도 흠씬 마셔보지 못하고 반거들충이가 되어 집에 돌아오고 말았다. 내게 시집올 때에는 방글방글 피려는 꽃봉오리 같던 아내가 어느결에 기울어 가는 꽃처럼 두 뺨에 선연한 빛이 스러지고 이마에는 벌써 두어 금 가는 줄이 그려졌다. ……(중략)……
>
> 내가 외국으로 돌아다닐 때에 소위 신풍조에 띄어 까닭 없이 구식 여자가 싫어졌다. 그래서 나의 일찍이 장가든 것을 매우 후회하였다. 어떤 남

---

12) 졸고, 「이광수와 계몽의 위안」, 『우리어문연구』 제35호(우리어문학회, 2009), pp.521~544; 이 책 2장의 첫 번째 논문 참조.

13) 졸고, 「교환의 사회학」, 『국제어문제』 46집(국제어문학회, 2009), pp.323~348; 이 책 2장의 두 번째 논문 참조.

학생과 어떤 여학생이 서로 연애를 주고받고 한다는 이야기를 들을 적
마다 공연히 가슴이 뛰놀며 부럽기도 하고 비감스럽기도 하였다.
그러나 낫살이 들어갈수록 그런 생각도 없어지고 집에 돌아와 아내를
겪어 보니 의외에 그에게 따뜻한 맛과 순결한 맛을 발견하였다. 그의 사
랑이야말로 이기적 사랑이 아니고 헌신적 사랑이었다. 이런 줄을 점점
깨닫게 될 때에 내 마음이 얼마나 행복스러웠으랴! 밤이 깊도록 다듬이
를 하다가 그만 옷을 입은 채로 쓰러져 곤하게 자는 그의 파리한 얼굴을
들여다보며,
'아아, 나에게 위안을 주고 원조를 주는 천사여!'
하고 감격이 극하여 눈물을 흘린 일도 있었다.
내가 알다시피 내가 별로 천품은 없으나 어쨌든 무슨 저작가로 몸을 세
워 보았으면 하여 나날이 창작과 독서에 전심력을 바쳤다. 물론 아직 남
에게 인정될 가치는 없는 것이다. 그 영향으로 자연 일상생활이 말유末
由하게 되었다.[14]

　현진건의 「빈처」에 등장하는 주인공도 마찬가지로 교육을 위해 유
학길에 올랐던 사람이다. 그런데 그는 이광수의 주인공과는 반대로
사회적 계몽에 대한 의무감이 아닌 개인적 차원의 지적 갈망을 위해
"외국으로 돌아다"닌 인물로 등장한다. 따라서 현진건의 주인공은 불
가피하게 계몽주의에 협력하는 이광수의 이상화된 현실에서 그 이상
이 제거되어버린 진짜 현실에 직면하게 되는데, 그것은 한마디로 '금
전'의 현실로 집약되어 나타난다. 다시 말해 「빈처」의 주인공에게 개
인적인 입신을 위한 유학길은 불행히도 "금전의 탓으로 지식의 바닷
물도 흠씬 마셔보지 못하고 반거들충이가 되어" 집으로 돌아오는 길
이 된다. 그러나 집에 돌아와서도 "무슨 저작가로 몸을 세워 보았으

---

14) 현진건, 『현진건 단편 전집』(가람기획, 2006), pp.71~73.

면 하여" 그러한 입신에의 시도를 멈추지 않지만, 그는 현재 김동인의 인물들이 성공적으로 보여준 바 있는 경제적인 교섭에서도 계속적인 실패를 경험하고 있다.[15]

이처럼 이광수 식 교육 개념의 의미론적 전환과 더불어, 현실은 이제 더 이상 개화기와 계몽주의의 시기를 거치면서 그랬던 것처럼 계몽주의적 요구에 따라 이상적으로 만들 수 있는 재료가 아니다. 사실 교육 받은 사람들의 숫자는 능력에 비례해 지위들을 부여해야만 하는 식민지 근대의 경제력을 상회하고 있었으므로, 지식인이라 하더라도 생계 수단의 확보에 좌절할 가능성은 어느 곳에서나 높았다.[16] 그리하여 교육받은 사람들에게 기회들이 한정되어 있던 그 사회는 자신들이 마땅히 그래야 하는 만큼 중요하지 않은 이유를 탐색하는 불행한 교양인들을 항상 발견하게 되는데, 여기서 그들의 불행한 의식은 사회와 조화를 이루며 앞으로 나아가기보다는 변화에 저항하며 과거를 다시 불러온다. 한마디로 과거의 이상화인데, 말할 것도 없이 현진건의 주인공이 '연애'의 '신풍조'에 대한 선망을 결혼한 '구식 여자'에 대한 감동으로 덮어버리는 이유는 '낮살'이라는 핑계에도 불구

---

15) 이에 대해 현길언은 당대의 현실에 대한 실증적인 증거를 가지고 다음과 같이 분석한다. "일제의 강점 이후 식민 정책의 수행을 위한 방법으로 근대적 지식인 엘리트들을 식민 관료로 등용하기에 이르면서, 식민지 현실에서 수용 당하여야 하는 갈등을 갖게 된다. 그러나 그런 갈등은 신분 상승의 전제에서 어느 정도 극복할 수도 있었다. 문제는 식민지 정책이 자연스러운 사회 변동을 의도적으로 차단해 버리는 데서 많은 부작용이 생기고 문화 엘리트들이 진출의 길이 제한을 받게 된다. 현실이 그들의 욕망을 충족시켜 주지 못하게 되자 다시 새로운 갈등에 처하게 된다." 그러나 현길언은 문화적 교양인들이 사회 발전이란 공공 이상과 결합되지 못하고 자기 개인의 문제에 머물게 될 때, 그리고 현실이 그 교양인들을 수용해 주지 않는다는 사실이 명백해질 때, 그들의 삶의 양식은 바로 '반지성적'인 양상으로 떨어지게 된다고 결론을 내린다. 현길언, 앞의 글, pp.260∼263 참조.

16) 실업률 조사는 1930년이 되어서야 시작되기 때문에 1920년대 초 한국인 실업률을 객관적으로 알 수는 없다. 다만 1930년대의 한국인 실업률 통계를 근거로 1920년대 초의 한국인 실업률을 유추해볼 수 있을 뿐이다. 간단히 말해, 당시 조선에 있어서 실업문제란 전적으로 조선인의 문제였고, 양적인 측면에서 일본인의 실업은 무시해도 좋을 정도였다. 식민지의 국민들이 받았던 불이익을 상기해 보면, 별로 이상한 일도 아니다. 특히 직업적 제한이 따르는 식민지 지식인의 경우는 실업의 고통을 더욱 크게 느꼈을 것으로 짐작된다. 허수열, 「일제하 조선의 실업률과 실업자수 추계」, 『경제사학』 제17호(경제사학회, 1993) 참조.

하고 바로 그 때문이다.

「빈처」의 주인공이 스스로에게 읊조리듯 '이기적 사랑'과 '헌신적 사랑'을 구분하고 있는 데서 암시되고 있는 것처럼, 한 교양인의 불행한 의식이 펼치는 상상적인 판단은 소위 '구식' 결혼이란 소유의 차이로 빚어지는 소외의 경험이 아니라 존재의 고양을 이끌어내는 합일의 경험을 형성할 수 있다는 결론에 도달한다. 즉 이기적인 계산과 감정의 소비에 기초한 상품으로서의 근대적인 연애는 '교환의 세계'가 수반하게 마련인 유동적인 재화의 변덕 속에서 정신적인 낭비를 일상화하는 데 반해서, 이타적인 헌신과 원조의 축적에 근거한 조화로운 관계로서의 전통적인 결혼은 '유대의 세계'에 고유한 감정의 안정성 안에서 재화의 낭비 없이 정신적인 창조를 가능하게 한다는 것이다. 이런 맥락에서 현진건의 문화 엘리트가 '저작가'라는 예술가의 유형에 자신을 동화시키고 그 유형에 훨씬 더 심오한 유대감을 느끼면서 이른바 자본주의적 상인들[17]과 거리를 두는 이유를 알 수 있다.

> 늦게야 점심을 마치고 내가 막 궐련 한 개를 피워 물 적에 한성 은행 다니는 T가 공일이라고 놀러 왔다.
> ……(중략)……
> 그는 성실하고 공순하며 소소한 소사에 슬퍼하고 기뻐하는 인물이었다. 동년배인 우리 둘은 늘 친척 간에 비교 거리가 되었다. 그리고 나의 평판이 항상 좋지 못했다.

---

17) 여기서 사용된 '상인(merchant)'이라는 개념은 말 그대로 자본주의적인 교환 체계 안에서 이윤을 추구하는 모든 종류의 비즈니스맨(businessman)을 가리키는 말인 동시에, 좀 더 포괄적으로는 이해관계에 입각한 열정을 내면화한 근대적인 평균인 또한 의미한다. 이때 그 '이해관계(interests)'라는 말은 비합리적인 열정을 무력화하는, 이윤 추구와 같은 합리적인 열정을 뜻하는 것으로, 예측성과 불변성을 특징으로 가능한 사회질서를 위한 현실적 기초로 작용하는 인간관계의 속성을 말하는 매우 근대적인 개념이다. 앨버트 허쉬먼, 『열정과 이해관계』, 김승현 옮김(나남, 1994), pp.38~61 참조.

……(중략)……

여하간 이만하면 T의 사람됨을 가히 알 수 있다. 그리고 그가 우리 집에 올 것 같으면 지어서 쾌활하게 웃으며 힘써 재미스러운 이야기를 하였다. 단둘이 고적하게 그날그날을 보내는 우리에게는 더할 수 없이 반가웠다. 오늘도 그가 활발하게 집에 쑥 들어오더니 신문지에 싼 기름한 것을 '이것 봐라' 하는 듯이 마루 위에 올려놓고 분주히 구두끈을 끄른다.[18]

나는 처가에 가기가 매우 싫었다. 그러나 아니 가는 것도 내 도리가 아닐 듯하여 하는 수 없이 두루마기를 입었다.
……(중략)……

그중에 제일 내게 친숙하게 인사하는 사람이 있다. 그는 아내보다 3년 맏이인 처형이었다. 내가 어려서 장가를 들었으므로 그때 나는 그에게 못 견디게 시달렸다. 그때는 그가 싫기도 하고 밉기도 하더니 지금 와서는 그때 그러한 것이 도리어 우리를 무관하고 정답게 만들었다. 그는 인천 사는데 자기 남편이 기미期米를 하여 가지고 이번에 돈 10만 원이나 착실히 땄다 한다. 그는 자기의 잘사는 것을 자랑하고자 함인지 비단을 내리감고 치감고 얼굴에 부유한 태가 질질 흐른다. 그러나 분으로 숨기려고 애쓴 보람도 없이 눈 위에 퍼렇게 멍든 것이 내 눈에 띄었다.
"왜 마누라는 어쩌고 혼자 오셔요!"[19]

여기 현진건의 주인공이 반대하는 두 상인이 있는데, 은행에 근무하는 T와 일종의 투기꾼인 처형의 남편이 그들이다. 이들은 아주 대립적인 양상을 보여주지만, 사실 은행원과 투기꾼 모두 자본주의적 상인을 대표한다. 우선 은행원 T는 "소소한 소사에 슬퍼하고 기뻐하"는 사교적 인간, '이것보다 더 좋은 것을 살 수'[20] 없다며 아내의 양

---

18) 현진건, 앞의 책, pp.65~67.
19) 현진건, 위의 책, pp.76~77.
20) 여기서는 사치재 그 자체보다 재화를 최적의 조건으로 교환하는 데 성공했다는 자본주의적 상인의 자부

산을 알뜰히 구입하는 검소한 인물로서, 베버의 프로테스탄티즘[21]과 결합된 근면한 부르주아와 가족 유사성을 이루고 있다. 반면 투기꾼 인 처형의 남편은 아내에 대한 불만을 "눈 위에 퍼렇게 멍든 것"으로 표출하는 무례한 인간, 시세 차익을 노리며 대담하게 '기미'를 하는 배팅 형 인물, 또 폭력을 행사한 아내에게 "비단을 내리감고 치감"게 하는 뻔뻔스러운 자로서, 마르크스의 영구혁명이라는 관념[22]과 결합된 모험적인 사업가와 상동 관계를 지니는 것으로 나타난다.

물론 'T의 사람됨'은 뜻밖에도 현진건의 주인공에게 적대감을 불러일으키지 않고 환대로서 받아들여진다. 그러나 한 상인에 대한 환대는 경제적인 이점 때문에 생겨난 것이 아니라 사회적인 장점 때문에 생겨난 것인데, 말하자면 불행한 교양인이 자신의 인척들로 대변되는 사회적 속물들의 세계로부터 벗어나서 생활의 가치를 새롭게 정의해야 하는 순간, 은행원 T는 어떻게 그 세계 속에 자신의 위치를 정해야 하는지를 보여주는 가능한 하나의 모델로서 그에게 다가온다. 그러니까 일단 그 교양인은 거래와 가격으로 구축된 자본주의 시장의 메커니즘을 가장 이질적인 인간들을 이어주고, 또 가장 사소한 것에도 의미를 부여하는 건전한 노동의 체계로서 수용하고 있다. 실제

심에 주목했다. 물론 양산 자체가 일종의 사치재인 만큼 그것을 자본주의적 상인들의 검소한 행위와 결합하는 일은 모순적으로 보일지 모른다. 그러나 베버와 좀 다른 관점에서 자본주의 발생사를 고찰한 바 있는 좀바르트에게는 사치가 근대 자본주의의 발생에 주요한 인자로 거론되기도 한다는 점에서 T의 자본주의적 상인으로서의 정체성은 여전히 확인될 수 있다. 베르너 좀바르트, 『사치와 자본주의』, 이상률 옮김 (문예출판사, 1997) 참조.

21) 베버는 자본주의 정신을 프로테스탄티즘에 토대를 둔 부르주아의 윤리적 열정, 즉 착실하고 분수에 만족하고 검소하게 생활하려는 열정으로 파악하였다. 막스 베버, 『프로테스탄티즘의 윤리와 자본주의 정신』, 박성수 옮김(문예출판사, 1988) 참조.

22) 마르크스는 자본주의의 정신적인 분위기를 베버와는 상반된 방식으로 파악하였는데, 말하자면 자본주의는 모험과 내기의 세계로서 모든 신성함의 세속화가 지속적으로 진행되는 영구혁명으로 특징지어진다고 보았다. 칼 마르크스·드리드리히 엥겔스, 『공산당 선언』, 이진우 옮김(책세상, 2002) 참조.

로 현진건의 주인공은 "물가 폭등에 관한 이야기며 자기의 월급이 오른 이야기며 주권株券을 몇 주 사 두었더니 꽤 이익이 남았다든가 이번 각 은행 사무원 경기회에서 자기가 우월한 성적을 얻었다든가"[23) 하는 T의 입담을 '재미스러운 이야기'로 솔깃해한다.

그러나 불행한 교양인에게 그 가능한 모델은 동일시하기 어려운 대상임이 판명되고 있다. 왜냐하면 '분'으로 감춰보려 했음에도 불구하고, 처형의 멍든 눈에서 암시되고 있는 것처럼 자본주의적 시장의 거친 폭력성은 적나라하게 노출되고 있기 때문이다. 이때 현진건의 주인공에 상기되었을 법한 질문은 아마도 이런 것이었음이 분명하다. 노동의 세계를 벗어난 후에 자본주의적 일꾼으로서의 상인은 도대체 무엇인가? 그는 어떻게 살아가는가? 이것은 비단의 화려함과 주먹의 야만성이 결합된 이중적이고 유동적인 상인의 정체성이라는 대답으로 되돌아온다. 그렇다면 현진건의 주인공은 노동의 세계에 나타난 두 가지 사회적 모델 사이에서 조화를 모색하려는 자본주의적 삶의 실험을 포기할 수밖에 없게 되는데, 결국에 건전성의 무게중심은 노동의 세계 안에서 바깥으로 옮겨간다. 사실 건전성을 그처럼 노동의 세계 바깥과 일치하도록 한 점은 현진건의 「빈처」가 보여주는 가장 획기적인 사회학적 특징이다. 요컨대 '교양인의 존재론'에서 건전성의 무게중심이 보여주는 변동은 노동의 건전성을 추호도 의심하지 않았던 이광수 편에서 보면 매우 낯선 전개가 아닐 수 없다.[24)

---

23) 현진건, 앞의 책, pp.67~68.

24) 현진건의 주인공에게 자본주의 체제에서 건전한 삶을 실현한다는 목표는 은행원 T와의 관계에서 드러나는 것처럼 일시적인 것으로 나타나지만, 이광수 소설의 계몽주의 패러다임에서 그것은 하나의 이념형으로서 지속적인 것으로 형상화되었다. 즉 이광수 소설에서 교육을 포함한 '노동'과 소설로 대변되는 '예술'은 조화 가능한 것이었다. 여기서 물론 소설은 교육에 포괄되는 요소일 뿐으로, 건전성의 무게중심은 당연히 '예술'이 아니라 '노동'에 있었다. 그런데 이것이 김동인이 형상화한 자본주의적 교환의 체계에 이르러 의

3. 자기기만의 사회학

이제 불행한 교양인에게 노동을 기초로 한 사회적 현실은 계몽의 대상이라는 사회적 정당성을 부여받지 못한 채 부당하고 정의롭지 못한 네트워크로 경멸된다. 건전성과 분리된 현실은 마침내 더욱 현실적인 현실이 된 셈인데, 하지만 만일 사회적 현실이 마땅히 그러해야 하는 건전성과 분리됨으로써 경멸의 대상이 된다면, 「빈처」의 주인공은 어떻게 마음 깊은 곳에서 경멸하는 세상의 일부로 살아가게 되는 것일까? 이러한 근본적인 물음에 대해 현진건은 자신의 서사적 페르소나를 통해 개인적 열정과 사회적 이해관계를 통합한다는 이광수 식 관념을 포기하는 것으로 답변한다. 개인과 사회의 균열을 봉합하고 불일치를 줄이는 대신, 오히려 현진건은 그러한 모순과 더불어 사는 방식을 지속적으로 강조하는 것처럼 보인다. 이것은 무엇보다도 정신의 추구와 물질의 요구가 병치되는 양상으로 나타난다.

> 웬일인지 이번에는 그만 불쾌한 생각이 일어나지 아니하였다. 처형이 동서를 밉다거니 무엇이니 하면서도 기차를 놓치면 남편이 기다릴까 염려하여 급히 가던 것이 생각난다. 그것으로 미루어 아내의 심사도 알 수가 있다. 부득이한 경우라 하릴없이 정신적 행복에 만족하려고 애를 쓰지만 기실 부족한 것이다. 다만 참을 따름이다. 그것은 내가 생각해야 한다. 이런 생각을 하니 전날 아내에게 그런 말을 한 것이 후회가 난다.
> ……(중략)……
> "나도 어서 출세를 하여 비단신 한 켤레쯤은 사 주게 되었으면 좋으련

심스러운 것이 되고 마는데, 마침내 현진건은 「빈처」에 등장하는 처형의 남편을 통해 '노동'과 '예술'이 조화 가능한 것이 아닐 뿐만 아니라 건전한 삶의 축이 노동에서 예술로 옮겨갔다는 사실을 상징적인 방식으로 드러내게 된 것이다.

만······."

아내가 이런 말을 듣기는 처음이다.

"네에?"

아내는 제 귀를 못 미더워하는 듯이 의아한 눈으로 나를 보더니 얼굴에 살짝 열기가 오르며, "얼마 안 되어 그렇게 될 것이에요!"

라고 힘 있게 말하였다.

나는 약간 흥분하여 반문하였다.

"그러문요, 그렇고말고요."

아직 아무도 인정해 주지 않는 무명작가인 나를 다만 저 하나가 깊이깊이 인정해 준다. 그러기에 그 강한 물질에 대한 본능적 요구도 참아 가며 오늘까지 몹시 눈살을 찌푸리지 아니하고 나를 도와준 것이다.[25]

「빈처」의 결말 부분이다. 현진건의 주인공이 유학에서 돌아온 이후 '보수 없는 독서와 가치 없는 창작'으로 보낸 6년 동안, 그의 아내는 항상 사회적 현실의 압력을 함께 인내하는 믿을 만한 조력자였다. 그러나 "예술가의 처 노릇을 하려는 독특한 결심이 있는"[26] 아내라고는 해도 오랜 빈곤과 어려운 살림에 점차 불만을 가지지 않을 수 없었는데, 실제로 은행원 T의 양산으로 변심한 아내는 조력자가 아니라 오히려 주인공을 압박하는 사회적 현실의 대변자가 된다. 주인공은 급기야 아내에게 "막벌이꾼한테 시집을 갈 것이지 누가 내게 시집을 오랬어! 저따위가 예술가의 처가 다 뭐야!"[27] 하며 사나운 소리를 해대기까지 한다. 하지만 언제나 '빈처'에게 '동정심'을 가지고 있던 그는 어떤 '열기'에 사로잡혀 마침내 '아내의 심사' 속에 동거하는

---

25) 현진건, 앞의 책, pp.83~84.
26) 현진건, 위의 책, 현진건, 위의 책, p.68.
27) 현진건, 위의 책, 현진건, 위의 책, p.69.

‘정신의 행복’과 ‘물질에 대한 본능적 요구’ 모두를 인정하고, ‘흥분’ 속에서 그녀에게 ‘출세’하여 ‘비단신 한 켤레’를 사주고 싶다는 말을 하기에 이른다. 현진건의 주인공마저 변심한 것인가?

그렇지 않다. 정확히 말하면, 현진건의 주인공에게 변심은 대략 절반 정도만 이루어진다. 왜냐하면 그는 이후 처형이 사다 준 버선에 감동하는 아내의 모습은 인정하게 되었으면서도 정신적 행복을 향한 예술적 이상을 잊어버리지 않기 때문이다. 오히려 그는 그것을 자신의 내면에다 감춘다. 다시 말해 주인공이 그러한 아내의 모습을 보며 여자의 한심한 영혼을 생각하면서도 ‘조심스럽게’ “묵묵히 아내의 기뻐하는 양을 보고”28)만 있다는 것은 그의 정체성 뒤에 드러낼 수 없는 숨겨진 정체성이 또 있다는 사실을 보여주는데, 그녀의 모습에 침묵하는 가운데 주인공의 가슴에 드리워진 ‘밤빛 같은 검은 그림자’는 바로 그의 그런 이중성을 암시한다. 말할 것도 없이 숨겨진 자아는 자신의 삶을 정당화할 수 있는 유일한 가치관에 충실하다는 점에서, 현진건의 주인공이 감추고 있는 정체성은 그가 겉으로 드러내는 정체성보다 훨씬 더 나은 것이다. 즉 이 숨겨진 세계에서만큼은 ‘상인’이 아니라 이른바 ‘예술가’가 승리자가 된다. 자본주의적 현실로부터 배척된 그 가치관은 이제 그의 내면을 통해서만 보존될 수 있다.

이처럼 현진건이 살고 있던 근대적 사회는 언명되어 드러난 가치와 숨겨져 있는 진정한 가치 사이의 모순을 획기적으로 강화시킨다. 따라서 상상 속의 삶을 고집하는 인간이 ‘남과 같이’ 사회적 현존을 유지하기 위해서는 현실과 갈등하는 내면의 법에 대한 위장으로서의

---

28) 현진건, 위의 책, p.83.

일종의 거짓말을 필요로 할 수밖에 없는데, 이것이 바로 의식적인 '자기기만'이다.[29] 결국 자기기만이란 모순과 더불어 사는 사회적 생존 방식인 셈인데, 물론 주인공의 자존심은 거듭 표면으로 떠올라 실제의 그가 자신을 다르게 생각하는 자기기만의 포즈를 수시로 위협한다. 아내에 대한 분노를 표출할 때가 바로 그러한 순간들이다. 하지만 주인공은 언제나 진정한 가치와 이 가치의 부정을 결합하는 자기기만의 태도를 회복한다. 즉 그는 늘 '계집이란 할 수 없어'하며 모질어지다가도 "강한 가면을 벗고 약한 진상을 드러내며"[30] '출세'와 '비단신 한 켤레'를 위선적으로 들고 나온다.[31] 이러한 자기기만에 내재된 분명하고도 돌이킬 수 없는 사회적 과정은 「빈처」와 유사한 소재를 다른 방식으로 다룬 20년 뒤의 또 다른 소설을 통해 한 번 더 예증될 수 있다. 물론 그곳에서 세상은 훨씬 더 악화된다.[32]

---

[29] 여기서 『존재와 무』의 서두에 나오는 '자기기만(bad faith)'에 관한 논의를 상기하는 것은 아주 유용하다. 사르트르는 자기기만의 현상을 심리분석에 대한 비평의 형태로 한 가지 일을 하면서 동시에 말을 통해서는 그와 정반대의 이미지를 표현하는 인물을 묘사함으로써 예증하였는데, 그에 따르면 '그 안에 하나의 생각과 그 생각의 부정을 동시에 결합한 모순적 개념을 형성하는 기술'이 바로 자기기만이다. Jean Paul Sartre, *Being and Nothingness*, London, 1957, pp.56~58, 프랑코 모레티, 『세상의 이치』, 성은애 옮김, (문학동네, 2005), pp.170~171에서 재참조.

[30] 현진건, 앞의 책, pp.73~74

[31] 이 위선을 두고 이상섭은 사회적 현실에 대한 지식인 예술가의 심리적 방어기제라기보다는 유아적 특성을 지닌 감상적인 문학청년의 '눈물 어린 자기기만', 즉 미숙한 영혼이 빠지기 쉬운 자기연민의 유치한 변형물로 해석하기도 한다. 여기에는 이견이 있을 수 있다. 사실 내면적 이상과 사회적 현실의 어긋남이라는 아이러니한 현실은 계몽주의 시대의 '성숙'이라는 이광수적 가치가 더 이상 개인적 가능성에 포함되지 못하는 상황을 가리킨다. 따라서 현진건의 주인공이 보여주는 유치함은 단지 개인적인 미숙성과 관련되는 것이 아니라 오히려 개인과 사회의 부조화에서 '교양'의 가치를 사회적 현실이 아닌 개인적 내면에서 찾게 되는 근대적 과정의 새로운 국면과 관계된다고 할 수 있다. 이상섭, 「현진건의 신변 소설」, 『언어와 상상』(문학과지성사, 1980) 참조.

[32] 현진건의 「빈처」를 대상으로 한 글에서 현진건의 다른 작품이 아니라 이태준의 「토끼 이야기」를 비교 분석의 대상으로 한 것은 다소 엉뚱한 것으로 비칠 수 있다. 그러나 이 글은 현진건론의 일종이 아닌 현진건의 「빈처」를 통해 드러난 당대 사회사의 핵심 국면을 부각시키려는 논의라는 점에 유념할 필요가 있다. 즉 '자기기만에 내재된 분명하고도 돌이킬 수 없는 사회적 과정'을, 그것도 좀 더 악화된 사정을 드러내기 위해 「빈처」와 더불어 이와 유사한 소재와 주제를 택하고 있는 20년 뒤의 작품인 「토끼 이야기」를 비교 분석한 것은 오히려 이 글의 논지를 강화하려는 목적에서 선택된 것이다.

김장철이 지나가자 토끼먹이는 더욱 귀해서 사람도 먹기 힘든 두부와 캐비지로 대는데 하루에 일 원 사오십 전씩 나간다. 이렇게 서너 달만 먹인다면 그 담에는 토끼 오십 마리를 한목 판다 하여도 먹이값밖에는 나올 게 없다. 서너 달 뒤에 가서는 토끼 문제뿐만 아니다. 토끼 때문에 이럭저럭 사오백 원이 부서졌고, 김장하고 장작 두 마차 들이고, 퇴직금 봉지엔 십 원짜리 서너 장이 남았을 뿐이다.

"어떻게 살 건가?"

어느 잡지사에서 단편 하나 써 달란 지가 오래다. 독촉이 서너 차례나 왔다. 단돈 십 원 벌이라도 벌이라기보다, 단편 하나라도 마음 편히 앉아 구상해 보기는 다시 틀렸으니 종이만 펴놓을 수 있으면 어디서고 돌아 앉아 쓰는 게 수다. 하루는 있는 장작이라 우선 사랑에 군불을 뜨듯이 지피고 '이놈으 토끼 이야기나 써 보리라' 하고 들어앉아 서두를 찾노라 고 망설이는 때였다.

"여보? 어디 게슈?"

하는 아내의 찾는 소리가 난다. 내다보니 얼굴이 종잇장처럼 해쓱해진 아내는 두 손이 피투성이다.

……(중략)……

"당신더러 누가 지금 이런 짓 허래우?"

"안험 어떡허우? 태중은 뭐 지냈수? 어서 손 씻게 물 좀 떠놔요."[33]

이태준의 「토끼 이야기」(1941)의 결말 부분인데, 주인공이 '토끼 문 제'로 생계를 걱정하게 된 사연은 이러하다. 신문기자였던 그는 독신 으로 살 때나 가장으로 살 때나 언제나 현실적인 생활의 문제로 고민 하였다. 통속적인 '신문소설' 따위도 그 때문에 쓰게 되었지만, 그는 언제나 자신이 진정으로 원하는 '예술욕'을 버리지 못하고 있었다. 그 런데 가장의 의무를 짊어지게 되면서 주인공은 이제 "공부고 예술이

---

33) 이태준, 『돌다리 – 이태준문학전집 2』, (깊은샘, 1995), pp.182~183.

고 모두 제이 제삼이 되어버렸다.”[34] 그러던 차에 신문이 폐간되자 자신의 결심을 다시 되살릴 기회를 얻게 되는데, 아내의 주장대로 퇴직금을 밑천 삼아 토끼를 기르기로 한 것이었다. 그는 한가한 생계수단으로서의 토끼 치기가 공부와 예술에 전념할 수 있는 여력을 제공해주리라는 계산이 있었던 것이다. 하지만 토끼 사육은 바쁜 일과와 경제적 손실로 주인공으로부터 예술적 의지와 더불어 생계의 수단까지 빼앗아 가고 만다. 물론 그럼에도 주인공은 ‘이놈의 토끼 이야기나 써보리라’ 생각하지만, 이것마저도 중단된다.

사실 현진건의 주인공에 비하면, 이태준의 주인공은 훨씬 더 사회적이다. 신문기자라는 어엿한 직업도 있고 돈 되는 신문소설을 쓰기도 하며, 직장을 잃었을 때는 퇴직금으로 양토 사업을 벌여 생계를 마련할 수단도 있다. 그러나 현진건의 주인공과 마찬가지로, 그의 생계가 보여주는 현실성에는 신문소설 따위가 아니라 자신의 예술적 욕구를 충족시켜줄 ‘본격소설’에 착수해 보겠다는 주인공의 내면적 갈망이 감춰져 있다. 따라서 사회적 정체성 뒤에 예술적 정체성이 은밀하게 숨겨져 있다는 것은 이태준의 주인공이 현진건의 주인공처럼 진정한 가치와 이 가치의 부정을 결합하는 자기기만의 태도를 가지고 있음을 나타낸다. 그러나 자기기만의 이중성으로 현실과 타협하면서 자아의 이상을 보존하는 「빈처」와는 달리 이태준의 「토끼이야기」는, 예술적 이상을 향해 틈나는 대로 ‘돌아앉아’ 있는 일조차 중단되고 마는 장면에서 암시되고 있듯이, 그 자기기만의 이중성조차 불가능해진 현실의 압도적인 국면[35]을 보여준다. 물론 이태준의 주인공

---

34) 이태준, 위의 책, p.172.
35) 1940년대에 이르면 식민지적 굴곡에도 불구하고 한국 자본주의의 발전은 절정에 이른다. 식민지 한국인

이 지닌 숨은 내면은 아마 그 와중에도 완전히 와해된 것은 아닐 것이다.

　정리하자면 현진건의 주인공이 보여주는 자기기만의 태도가 명백하게 재현하고 있는 것은 '예술적 자아'가 자기기만을 통해 교환의 세계와 결합되는 자본주의적 현실의 아이러니라고 할 수 있다. 다시 말해 자본주의적 현실을 통해 형성된 예술가의 내면이 가리키고 있는 것처럼, 현진건의 「빈처」는 겉으로 드러난 것과 속으로 품고 있는 것 사이의 분열이라는 '자기기만의 이중성'을 통해 아이러니가 개인적 차원에서든 사회적 차원에서든 이제 보편적 현실이 되었다는 사회학적 사실을 드러낸다. 그렇다면 아이러니를 구축하는 예술적 자아와 사회적 현실의 괴리는 결론적으로 현진건 소설의 서사적 특징으로 지적되어온 '사실주의'의 현실적인 기초를 이루고 있었던 것인지도 모른다. 그런 의미에서 현진건의 다른 소설들, 가령 <운수 좋은 날>(1924)이나 <B사감과 러브레터>(1925) 등에 대한 그동안의 논의들[36]이 반복해온 아이러니라는 기법 속에는 아이러니한 현실에 대응하는 측면이 있음을 유추할 수도 있다. 이 점에 대한 탐구는 앞으로의 과제로 남겨둔다.

들의 크나큰 고통을 수반하는 것이었음에도 불구하고 1931년에서 1945년에 이르는 시기에는 일본 산업 자본의 진출이 활발해졌고, 따라서 식민지 조선에 있어서 자본주의적 생산관계는 급속히 발전하게 되었다. 이것은 물론 일제의 만주 침략과 1941년의 미・일 전쟁의 폭발로 가속화된 전쟁 상황이라는 자본주의적 특수 속에서 진행된 것이었다. 사회경제사의 진전과 함께 현진건의 자기기만의 이중성조차 불가능해지는 시기가 다가온 셈이다. 통계 지표는 이를 좀 더 객관적으로 보여주는데, 1940년의 한국인 실업률은 2.2% 정도로(허수열, 앞의 글, p.11) 그때부터는 실업이 아니라 노동력 부족이 문제가 되었다. 전석담・최운규 외, 『조선근대 사회 경제사』(이성과 현실, 1989), pp.432~445 참조.

36) 가령 이재선, 「교차 전개의 반어적 구조 - <운수 좋은 날>의 구조」, 『현진건연구』, (새문사, 1981); 김인환, 「<B사감과 러브레터>의 구조 해명」, 『현진건연구』, (새문사, 1981) 등.

4. 결론

　1920년대에 이르면, 식민지적 제약하의 한국 사회는 자본주의적 상품 경제를 일상적으로 구축하게 되었다. 따라서 현실은 이제 더 이상 개화기와 계몽주의의 시기를 거치면서 그랬던 것처럼 계몽주의적 요구에 따라 이상적으로 만들 수 있는 재료가 되는 것이 불가능하였다. 실제로 교육받은 사람들에게 기회들이 한정되어 있던 그 자본주의 사회는 자신들이 마땅히 그래야 하는 만큼 중요하지 않은 이유를 탐색하는 불행한 교양인들을 항상 발견하게 되었다. 그런 의미에서 불행한 교양인에게 자본주의에 동화된 이른바 상인들은 동일시하기 어려운 대상이었는데, 현진건의 「빈처」에 나오는 주인공은 다음과 같은 질문을 떠올리지 않을 수 없었다. 노동의 세계를 벗어난 후에 자본주의적 일꾼으로서의 상인은 도대체 무엇인가? 그는 어떻게 살아가는가? 대답은 비단의 화려함과 주먹의 야만성이 결합된 이중적이고 유동적인 상인의 정체성이라는 것이었다.

　그때 현진건의 주인공은 노동의 세계에 나타난 상인들과 조화를 모색하려는 자본주의적 삶의 실험을 포기할 수밖에 없었는데, 비로소 건전성의 무게중심은 노동의 세계 안에서 바깥으로 옮겨갔다. 사실 건전성을 그처럼 노동의 세계 바깥과 일치하도록 한 점은 현진건의 「빈처」가 보여주는 가장 획기적인 사회학적 특징이었다. 그리고 불행한 교양인에게 노동을 기초로 한 사회적 현실은 계몽의 대상이라는 사회적 정당성을 부여받지 못한 채 정의롭지 못한 네트워크로 경멸되지 않을 수 없었다. 이제 「빈처」의 주인공은 어떻게 마음 깊은 곳에서 경멸하는 세상의 일부로 살아가게 되는 것일까? 이러한 근본적인 물음에 대해 현진건은 개인적 열정과 사회적 이해관계를 통합한다는 이광수 식 관념을 포기하는 것으로 답변하였다. 실제로 현진건은 개인과 사회의 균열을 봉합하고 불일치를 줄이는 대신, 오히려 그러한 모순과 더불어 사는 방식에 주목하고 있었다.

말하자면 현진건이 살고 있던 근대적 사회는 언명되어 드러난 가치와 숨겨져 있는 진정한 가치 사이의 모순을 획기적으로 강화시켰고, 따라서 상상 속의 삶을 고집하는 인간이 사회적 현존을 유지하기 위해서는 현실과 갈등하는 내면에 대한 위장으로서의 일종의 거짓말을 필요로 할 수밖에 없었는데, 이것이 바로 자기기만이었다. 이 내면의 세계에서만큼은 상인이 아니라 이른바 예술가가 승리자가 되었다. 결국 현진건의 주인공이 보여주는 자기기만의 태도가 명백하게 재현하고 있는 것은 예술적 자아가 교환의 세계와 결합되는 자본주의적 현실의 아이러니라고 할 수 있었다. 그러니까 현진건의 「빈처」는 겉으로 드러난 것과 속으로 품고 있는 것 사이의 분열이라는 자기기만의 이중성을 통해 자본주의 세계의 아이러니가 개인적 차원에서든 사회적 차원에서든 이제 보편적 현실이 되었다는 사실을 드러내게 된 것이다.

Ⅲ
한국 문화브랜드
정립을 위한 시론

한국 미(美)의 술어들에 관한 기호학적 분석

1. 서론

이 글은 한국 미(美)의 술어들을 기호학적 방법론을 통해 검토하고 종합하려는 시도이다. 많은 것은 아니지만, 연구자들은 <민족미학>[1]이 가능하다는 전제하에서 그동안 꾸준히 <한국미>에 관한 논의를 펼쳐 왔다. 어떤 민족의 예술적 특성이 다른 민족의 예술적 특성과 차별성을 갖는다는 사실은 분명히 경험적으로 부정하기 어렵다. 그런 점에서 아름다움[美]을 추구하고 표현하는 예술작품을 통해 과거로부터 현재에 이르는 한 민족의 역사와 삶, 정신과 문화, 그리고 미적 특성 등을 엿보고자 하는 일은 충분히 가능하고 또 온당한 시도라고 생각된다. 이것이 바로 우리가 <한국미>에 관한 논의를 다시 시작하려는 이유인데, 여기서는 일단 기존의 논의들을 검토하고자 한다.[2]

---

1) 다른 나라의 경우에도 그러한 논의가 있었다고 한다. 영국예술에서의 <영국성>을 말한 니콜라우스 페브스너(Nikolaus Pevsner)의 논의나 일본문학의 미의식을 서양의 미적 범주와 비교하여 <유현(幽玄)>과 <아와레(哀れ)>, <사비[寂]>로 요약한 오니시 요시노리(大西克禮)의 연구 등은 그런 민족미학의 가능성을 시사하는 예로 거론되곤 한다. 권영필 외, 『한국의 미를 다시 읽는다』(돌베개, 2005), p.297 참조.

2) 기존의 <한국미>에 관한 논의들을 역사적으로 정리하는 데에는 권영필의 「한국미학 연구의 문제와 방향」(『미학·예술학 연구』제21집, 한국미학예술학회, 2005)이라는 논문이 유용하다. 그리고 90년대 이후에 진행된 <한국미>에 관한 최근의 논의들을 알아보는 데에는 장미진의 「한국의 미학과 한국미학의 방향성」(앞의 책)

<한국미>의 특성에 관한 과거의 연구들에서는 몇 가지 공통점이 발견된다. 우선 <한국미>에 관한 그간의 논의들은 미술, 음악, 문학 등의 개별적인 예술 영역들 가운데서 특별히 전통예술에 해당하는 작품들을 연구의 대상으로 한정하는 경향이 있다. 가령 한국 최초의 미학자였던 고유섭은 조선의 미술품들을 통해 한국미에 대한 언급을 시작하였고,[3] 조요한은 한국의 음악을 비롯한 고대 예술들을 가지고 한국적인 미의 특징을 지적하였다.[4] 그런가 하면 한국의 예술에 깊은 관심을 가졌던 외국의 미술사가와 비평가들 또한 크게 다르지 않았다.[5] 그러나 정신과 윤리를 함축한 미적 특성을 어떤 민족이 근대화되기 이전에 축적한 전통예술을 통해 접근하는 것은 충분히 가능한 일이고, 또 효과적인 일이기도 하다. 왜냐하면 근대화 이후에는 보편적인 미가 민족미학의 개별성을 통일시켜버리기 때문이다.[6]

기존의 <한국기>에 관한 연구들은 또한 전통예술 가운데서도 특정한 시대에 국한된 논의라는 성격 또한 보여준다. 즉 한국 전통예술의 미학을 말하는 데 있어 조선 시대는 거의 유일한 고찰 대상이다. 그런가 하면 <한국미>에 관한 대개의 논의는 전통예술의 다양한 영역 가운데 회화, 조각, 건축, 공예 등의 미술 분야에 집중되어 있다.

이라는 논문을 참조할 필요가 있다.

3) 고유섭, 『한국미술사급미학논고』(통문관, 1979) 참조.

4) 조요한, 『한국미의 조명』(열화당, 1999) 참조.

5) 가령 최초로 한국미술사를 체계적으로 기술한 에카르트와 조선예술에 한없는 애정을 가졌던 것으로 알려져 있는 식민지 시기의 일본 비평가 야나기가 대표적이다. 안드레 에카르트, 『에카르트의 조선미술사』, 권영필 옮김(열화당, 2003); 야나기 무네요시, 『조선과 예술』, 박재삼 옮김(범우문고,1989) 참조.

6) 물론 전통 예술뿐만 아니라 현대 예술을 포함한 모든 예술은 한 민족에 고유한 미적 특성과 무관하지 않을 것이다. 그러나 시기와 정도의 차이는 있을 수 있지만, 전통 예술과 단절하게 되는 근대화(modernization)를 기점으로 세계의 예술은, 근대적 민족주의 기반인 국민국가의 형성과는 별도로, 진(眞)·선(善)·미(美)의 가치 분화에 의해 확립된 미적 자율성을 보편적인 미학의 기반으로 삼는다. 김진수, 『우리는 왜 지금 낭만주의를 이야기하는가』(책세상, 2001), pp.111~120 참조.

음악과 무용에 대한 언급은 극히 희소하며,[7] 문학과 민속학적 유산들은 상대적으로 소홀히 취급된다. 그러나 광범위한 분야와 영역을 섭렵해야 한다는 점에서, 그러한 연구 경향은 불가피한 것인지도 모른다. 사실 보다 중요한 문제는, <한국미>의 특성에 관한 언급들이 인상적이거나 단편적이라는 점에 있다. 물론 <한국미>에 관한 체계적인 발언들이 그동안 전혀 없었던 것은 아니다. 예를 들면, 조지훈은 <멋>의 연구를 통해 <맛>을 <멋>의 대비적인 범주로 설정함으로써 체계화의 진전을 보여준 바 있었고,[8] 또 조요한은 기존의 한국예술론을 종합하면서 <비균제성(신바람)>과 <자연순응성(질박미)>을 한국미의 이원적 구조로 파악하는 의미 있는 시도를 한 적이 있었다.[9] 권영필은 <세련미>와 <소박미>로써 그런 조요한의 논의를 좀 더 논리적으로 보충하기도 하였다.[10] 그러나 그러한 구조들은 하나의 줄기가 아니라 여전히 다양한 가지들을 가운데 하나일 뿐이라는 잠정적 성격을 가진다.

새로운 논의보다는 기존의 논의들에 대한 종합이 요구되는 대목인데, 우리가 기호학적 방법론의 도입을 통해 그동안 제출된 <한국미>에 관한 술어들을 검토하고 포괄적으로 정리하려는 이유는 바로 여기에 있다. <기호학(semiotics)>은 변화무쌍한 언어들 가운데서 궁극적으로 제한된 수를 인지하고 그 유사성과 반복적 발생을 추출하는

---

7) 가령 미국의 문화인류학자 마가렛 미드는 한국 방문 시 가야금 연주를 듣고, 악기가 아니라 사람이 들어앉아 울고 있는 것 같다고 말한 적이 있다. 그런가 하면 프랑스의 조세핀 마르코비츠라는 예술 감독은 한 일간지에서 〈서양의 춤은 중력의 법칙에서 벗어나 인간의 신체를 보다 더 가볍게 하려고 하지만, 한국의 전통 춤은 거꾸로 땅에 밀착해서 대지의 에너지를 느끼고 탁월한 율동으로 자연과의 일체감을 표현한다〉고 분석한 바 있다. 이화형, 『한국문화의 힘, 휴머니즘』(국학자료원, 2004), pp.284~368 참조.

8) 조지훈, 『한국학 연구—조지훈 전집 8』(나남, 1996), pp.256~263 참조.

9) 조요한, 앞의 책, pp.5~7 참조.

10) 권영필 외, 『한국미학시론』(고려대 한국학연구소, 1994), pp.93~94 참조.

데 목적이 있는 방법론이다. 따라서 모든 것의 배후에는 모종의 논리와 구조가 존재한다는 기호학적인 관념은 <한국미>의 규명이라는 다양한, 하지만 동질적인 작업들 속에 있는 지배적 논리와 구조를 밝히는 데 유용한 방법론적 전제가 되리라 믿는다. 이런 관점에서 우리는 일차적으로 <한국미>에 관한 어휘들의 목록을 작성하고 <동위성(isotopie)>을 분석할 것이다. 나아가 그레마스(A. J. Greimas)의 <기호사각형(carre semiotique> 모델을 통해서 궁극적으로 한국미의 <의미 체계>를 범주화해 보고자 한다. 이런 논의와 관련하여, 조동일의 선행 연구는 중요한 시사점을 던져준다. 그의 연구는 사실상 기호학을 의도하지 않았으면서도 기호학과 만나는데, 한국문학에 나타난 <당위>와 <존재>, 혹은 <융합>과 <상반>이라는 경험적 양상이 보여주는 구조적 관계를 통해 숭고(崇高)·우아(優雅)·비장(悲壯)·골계(滑稽)라는 네 가지 미적 범주를 제시하고 있기 때문이다.[11] 그러나 문제는, 조동일의 연구가 절차상 경험적 연구가 분명한 데도 연역적 가정을 숨기고 있는 것처럼 보인다는 사실이다. 이것은 그 범주가 포괄적이긴 하지만 지나치게 보편적인 범주라는 점과 무관하지 않다.

　이 글에서 우리는 <변화하는> 어휘들의 분석을 통해 <불변하는> 심미적 구조를 도출하는 데 있어 경험적인 연구의 기조를 유지할 것이다. 그러므로 이 연구는 한국 예술의 민족미학을 이론적으로 구성해 새로이 제안하려는 논의가 아니라 <한국미>에 관한 기존의 연구들을 검토하여 포괄적으로 정리하려는 논의라고 할 수 있다. 그러나 여기서 이 글이 가지는 한계는 명백해진다. 즉 한국미의 특성을

---

11) 조동일, 『한국문학이해의 길잡이』(집문당, 1996), pp.95~100 참조.

찾아내어 그것을 범주적으로 체계화하기 위해서는 무엇보다도 한국
예술이 지닌 미적 특성에 관한 술어들을 도출하는 작업이 필요한데,
우리는 모든 영역의 전통예술을 대상으로 한국미와 관련된 다양한
어휘들을 직접 만들어낼 수는 없기 때문이다. 이 글에서는 최근 권영
필 교수가 편한 『한국의 미를 다시 읽는다』라는 텍스트를 분석 대상
으로 하여 10명의 학자와 비평가들이 펼친 한국 미론을 정리하고,[12]
그 가운데서 한국미의 특성을 지적하는 데 사용한 어휘들의 목록을
만들어보고자 한다.[13] 다시 말해 이 글의 성격 때문에 연구 대상은
<한국미>에 관한 기존의 논의들이 될 수밖에 없고, 또 편의상 일종
의 메타-텍스트에 한정되는 것이 불가피하다.

그러나 <한국미>의 특성들과 관련된 다양한 술어들을 수집할 수
만 있다면, 그다음은 어렵지 않다. 아마도 기호학적 분석을 통해 <한
국미>의 개념적 스펙트럼을 작성하고, 그것의 핵심범주들을 도출하
는 일이 가능할 것이다. 물론 이러한 분석 또한 확정적인 결과를 가
져오지는 않을 것이다. 그러나 우리는 기호학적 방법론을 통해 <한
국미>에 관한 논의를 범주적으로 체계화하려는 이런 시도가 향후 그
것의 특성을 해명하려는 논의들에 하나의 참고사항이 될 수 있으리
라 기대한다.

---

12) 이 저서에 나오는 논의 역시 주로 미술에 한정되어 있다. 앞으로 무용, 음악, 문학 등 여러 장르로 확대해
   서 한국 미론을 좀 더 풍요롭게 만들어가야 할 것이다. 권영필 외, 앞의 책, 2005 참조.
13) 권영필의 편저는 한국 미론을 펼친 학자와 비평가들에 대한 후학들의 일종의 메타적 논의들이기 때문에
   간접화법에 의한 왜곡이 생길 수도 있다. 그러므로 술어들의 목록을 만드는 경우, 큰따옴표를 통한 직접
   인용의 경우에만 분석 대상을 한정했고, 원저(原著)의 인용이 분명한 경우는 따옴표가 없더라도 분석 대
   상으로 삼았다.

2. 〈한국미〉에 관한 술어(述語)들

이미 밝힌 바와 같이, <한국미>의 특성을 찾아내어 그것의 범주적 체계화를 달성하기 위해서는, 먼저 한국예술의 미적 특이성에 관한 술어들을 도출하는 작업이 요구된다. 하나의 텍스트를 이루고 있는 어휘들, 즉 의미론적 단위들은 반복을 통해 담화 내용의 일관성을 유지시켜주며, 동시에 거기서 발견되는 동질적 의미 요소를 통해 텍스트 이해의 토대가 되는 어떤 의미 작용의 방향을 제시해준다. 특히 의미 작용의 방향과 관련해서는 형용사와 명사 등의 역할이 중요하다.[14] 이처럼 다양한 어휘로 나타나는 의미론적 단위들의 반복은 말할 것도 없이 그레마스 기호학에서 <동위성>이라는 개념을 통해 지칭하고자 하는 바로 그것이다.[15] 동위성의 분석을 위해, 여기서는 일단『한국의 미를 다시 읽는다』라는 텍스트에서 소개하고 있는 10명의 학자와 비평가들의 논의를 검토하고, 그들이 제공한 <한국미>와 관련된 어휘들의 목록을 길지만 표로 만들어 보고자 한다.[16] 이 텍스트에서 소개하고 있는 학자와 비평가는 실제로 모두 12명인데, 이 글에서는 일제 관변 학자였던 <세키노 타다시>와 한국의 미에 대해 범주적 정의를 꺼려했던 <이동주>는 제외하였다.

---

14) 의미론적 단위들 가운데 형용사와 명사는 단순히 중립적인 기호가 아니라 어떤 가치 지향을 내포한 기호들이라는 점에서 동위성 분석에 의한 의미 체계, 나아가 가치 체계의 도출에 매우 유용하다.

15) 박인철,『파리 학파의 기호학』(민음사, 2003), pp.350~354 참조.

16) 물론 각각의 학자와 비평가들이 대상으로 삼은 한국 미론이 장르별, 시대별로 구분되는 것이라면, 이들을 한꺼번에 아울러서 언급하는 것 자체가 무리일 수도 있다. 즉 열 명의 연구자들이 사용한 어휘를 한꺼번에 목록화하고 분류하기 보다는, 각 연구자가 대상으로 삼은 예술작품이 실제로 창작된 시기, 해당 연구자가 그런 용어를 사용해서 실제 비평을 한 시기, 그리고 그들이 대상으로 삼은 예술 분야나 장르 등의 세부 정보를 목록화하는 것이 보다 정밀한 연구를 가능케 할 것이다. 또한 각각의 연구자가 미학 이론이나 예술 비평을 개진하는 데 있어 근거로 삼고 있는 철학적 이론이나 근거가 있다면, 단순히 용어의 차원에서 동일한 범주에 포함시켜 다루는 것 자체가 무리한 논의일 수 있다. 그러나 모든 것의 배후에는 모종의 논리와 구조가 존재한다는 기호학적인 관념은 그러한 맥락으로부터의 자유에 대해 관대한 편이다.

	형용사	명사	기타
① 안드레 에카르트	고전적(특질), 르네상스의(미), 치우치지 않은(균형감), 좌우대칭적(구조), 꾸밈없는(소박성), 과도한 장식을 피하는(절제), 구조적인(단순성), 기념비적인(단순성), 평상시의(단순성), 자연스러운(조화), 타고난(단순성), 과감한(추진력), 겸허한(형식언어), 그리스 미술에서 볼 수 있는 바와 같은(정숙과 절도)	균형감, 평온함, 고전성, 단순성, 소박성, 균제미, 절제, 중용(분수), 절도, 조용함, 균제, 조화, 비례, 고상함, 세련미, 추진력, 정숙	몽환적, 예술적 완전성에 대한 강한 욕구가 결여되어 있다. 창조적 조형능력은 모방능력 이상으로는 발달하지 않았다. 과거의 형식에 만족하는(보수성)
② 우현 고유섭	무기교의(기교), 무계획의(계획), 적요한(유우머), 구수한 큰(맛), 정치(精緻)한 맛이나 깔끔하게 정돈된 맛이 부족한, 원형적 정제성을 갖지 못한, 왜곡된 파형(破形)의, 형태가 형태로서의 완형을 갖지 않고 음악적 율동성을 띠게 된, 선적(線的)인, 우아로 통하는(섬약미), 모순된, 자연적 환경이나 재료의 자연성을 애호하는(한국미술), 세부를 위하지 않는(조소성), 세부에 있어서 치밀하지 아니한	비정제성, 적조미(積阻味), (적요한)유우머, (어른 같은)아해, 비균제성, 무관심성, 질박한, 둔후한, 순진한, 섬약미(纖弱味), (색채적인)단조로움, 적요, 명랑, 조소성(粗疎性), (작은 맛과 큰 맛의)합조	소대황잡(疎大荒雜)한 비예술적인 결점
③ 야나기 무네요시	색채의 결핍, 즉 백색이 빚어내는(아름다움), 천연의(아름다움), 무사(無事)의(아름다움)	선의 미, 애상미, 비애미, 위엄의 미, 의지의 미, (천연과 인공의)조화, 선(善)의 미와 추(醜)의 미의 결합,	

	형용사	명사	기타
③ 야나기 무네 요시	색채의 결핍, 즉 백색이 빚어내는(아름다움), 천연의(아름다움), 무사(無事)의(아름다움)	정(情)의 예술, 친근함의 예술, 남성미, 백색의 미, 건강의 미, 무위자연의 미, 소박미, 불합리의 미, 파형의 미, 치졸미, 무기교의 기교, 민예미, 타력미, 불이(不二)미	
④ 근원 김용준	고요한(전원미), 장한(長閑)한(특색), 유장(長)과 여유(閑)의(조화), 마른, 맑은, 산뜻한, 여유르운, 우아한, 소규므의(맛), 깨끗한(맛), 구수한, 시원스러운, 어리석은, 아담한, 비위에 맞는, 또렷한, 되바라지지 않은, 말쑥한, 담담한	전원미(田園味), (고유의)장한함, 유장(함), 여유, 고담(枯淡), 청아(清雅), 한아(閑雅), 장한(長閑), 전아(典雅), 온화	웅혼, 장대(이상 고구려), 숭고, 전아(이상 신라), 아담, 화려(이상 고려), 청렴, 소박(이상 조선)
⑤ 범이 윤희순	청초한(느낌, 정서), 맑고, 고운, 명쾌한(광선), 아담한, 예지가 빛나는, 감정이 세련된, 유려한, 치우치거나 하지 않는, 유기적인(조화)	힘의 미, 약동, 청징무구(清澄無垢), 청초(함), 구성적 미감, 아취, 소박, 중용, (통일 있는)조화, 정제오묘(整齊奧妙)	

	형용사	명사	기타
⑥ 에블린 맥퀸	우아한, 세련된, 조잡한, 주의를 기울이지 않은, 마음을 끄는(정직성), 장식이 부차적인, 화려하거나 과장하는 취향을 기르지 않은, 궁핍에서 발원한 윤곽과 선을 지향한	선과 형태의 미, 궁핍함, (가난을 이겨내는)내핍, 안빈낙도(安貧樂道), 세련, 조잡함, 힘, (마음을 끄는)정직성, 도덕성	
⑦ 디트리히 젝켈	발랄한(생성과 움직임), 육중한(중량감), 촘촘한(선), 정확한(선), 양감을 나타내는 데에는 치우치지 않는, 정제된(조각성), 양적 부피를 느끼게 하는, 기상천외한(상상력), 농담끼어린(성격), 완벽한 기술에만 의존하지 않는, 즉흥적이고 시원한(활력)	(육중한)중량감, 자제력, 뚜렷함, 도식성, 추상성, (즉흥적이고 시원한)활력	위엄과 매력, 정제되고 우아함, 솔직과 담백, 기술에 얽매이지 않은 자연성의 발로, 기교적이 아닌 점, 고고한 기품이 있지만 완벽주의를 배척한 점, 한반도의 부드러운 기후가 평화로운 미술을 만드는 데 영향을 주었다.
⑧ 혜곡 최순우	선의에 가득 찬(아름다움), 의젓한(아름다움), 어리석은, 따스한, 쓸쓸한, 멋진, 착실한, 소박한, 무심스러운(아름다움), 어리숭하게 생긴(맛), 둥근(맛), 무지한, 은근한, 신선한(매력), 무아의 경지 같은(선미), 생동하는(의지), 서민적(의지), 잔재주를 부릴 줄 모르는, 쩨쩨하지 않은, 비굴하지 않은,	소박, 정숙, 아취, 소박미, (조략한)유태(釉胎), (지나친)치기, 선미(禪美), 건강미, 단순(미), 질박미, 적재적소주의(適材適所主義), 실질미, 너그러움, 익살, 해화(諧和), 점지(占地)의 묘(妙), 풍아(風雅)	찬란하기보다는 겸허의 미, 다채롭기보다는 간소 미, 정적의 아름다움(寂美), 형언하기 어려운 야릇한 매력, 기교를 넘어선 소박의 아름다움, 조황(粗荒)한 느낌, 소탈한 멋

	형용사	명사	기타
⑧ 혜곡 최순우	답답하지 않은, 호들갑스럽지 않은, 너그러운(아름다움과 멋), 익살의(아름다움), 분수에 맞는(아름다움)		
⑨ 삼불 김원용	대상을 있는 그대로 파악·재현 하려는, 움직이는, 동력적(動力的), 우아한, 평화로운, 낙천적인, 철저하게 기능 위주의, 가장 현실적, 자연스러운, 완전한(조화), 세련된(조화), 인간적, 잡념 없는, 깨끗한, 무작위의(창의), 허점이 있는 따뜻한(인간미), 북방적(힘), 철저한 평범의(세계), 온화한, 부드러운, 겸손한, 양반의 기개가 있는, 빈곤하면서도 단정과 자존이 있는, 구수한, 진실한, 순수한, 솔직한, 기능성이 장식성을 누르고 있는	자연의 미, (미추를 인식하기 이 전)미추의 세계를 완전 이탈한 미, 미 이전의 미, 한국적 자연주의, 위엄, 고졸, 박눌(朴訥), 순수, (세부의 면밀한 기술 적 콘트롤에 대한)무 관심, 세부보다는 전체적 인상, 냉철보다는 인간적인 온화, 추상보다는 자연적인 관조, 철저한 아(我)의 배제, 자연에 즉응하는 조화, 평범하고 조용한 효과, (모든 것에 무관심한) 무아무집(無我無執) 의 철학	생명력, 자연성, 무관심, 생명력, 자연성, 무관심
⑩ 이경 조요한	농현적(특색), 자유스러운(정취)	비균제성, 자연순응성, 신바람, 질박미, 농현의 아름다움, 농현미, 한(恨)의 미, 해학(諧謔)의 미, (역설적인 여유의)미소	

지금까지 10명의 국내외의 학자 및 비평가들의 한국 미론에서 <한국미>의 특성과 관련된 어휘들을 형용사와 명사를 중심으로 추출해 보았다. 한국예술의 미의식과 미적 구조에서 다루어진 주요 어휘들은 이처럼 <고전적 단순성>과 <소박성>(에카르트), <적요한 유우머>와 <무관심성>(고유섭), <장한미(長閑美)>(김용준), 그리고 <비애미>와 <불이미(不二美)>(야나기), <청초미(淸楚美)>(윤희순), <내핍의 미>(맥퀸), <즉흥적이고 시원한 활력>으로 풀이되는 <생명력>(젝켈), <풍아(風雅)>(최순우), <자연의 미>(김원용), <한과 해학의 미>와 <농현미(弄絃美)>(조요한) 등으로 정리해 볼 수 있다. 요컨대 <한국미>의 특성은 형식미적 강요나 예술적 규범의 인위적인 틀을 벗어나 소위 <멋>[17]이라는 형식에의 자유의지로 이어지면서 생성

---

17) 멋에 관한 논의는 신석초(申石艸)의 짧은 수상 「한국예술의 〈멋〉」에서 유래한다. 그는 처음으로 〈멋〉에 주목한 이다. 석초의 「멋설(說)」(1941) 이후, 이에 대한 논의가 활발해져, 마침내 〈멋〉을 한국 미학의 핵심범주로 들어 올린 조지훈(趙芝薰)의 〈멋〉의 연구」(1964)가 출현하였던 것이다. 그런데 지훈 이후, 멋에 대한 논의는 거의 실종한다. 왜 그렇게 됐을까? 아마도 산업화의 속도전이 가동되기 시작한 박정희 독재시대의 전개와 관련될 것이다. 체제 측의 강공 속에서 4월 혁명을 계승하려는 반독재투쟁의 일환으로 저항문학이 대두하면서, 〈멋〉 대신에 〈한(恨)〉이 떠올랐다. 〈한〉을 비애에 기초한 강력한 풍자의 무기로 재창안한 김지하(金芝河)의 「풍자냐 자살이냐」(1970)는 그 대표적인 것이다. 어쨌든 석초는 멋의 바탕에 유교적 교양을 둠으로써 감정의 발로이되 단순한 낭만적 유출이 아니라 지성의 특별한 제어를 통과한 정제된 감성을 멋으로 규정하였다. 석초 이후 다시 멋론을 부활시킨 이가 일석(一石) 이희승(李熙昇)이다. 일석은 『현대문학』 1956년 3월호 권두수상으로 「멋」을 발표하였다. 물론 고전적 균형을 기초로 한 석초의 멋에 대해 일석은 멋의 일탈적 성격을 강조함으로써 멋의 새로운 의미를 부가하였다. 그런데 도남(陶南) 조윤제(趙潤濟)는 『자유문학』 1958년 11월호에 「멋이라는 말」을 발표함으로써 그동안의 멋에 관한 논의를 일축해 버린다. 도남은 멋을 한국 미학의 중심으로 삼으려는 언설들에 강한 반감을 표시하였다. 멋이 하필 한국에만 있는 것이 아닐 뿐더러, 멋의 의미 층이 워낙 다양해서 중심범주가 되기 어렵다는 게 비판의 요지다. 석초의 균형적 멋론 이후 일석과 도남이 멋의 일탈적 성격을 두고 논란을 주고받은 뒤, 조지훈은 「〈멋〉의 연구」에서 그 종합을 시도한다. 지훈은 석초가 실용성으로 격하한 맛을 멋과 대비적인 미적 범주로 설정함으로써 의미 있는 진전을 보여주었다. 그에 따르면, 맛이라는 미감은 미 가운데서도 특히 우아·전아·고아(古雅)·아려·아담·담박·고담(枯淡) 같은 미에서 맛을… 느끼지 화려·유려·풍류·호방·경쾌·청상(淸爽) 같은 미에서는 멋을 느낄 수는 있어도 그런 것을 〈맛있다〉라고 표현하지는 않는다. 〈맛〉의 미는 곧 〈아(雅)〉의 미요… 고요하고 깊을수록 상급이다. 그러나 〈멋〉은 이와 정히 반대이다. … 〈멋〉의 미는 곧 〈유(流)〉의 미요… 빈틈없는 흥청거림이 상급이다. 동양에 있어서 미의 2대 전형을 들자면 풍아(風雅)와 풍류를 들 수 있으리라 본다. 풍아는 곧 앞에서 말한바 맛의 세계요 풍류는 곧 멋의 세계이다. 좀 도식적으로 풀면, 석초의 멋을 풍아미, 일석의 멋을 풍류미로 지훈은 파악했다고 하겠다. 최원식, 『민족의 길, 예술의 길』(창작과 비평사, 2001) 참조.

적인 자연의 활력을 획득함으로써 서구 예술의 이성 중심주의와 인간 중심주의, 그리고 귀족주의적 엘리티시즘 등과는 다른 심미적 영역을 구축한다고 할 수 있다. 이러한 모든 것은 사실 민중, 무위자연, 불이론 등의 동아시아 종교철학에 토대를 둔 것이다. 물론 한국예술의 미의식과 미적 체험의 구조를 그렇게 단일하게 요약할 수만은 없다. 역사적 차이에 따라 한국예술의 미적 특성은 일정한 변화의 궤적을 그려왔기 때문이다. 가령 김용준의 논의에 따르자면, 고구려는 <웅혼>과 <장대>, 신라는 <숭고>와 <전아>, 백제는 <화려>와 <명랑>, 고려는 <아담>과 <화려>, 조선은 <청렴>과 <소박> 등으로, 시대별로 각각 그 미적 특성을 구별할 수도 있다.18) 그러나 다양한 한국예술의 배후에서 일정한 논리와 구조를 도출하려는 이 작업에서 그러한 역사적 시간성에 의한 미학적 차이들이 중요한 문제가 되는 것은 아니다. 국내외 여러 학자와 비평가들이 제시한 <한국미>와 관련된 주요 어휘들을 다시 한 번 정리해서 도표화하면 다음과 같다.

---

18) 이와 관련해서 김원용은 이러한 한국의 미가 시대별로 구체적으로 어떻게 발현되었는지 사례를 들며 설명하고 있다. 간단히 요약하면, 첫째 고구려는 〈움직이는 선〉, 〈북방적 강건〉, 그리고 〈동력적(動力的) 성격〉이 있고, 둘째 백제는 〈우아한 인간미〉, 〈평화롭고 낙천적인〉 성격이 있으며, 셋째 신라는 〈위엄과 고졸한 우울〉, 〈자연 그대로 빚어진 흙, 색감〉, 그리고 〈표면 처리의 박눌(朴訥)〉과 〈철저하게 기능 위주의 가장 현실적, 자연스러운 형태들의 완전한 조화〉가 있다. 넷째 통일신라는 〈세련된 조화의 미〉, 〈극도로 세련된 미의식과 수법을 앞으로 내세우면서도 한국적인 순수와 자연주의가 드러남〉, 〈인간적이면서도 잡념 없는 깨끗한 어프로치〉, 그리고 〈정상적이고 현실적이며 자연적인 것을 미적 기준으로 심음〉이 있고, 다섯째 고려는 〈무작위의 창의〉, 〈허점이 있는 따뜻한 인간미〉, 〈세부의 면밀한 기술적 콘트롤에 대한 무관심〉, 그리고 〈북방적 힘의 주입〉이 있다. 마지막으로 조선은 〈철저한 평범의 세계〉, 〈온화하고 부드러움〉, 〈겸손하면서도 양반의 기개가 있고 빈곤하면서도 단정과 자존이 있음〉, 〈구수한 흙냄새와 진실한 자기표현〉, 〈순수한 개성의 세계〉, 〈솔직하게 감정이나 의식을 반영하고 기능성이 장식성을 누르고 있는 생활 도구〉, 〈완전한 조화〉 등이 있다. 권경필 외, 앞의 책, 2005, pp.249~251 참조.

	주요 어휘	기타
① 안드레 에카르트	단순미	고전적, 소박성
② 우현 고유섭	무관심성의 미	적요한, 유머, 무기교의 기교
③ 야나기 무네요시	비애미, 불이미(不二美)	민예적
④ 근원 김용준	장한미(長閑美)	고담, 청아, 한아
⑤ 범이 윤희순	청초미(淸楚美)	힘의 미, 구성적 미감
⑥ 에블린 맥퀸	내핍의 미	마음을 끄는 정직성
⑦ 디트리히 젝켈	즉흥적이고 시원한 활력	생명력, 농담끼어린
⑧ 혜곡 최순우	소박미, 풍아	무심스러운, 익살의, 분수 맞는
⑨ 삼불 김원용	자연의 미	무작위의, 철저한 평범
⑩ 이경 조요한	질박미, 농현미(弄絃美)	비균제성, 자연순응성

3. 〈한국미〉의 가치 쌍과 〈기호사각형〉

우리는 한국예술의 미적 특성을 드러내는 어휘들의 다양한 목록을 획득하였다. 그러나 그것은 대체로 ① 자연미-<무관심성의 미>, <불이미>, <무기교의 기교>, <구성적 미감>, <무심스러운>, <무작위의>, <비균제성>, ② 소박미-<단순미>, <민예적>, <마음을 끄는 정직성>, <분수에 맞는>, <질박미>, <철저한 평범>, <자연순응성>, ③ 비애미-<적요한>, <장한미>, <고담>, <청아>, <한아>, <청초미>, <내핍의 미>, ④ 농현미-<유머>, <힘의 미>, <즉흥적이고 시원한 활력>, <생명력>, <농담끼어린>, <풍아>, <익살의> 등과 같이 일정한 범주로 묶을 수 있다. 그러나 이처럼 주요 어휘들을 통해 한국예술의 미적인 특성들이 파악되고, 의미론적 단위들의 반복 여부와 동질성에 따라 그 특성들이 분석되면, <한국미>를 표현하는 여러 어휘들이 보다 근본적인 의미 체계 위에 배치된다는 사실을 알 수 있다. 말하자면 기호학적 현상으로서의 <동위성>을 알아볼 수 있다면, 그것을 기반으로 하여 한국예술이라는 텍스트가 담고 있는 내용에서 어떤 관계의 체계를 구성하는 일은 가능한 일이 된다. 말하자면 한국예술이라는 텍스트에서 반복되는 의미론적 단위들은 <의미의 동위성>이라는 분절 작용을 통해 일차적으로 <반대 관계(relation de contrariete)>로 구성되는 <의미의 기본 구조(structure elementaire de la signification)>를 이루는가 하면, 이러한 의미의 기본 구조는 <모순 관계(relation de contradiction)>에 의해 다시금 분절된다. 이 말은 곧 하나의 의미범주가 분절된 양상을 시각적으로 표현할 수 있다는 뜻이다. 바로 이 기본 구조의 변형을 묘사하기 위해 고안된 것이 이른바 <그레마스의 기호사각형>인 것이다.[19] 나아가 기호사각형을 통해 분절된 <의미 체계>를 확인할 수 있으면, 이 의미 체계는 곧바로 그러한 의미의 수용 주체에게 <가치 체계(systeme axiologique)>로 전환될 수 있다.[20] 이런 맥락에서 <한국미>에 관한 어휘들이 보여주는 경험적 가치 쌍들은 다음과 같이 도표화된다.

1	고전적	낭만적	11	불완전	완전	21	은근한	노골적인
2	단순성	복잡성	12	순진함	노련함	22	너그러움	인색함
3	소박	화려	13	비애	환희	23	평화로운	호전적인
4	자연	인공	14	무관심성	목적성	24	해학	비극
5	절제	낭비	15	한가한	부산한	25	즉흥적인	계획적인
6	정적	소란	16	깨끗한	더러운	26	평범한	특별한
7	겸허한	오만한	17	솔직한	기만적인	27	익살스러움	진지함
8	조화	부조화	18	가난	부유	28	온화	냉정
9	무기교의	기교적인	19	발랄	침울	29	어리석은	영리한
10	절박한	세련된	20	의젓한	까부는	30		

---

19) 김성도, 『현대 기호학 강의』(민음사, 1998), pp.227~232 참조.
20) 박인철, 앞의 책, p.348 참조.

여기서 제시한 <한국미>의 의미론적 단위들, 즉 <한국미>의 가치 쌍들을 의미의 기본 구조와 연결시키기 위해서는 먼저 <반대 관계>를 이루고 있는 두 어휘 사이에 의미론적 공통분모가 있어야 한다. 예컨대 <큰>과 <작은>이라는 형용사는 <크기>라는 공통분모를 통해 대립되고, 마찬가지로 <기쁨>과 <슬픔>이라는 명사는 <감정>이라는 공통분모를 통해 대립된다.[21] 그러니까 일단 한국미의 특성을 가리키는 어휘들이 수집되고 다양한 어휘들의 동질성과 대립들이 배치되면, <한국미>의 특성이 보다 심층적인 범주로부터 분절되고 있음을 알 수 있다. 나아가 반대 관계에 의한 의미의 기본 구조에 <모순 관계>를 추가하여 심층적인 범주의 이원성을 확장할 수 있다. 즉 모순 관계란 두 사항이 서로 양립할 수 없는 대립을 뜻하는데, 가령 <기쁨>과 <비기쁨>, 또는 <슬픔>과 <비슬픔>을 예로 들 수 있다. 그레마스의 기호사각형 모델은 여기서 그치지 않는다. <비기쁨>을 긍정하면 <슬픔>이 되고, <비슬픔>을 긍정하면 <기쁨>이 된다. 그러니까 <비기쁨>은 <슬픔>을 함축하고 <비슬픔>은 <기쁨>을 함의한다.[22] 그레마스에 따르면, 이것은 <상보적 관계>에 있는 것이다.

메타-텍스트에서 수집된 어휘들이 보여주는 심층적인 범주는 크게 세 가지로 나누어진다. 우선 <유용성>과 <무용성>의 대립을 들 수 있다. 이것은 사실 미(美)의 어원적 의미에서도 암시적으로 확인된다. 미는 양(羊)과 대(大)의 합성이다. 후자는 두 팔 벌리고 선 사람의 형상이다. 말하자면 미는 양을 사냥하기 위해 양의 가면을 쓴 사람을

---

21) 박인철, 위의 책, p.340 참조.
22) 같은 책, 같은 쪽 참조.

가리키는 것이다. 유희로서가 아니라 식량을 얻기 위한 절박한 싸움에 나선 최초의 사냥꾼, 가면을 쓰고 조심스럽게 양 떼에 다가가 일격의 순간을 엿보는 사냥꾼의 긴장한 모습이 무엇보다도 아름다움인 셈이다.[23] <소박>, <절제>, <무기교의>, <질박한> 등은 바로 이 유용성의 범주에 속한다. 말하자면 <한국미>의 특성과 관련된 몇 가지 어휘들은 <생존>과 <생활>이라는 차원에 속하는 것이다.[24] 물론 예술이 어떤 쓸모에서 왔다고 해서 그 이후에도 그러한 유용성에만 묶여 있었던 것은 아니다. 이데올로기의 분화 과정을 따라 예술은 비실용성이라는 성격을 띠게 되었던 것이다. 이 같은 미적 특성들은 무용성의 범주에 속한다. 이를 기호사각형에 투사하면 다음과 같다.

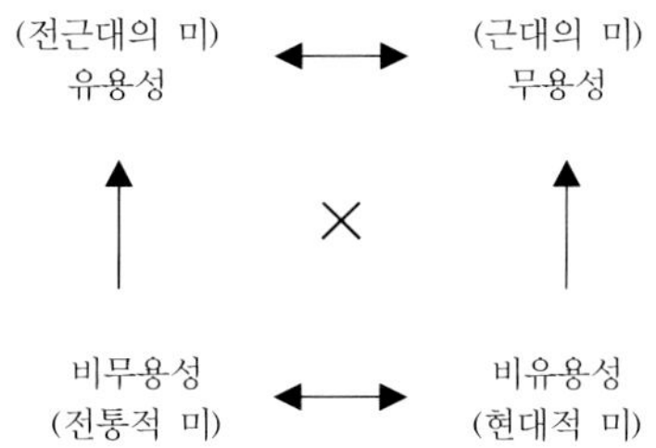

유용성이 두드러진 미에서 비실용성이 더 강화된 미에로의 전환은 사실 예술의 진화 과정을 의미한다고 보아도 좋을 것이다. 다시 말해 <유용성>과 <무용성>의 반대 관계는 한국 미학의 역사적 차원을 가시화하는 심층적 범주라고 할 수 있다. 상단의 반대 관계의 축은

---

23) 최원식, 앞의 책 참조.

24) 유용성의 차원에서 무언가를 꾸미고 장식하는 일은 일종의 사치에 해당한다. 따라서 〈소박〉, 〈절제〉, 〈무기교의〉, 〈질박한〉 등은 모두 생존과 생활의 차원에서 어떤 쓸모와 관계되어 발달된 미적 자질이라고 할 수 있다.

미의 진화 과정상의 계통발생적인 역사적 가치라고 할 수 있다면, 모순 관계에 의해 내려진 하단의 반대 관계의 축은 역사적인 범주가 반영된 동시대적 개체발생 안에서의 질적 가치라고 할 수 있다. 결국 유용성으로 표현되는 <전근대의 미>는 예술을 주로 재도지기(載道之器)나 권선징악의 도덕적인 가치로 파악했던 근대 이전의 핵심적인 미적 범주였고, 무용성으로 표현되는 <근대의 미>는 예술을 도(道)와 권선징악 등의 도덕적 가치로부터 분리하였던, 이광수와 김동인을 기점으로 한 근대 이후의 핵심적인 미적 범주였다. 그러나 근대 이후에 특권화된 무용성의 미학 안에서도 전통적인 것을 고수하여 예술이 쓸모없지는 않다는 효용론을 주장하는 이들과 현대적인 것을 극단으로 추구하여 예술은 쓸모없는 순수에 그 근본이 있다고 주장하는 이들이 계속 공존하게 된다. 근대 예술사의 전개 과정에서, 예를 들어 전자는 참여론의 성격을 띠고 후자는 순수론의 성격을 띠게 된다. 말하자면 지사(志士)와 예술가(藝術家)는 미의 영역 안에서 지속적으로 길항하였던 것이다. 물론 어떤 비평가는 이를 종합하여 <쓸모 없음의 쓸모 있음>이라는 미적 가치를 내세운 바도 있었다. 이처럼 근대 이후의 미적 가치는 각기 <비무용성>으로 표현되는 <전통적 미>의 범주와 <비유용성>으로 표현되는 <현대적 미>의 범주가 양립하는 가운데 성립한다고 할 수 있다.

요컨대 앞의 도표에 나오는 <한국미>에 관한 어휘들은 주로 과거의 전통적인 예술품들을 대상으로 한 고찰들에 근거한 것이기 때문에, <유용성과 무용성의 대립>이라는 <역사적인> 미적 좌표 가운데 대개 좌측 상단에 위치한 <전근대의 미>(유용성)와 이것과 상보적 관계에 있는 좌측 하단의 <전통적인 미>(비무용성)에 위치한다.

그러나 이 범주는 보편성 때문에 한국미의 심층적 구조가 바탕으로 하고 있는 보이지 않는 배경으로만 간주할 수 있다.

둘째로 <한국미>의 심층적인 범주는 <자연성>과 <인공성>의 대립 관계 위에 구축된다. 몇 가지 어휘들은 분명 자연성의 범주에 속한다. 가령 이러한 미적 범주에는 <자연>, <겸허한>, <조화>, <무관심성>, <솔직한>, <온화> 등의 단어에서 나타나는데, 이는 자연성에 관련된 언어기호들이라고 말할 수 있다. 반대로 다른 미적 가치들은 어떤 <인공>과 <오만함>과 <부조화>, 또는 <목적성>과 <기만>, <냉정> 등의 언어기호들과 관련된다. 이와 같은 어휘들은 바로 인공성의 범주에 속한다. 이는 하인리히 뵐플린(Heinrich Wollflin)이 『예술사의 기본 규칙』(1915)에서 고전적인 것과 바로크적인 것을 미학에서 두 가지 유의미한 형식이라고 규정한 내용과 거의 그대로 대응된다. 그에 따르면, 첫째 직선적 대 회화적, 둘째 면 대 깊이, 셋째 닫힌 형태 대 열린 형태, 넷째 복수성 대 단일성, 다섯째 밝음 대 어두움 등의 두 가지 미적 가치는 대조된다.[25] 이것을 기호학적 사각형에 투사하여 보자.

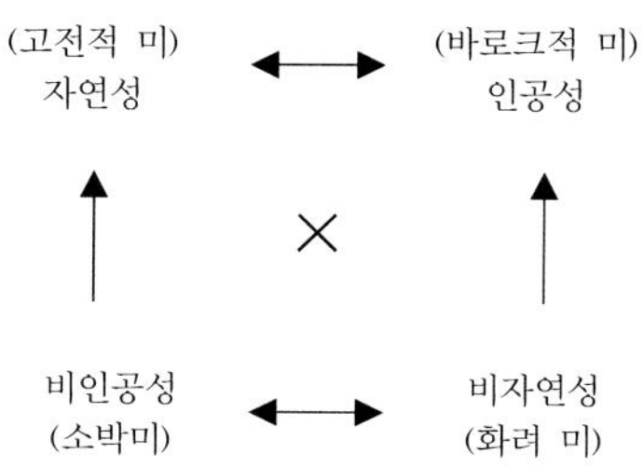

---

25) 장 마리 플로슈, 『기호학·마케팅·커뮤니케이션』, 김성도 옮김(나남, 2003), pp.109~116에서 재인용.

상단의 반대 관계의 축은 미의 보편적 가치로서 양립하는 당위적 가치라고 할 수 있다면, 모순 관계에 의해 내려진 하단의 반대관계의 축은 그러한 당위적인 가치가 실제로 존재하는 예술품에 적용된 현실적 가치라고 할 수 있다. 예컨대 자연성과 연관된 <고전적 미>는 주체와 객체를 구분하지 않는 동양적인 불이론(不二論)에서 주관이 극히 희미해진 상태에서 발현되는 예술적 성격을 가리키는 핵심적인 미적 범주라면, 인공성에 이어지는 <바로크적 미>는 주체와 객체의 구분이 확연해지는 서구의 근대적 존재론을 근간으로 하되, 주체의 우위 속에서 발현되는 주요한 미적 범주였다. 물론 이는 앞서 논의한 바 있는 전통적 미와 현대적 미의 역사적 반대 관계에 일정하게 대응하는 심미적 반대 관계라고 할 수 있다. 그러나 유용성과 무용성의 기준이 아니라 자연성과 인공성을 기준으로 채택함으로써 여기서는 다른 차원의 미적인 범주를 도출할 수 있다. 별도의 범주화를 모색해 볼 수 있다는 것인데, 고전적 미라는 범주에는 <자연>, <겸허한>, <조화>, <무관심성>, <솔직한>, <온화> 등의 단어가 지칭하는 의미들이 높은 가치를 가지는 데 비해, 반대로 바로크적 미는 어떤 <인공>, <오만함>, <부조화>, <목적성>, <기만적인>, <냉정> 등의 언어기호들을 높이 평가한다. 이처럼 <한국미>의 의미론적 단위들에서 도출한 미적 가치는 각기 자연성의 범주와 인공성의 범주가 대립적으로 길항하는 가운데 성립한다고 할 수 있다. 이것은 물론 그런 대립 관계를 보완하는 상보적 관계를 통해 <소박미>의 범주와 <화려미>의 범주로 다시금 변형될 수 있다.[26] 결국 다음과 같은 결

---

26) 〈화려미〉의 경우는 앞서 정리한 어휘들의 목록에서 직접적으로 발견하기 어려운 것이지만, 그것을 보다 넓은 개념으로 이해하면, 〈소박미〉의 반대편에서 발견되는 〈인공〉, 〈오만함〉, 〈부조화〉, 〈목적성〉, 〈기만적

론을 내릴 수 있을 것이다. 즉 앞에서 제시한 <한국미>에 관한 어휘들은 <자연성과 인공성의 대립>이라는 미적 특성의 좌표 가운데 좌측 상단에 위치한 <고전적인 미>(자연성)와 이것과 상보적 관계에 있는 좌측 하단의 <소박미>(비인공성)에 위치한다.

　마지막으로 <정지>와 <운동>의 대립을 볼 수 있다. 여기서도 몇 가지 미적 가치들은 정지의 범주에 속한다. 즉 이러한 미적 범주에는 <정적>, <비애>, <한가한>, <침울>, <은근한>, <평화로운> 등의 어휘가 속하는데, 이는 정지의 언어기호들이라고 말할 수 있다. 반대로 다른 미적 가치들은 어떤 <소란>, <환희>, <부산한>, <발랄>, <노골적인>, <호전적인> 등의 언어기호들이라고 할 수 있다. 이와 같은 미적 가치들은 무엇보다도 운동의 범주에 속한다. 이것은 사실 앞의 유용성과 무용성의 대립 가운데 구축된 미적 좌표와 무관하지 않다. 여기서 조지훈이 「<멋>의 연구」(1964)에서 유용성의 <맛>과 무용성의 <멋>을 대비적인 미적 범주로 설정한 뒤 <맛>의 미는 곧 <아(雅)>의 미요, <멋>의 미는 곧 <유(流)>의 미라고 정의한 것을 참조할 수 있다.27) 그에 따르면, 동양에 있어서 풍아(風雅)와 풍류(風流)는 미의 2대 전형이다. 그런데 <아(雅)>와 <류(流)>라는 두 한자어가 암시하듯이, <아미(雅美)>는 곧 <정지>와 관련되는 맛의 세계라면, <유미(流美)>는 곧 <운동>과 관련되는 멋의 세계라고 할 수 있다. 이것을 기호학적 사각형에 투사해 보자.

인), 〈냉정〉 등의 술어들을 〈화려미〉와 관련시킬 수 있다. 화려함이란 기본적으로 어떤 꾸밈과 장식에 관련되는 것이므로 인공적인 것들을 포함하게 마련이기 때문이다.

27) 최원식, 앞의 책 참조.

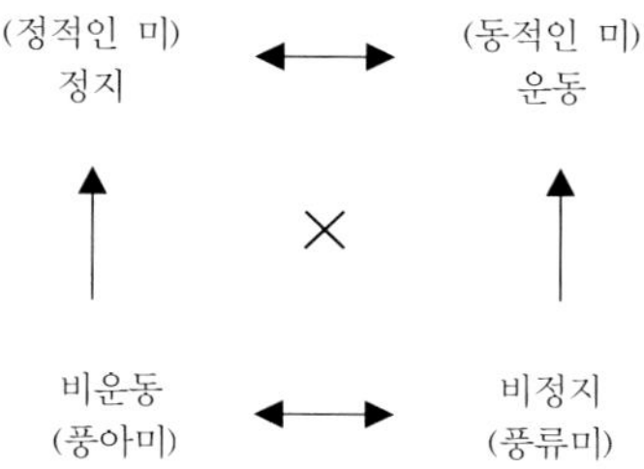

상단의 반대 관계의 축은 미의 또 다른 가치로서 양립하는 당위적인 가치라고 할 수 있다면, 모순 관계에 의해 내려진 하단의 반대관계의 축은 그러한 당위적인 가치가 실제로 존재하는 예술품에 적용된 또 다른 현실적 가치라고 할 수 있다. 가령 조요한은『한국미의 조명』(1999)에서 한국예술의 성격을 기본적으로 <비균제성>과 <자연순응성>이라는 두 개의 축으로 규정하고, 양자의 원리가 역사적으로 공존하면서 서로 보완해 간다고 보았다. 그에 따르면, 비균제성은 북방 유목민의 삶 속에서 형성된 무교적 영향에서 유래하는 것인데, 신나면 규칙을 무시하면서 도취하는 기질과 연관돼 있다. 또한 가야금 산조에서 볼 수 있듯이 진양조와 중모리 같은 느린 장단에서 시작해 자진모리와 휘모리 같은 빠른 가락에 진입하면 신들린 경지에 도달하게 되는데, 바로 이러한 예인(藝人)들의 감성에서 그 기질은 발휘된다고 한다. 그리고 자연순응성은 남방의 농경문화에서 유래하는 것으로, 지모신을 섬기면서 형성된 자연신의 숭배에 따라 항상 자연을 주격으로 생각하는 가치관의 발로라는 것이다. 그에 따르면, 결국 이러한 토대에서 <신바람>과 <질박미>라고 하는 한국예술의 양대 특성이 형성된다.[28] 이처럼 한국미를 이원적 구조로 파악한 조요한의

논의에서 정지와 운동이라는 범주는 자연스럽게 도출된다. <운동과 정지라는 반대 관계>의 축 위에서 신바람은 <풍류미>에 연결되고 질박미는 <풍아미>29)에 연결되는 것이다. 우리는 이를 바탕으로 하여 다음과 같은 결론을 내릴 수 있다. 즉 앞에서 제시한 <한국미>에 관한 어휘들은 <정지와 운동의 대립>이라는 미적 특성의 좌표 가운데서는 대체로 좌우측과 상하단에 위치한 모든 미적 범주들에 고루 해당한다. 이는 종종 한국문화의 특성으로 거론되는 <신명>과 <해학>이라는 측면이 미적 가치에 반영된 결과라고 할 수 있다.

지금까지 논의한 세 가지 범주적 대립을 통해, 우리는 이제 <한국미>의 핵심적 가치들에 이르렀다. 역사적 범주에 해당하는 전통적 미와 현대적 미라는 보편적 범주를 제외한다면, 그것은 자연성과 인공성의 대립, 정지와 운동의 대립이라는 분절들을 통해서 <한국미>의 핵심 가치들을 다시금 재배치할 수 있다. 더구나 정지와 운동의 반대 관계를 통해 성립하는 의미의 기본 구조, 즉 <풍아미>와 <풍류미>는, 자연성과 인공성의 반대 관계로 이루어진 의미의 기본 구조, 곧 <소박미>와 <화려미>에 대해 상보적인 관계를 이루면서 그레마스의 기호사각형을 일정하게 형성한다. 말하자면 <소박미>는 <화려미>와 반대 관계를 이루면서 동시에 <풍아미>를 함축하는 서열 관계를 형성하고, <풍류미>는 <풍아미>와 반대 관계를 이루면서 <화려미>어 종속되는 서열관계를 형성하게 되는 것이다. 이것

---

29) <한국미>의 가치 체계이자 의미 범주로서 <풍아미>는 고전적 용례와는 다소 거리가 있는 것이 사실이다. 그러나 여기서는 다소 작위적이기는 하지만 풍류와 대립 관계에 놓인 미적 범주로, 조지훈의 제안을 따라 풍아를 설정해 보았다. 그리고 이 <풍아미>를 보다 넓은 범주로 확장하여 <비애의>나 <냉정한> 등과 같은 정적인 심리 상태가 미에 반영된 경우 또한 그것에 포함시켰다.

은 다음의 그림처럼 나타난다.

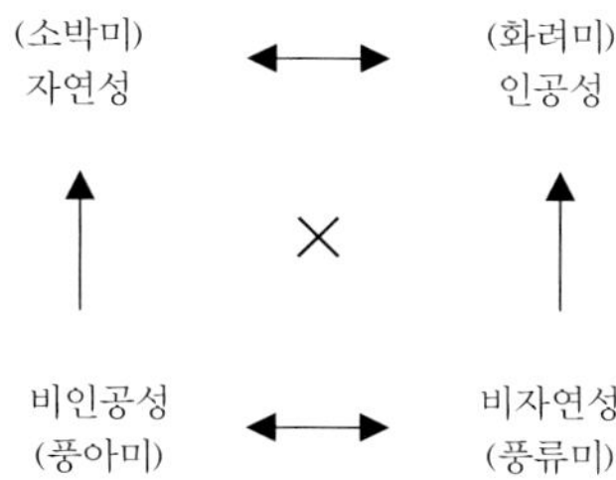

　한편 우리는 메타－텍스트에서 수집된 어휘들이 보여주는 의미 체계와 가치 지형을 장 마리 플로슈(Jean-Marie Floch)의 <소비가치의 체계>를 활용하여 기호학적으로 맵핑(mapping)해 보고자 한다. 플로슈는 그레마스의 기호사각형 모델을 이용하여 <자동차 광고>를 분석하고, 거기서 네 가지 소비가치들을 도출한 바 있는데, <유토피아적 가치>, <유희적 가치>, <실제적 가치>, 그리고 <비판적 가치>가 그것이다. 그에 따르면, 이 가치들은 자동차 광고라는 텍스트가 서로 중첩되고 교차하면서 생성되는 가치 영역들로, 자동차 광고와 정체성을 이해하는 데 도움을 준다고 한다.[30] 마찬가지로 우리는 <한국미>에 관한 기존의 술어들에서 도출된 네 가지 가치들을 통해 한국 예술과 그것의 정체성을 파악하는 데 도움을 줄 수 있다고 생각한다. 메타－텍스트에서 수집된 어휘들의 기호학적 분석을 통해 <한국미의 가치 체계>를 도해하면 다음과 같다.

---

30) 장 마리 플로슈, 앞의 책, pp.173～216 참조.

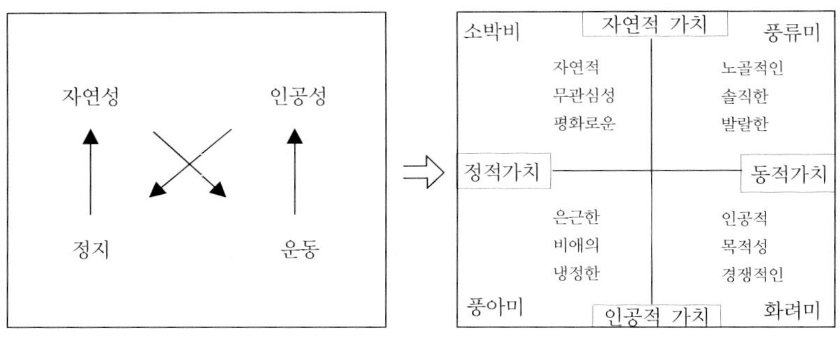

　우리는 지금까지 한국예술이라는 텍스트, 보다 정확히 말하자면 한국예술이라는 텍스트에 대한 메타-텍스트를 가지고 국내외의 학자 및 비평가들이 전개한 논의들을 살펴보았다. 그리고 거기서 <한국미>의 특성에 관련된 술어들을 수집하고, 기호학적 방법론을 이용하여 그것의 핵심 가치들과 가치 체계를 도출하였다. 그러나 <한국미>에 관한 이러한 논의는 어떤 면에서 익숙한 결론을 보여주고 있는지도 모른다. 그러나 여러 미학자들과 미술사가, 그리고 비평가들의 다양한 개념들과 방법들은 굉장히 유용한 면이 있다. 몇 가지 개념으로 다 설명할 수 있는 건 아니지만, 미적 특색을 언어화하였다는 측면에서 그것들은 소중한 것임이 틀림없다. 그리고 그런 미적 특성에 관한 술어들을 기호학적 방법론을 통해 한국예술에 나타나는 의미 작용의 기본 구조를 가시화하는 일은 그렇게 무의미한 작업만은 아닐 것이다. 물론 궁극적으로 <한국미>는 미학, 미술사, 철학, 인류학, 민속학, 문학 등 모든 인문학을 아울러서 공통점들을 찾아내야 진전된 논의가 될 것이다. 하지만 이것 또한 만만치 않은 현실적 한계가 있기 때문에, 여기서는 한국 전통미술에 국한된 논의, 그것도 메타

적 논의만을 대상으로 삼을 수밖에 없었다. 그러나 그럼에도 불구하고 기존의 <한국미>에 관한 논의들을 종합하여 그것의 의미 범주와 더불어 그 심층에 자리 잡고 있는 <한국미>의 핵심적 가치들을 알아보는 일은 반드시 필요하다.

4. 결론

이 글은 한국 미(美)의 술어들을 기호학적 방법론을 통해 검토하고 종합하려는 시도이다. 그래서 한국예술이라는 텍스트, 보다 정확히 말하자면 그 텍스트에 대한 메타-텍스트를 가지고 국내외의 학자 및 비평가들이 전개한 논의를 검토하였다. 그리고 거기서 <한국미>의 특성에 관련된 술어들을 수집하고, 기호학적 방법론을 이용하여 <한국미>의 핵심 가치들과 가치 체계를 도출하였다. 나아가 장 마리 플로슈의 <소비가치의 체계>를 활용하여, 한국예술이라는 텍스트가 보여주는 의미 체계와 가치 지형을 맵핑(mapping)하기도 하였다. 이 글에서는 결론적으로 메타-텍스트에서 수집된 어휘들이 보여주는 네 가지 가치들, 자연적 가치, 인공적 가치, 정적 가치, 동적 가치 등을 통해 <한국미의 가치 체계>를 정리할 수 있었다. 구체적으로는 <소박미>와 <화려미>, <풍아미>와 <풍류미>가 그 가치 체계의 의미 범주라고 할 수 있다.[31]

---

31) 물론 한국의 미를 〈소박미〉, 〈풍류미〉, 〈풍아미〉, 〈화려미〉 등으로 범주화한 것은 한편으로는 뻔한 결론이고, 다른 한편으로는 논란의 소지가 많은 것이 사실이다. 또 한국의 미에 대한 최근의 연구 성과에 따르면, 〈한국미〉의 가장 큰 특성은 〈퍼지미〉, 즉 흥과 신명의 아우름인데, 이는 이분법적 대립을 넘어선 곳에서 발견되는 것이다(이도흠, 「한국 예술의 심층구조로서 情과 恨의 아우름 – 화쟁사상을 중심으로」, 『미학・예

<한국미>에 관한 논의는 지난 세기 동안 국내외 학자 및 비평가들에 의해 다각도로 논의되었다. 그러나 대부분의 경우 체계적인 저술이 되지 못하고 논자의 직관적 판단이나 개인적 인상을 서술하는 데 그친 것이 아닌가 한다. 또한 한국미론이라 해도 거의 모두가 미술, 특히 조형예술을 대상으로 삼아 그 특성을 논하는 것이었다. 말하자면 한국미론은 한국미술사 연구의 부산물이라는 테두리를 크게 벗어나지 못하였다. 그러나 그럼에도 불구하고 그러한 논의들은 <한국미론>의 발전과정을 보여주면서 앞으로 진행해야 할 <민족미학>의 연구 방향을 어느 정도는 암시하는 것이었다. 그와 같은 논의들의 가치와 중요성은 아무리 강조해도 지나치지 않다고 해야 할 것이다. 물론 내부적인 논의만으로는 충분하지 않다. <한국미론>의 현실성을 생각한다면, 이제 내부적 논의가 아니라 어떻게 외부와 소통할 수 있을까 하는 데에 관심을 기울여야 한다. <한국미>를 논의한다는 것은 문화 외교라는 차원에서 그것을 대외적으로 설득하는 일로도 생각되어야 할 시점이다. 그런 점에서 <한국미론>에서 현재 긴요한 일은 비교미학적인 관점에서의 <한국미>의 핵심적 특성을 해명하는 일과 포지셔닝(positioning) 작업이라고도 할 수 있다.

사실 <한국미>의 특성을 검토하는 일은 그 자체가 이미 비교미학적인 관점을 전제로 한 것이다. 한국미의 특징은 주변 동아시아 국가나 서양의 다른 국가들이 가지는 미적 특성과의 비교를 통해서 보다

선명한 것이 되기 때문이다. 가령 국가 이미지 홍보나 문화브랜드 형성을 위하여 중국이나 일본 등과 같은 동일한 문화권에서 그 나라들과 차별성을 이루는 우리 나름의 미적 특색을 정립하는 일은 중요한 일일 수밖에 없다. 다시 말해 <미>가 존재한다면 <중국미>, <일본미>, <한국미>가 있을 것이다. 수많은 작품들을 두서없이 가로지르며 무분별하게 <한국미>를 거론할 것이 아니라, 이제는 중국·일본 등과 공통되면서도 차별적인 미를 찾아 나가는 일이 긴요하다. 결국 이러한 작업은 앞으로의 과제가 될 것이다.

한국 문화브랜드 아이덴티티 및
커뮤니케이션 전략

1. 왜 문화브랜드인가?

우선 문화란 무엇인가? 사실상 문화(culture)의 보편적 개념이란 존재하지 않는다. 다만 연구의 구체적 목표에 따라서 형성되는 문화 영역에 대한 다양한 기술들만이 가능하다고 할 수 있다.

그러나 크게 보면, 문화에 대한 이론과 담론에는 서로 반대되거나 심지어 적대적인 두 가지 전통이 있고, 여기서 사실 문화의 주요한 개념들이 형성되었다. 간단히 말하면 <문화 비평(Kulturkritik)>의 독일적 전통과 <문화 연구(Cultural Studies)>의 영국적 전통에서 유래한 문화 개념들이 그것이다.[1] 먼저 전자의 관점에 보면, 문화는 무엇보다도 규범적 가치이다. 문화는 평범한 계층의 일상적 자아들이나 다른 사회적 관심을 제한할 수도 있고, 심지어 지배할 수도 있는 <최선의 자아>라고 할 수 있다. 즉 문화는 자신의 영역에서 국가만큼이나 결속력을 가진 존재이자 관념적으로는 국가만큼 압도적인 존재로서,

---

1) 프란시스 뮬런, 『문화/메타문화』, 임병권 옮김(한나래, 2003), pp.17~30 참조.

가능한 사회적 질서의 정신적 기초이자 훌륭한 사회의 원리인 셈이다.[2] 반대로 문화 연구는 관련 있는 탐구 영역의 급격한 확대를 선호했고, 그러한 확대 과정에서 윤리적 차원의 엄격한 동등성에 대한 관심을 나타냈다. 여기서 의미 작용의 그 어떤 형식이나 실천도, <질(quality)>이라는 측면에서 어떤 사전 심의가 없다 할지라도, 원칙적인 면에서는 자격이 있다. 문화 연구의 목적은 <대문자 C로 시작되는 문화>의 역사적 특권－문화 비평의 숭고한 가치에 해당하는－을 취소하고 부차적인 다수 대중의 가치와 의미를 가능한 대안적 질서의 핵심적인 요소로 옹호하는 것이었다.[3]

이와 같이 <문화 비평>과 <문화 연구>라는 두 가지 영역에서 문화는 이상적 주체이기도 하고 그저 현실적 대상이기도 하다. 그러나 그 강조점을 놓고 볼 때, 독일적 전통과 영국적 전통이라는 두 영역에서 문화의 의미는 일정하게 대조된다. 다시 말해서 <문화 비평>에서 문화란 규범적 가치들을 기준으로 여타의 문화적 현상들을 판단하는 <주체로서의 문화>(최고의 문화 the supreme culture)를 말한다면, <문화 연구>에서의 문화는 규범적 문화의 가치와 일치하지 않는

---

2) 고전적인 유럽 형식으로서의 문화 비평은 자본주의, 민주주의, 계몽주의 등의 새로 출현하는 상징적 세계에 대한, 그리고 사회적 삶의 조건과 과정의 가치에 대한 비평적인 담론이자 일반적으로는 부정적인 담론으로서, 18세기 후반에 모습을 갖추었다. 유럽 대륙에서 독일은 이러한 담론의 심장부였다. 약간 변형된 형태이기는 하지만, 가령 프랑스의 미셸 투르니에(미셸 투르니에, 『상상력을 자극하는 110가지 개념』, 이용주 옮김, 한뜻, 1995, pp.122~123)의 논의를 또 다른 예로 들 수 있다. 여기서 문화는 독일적 전통에서와 마찬가지로 〈문명(화)에 대한 비판적 가치〉로 이해되고 있다.

3) 영국은 바로 이러한 문화 연구의 유럽 중심지인데, 레이먼드 윌리엄스(Raymond Williams)의 고전적 연구라고 할 수 있는 『문화와 사회 Culture and Society』의 주제는 그러한 영국적 전통의 원류를 이룬다. "윌리엄스는 문화가 '예술과 학문의 체계'에서뿐 아니라 '보통의 행위'에서도 의미와 사상이 표현되는 체계라고 제시했다. 이것은 '세상에서 생각되어지고 알려진 것들 중 최선의 것'이란 문화에 대한 아널드의 해석으로부터 벗어나는 것으로, 문화를 더욱 포괄적이고 광범위한 현상으로 가정한다. 윌리엄스에 따르면, 문화 분석의 목적은 '예술과 학문'뿐 아니라 '보통의 행위', '가족의 구조' 그리고 사회 제도를 통해서도 표현되는 의미들을 명시하고 확인하는 것이다."(주디 자일스 · 팀 미들턴, 『문화 학습』, 장성희 옮김, 동문선, 2003, p.35.) 물론 독일에 대응하는 문화 비평의 전통이 영국에 없었던 것은 아니다. 이런 노력의 비평적 원천은 시인 매튜 아놀드(Matthew Arnold)에 의해서 1680년대에 문화로서 확인을 받았다.

주변적인 다수의 문화들을 가리키는 <대상으로서의 문화>(평범한 문화 the ordinary culture)를 말한다. 물론 오늘날 우리는 그러한 두 가지 문화 개념이 공시적 차원에서 병존하는 일반적인 문화 개념들일 뿐만 아니라 통시적 차원에서는 힘의 균형이 깨짐에 따라 변화한 역사적인 문화 개념들이라는 사실 또한 안다. 즉 <최고의 자아>를 중심으로 구조화된 <주체로서의 문화>가 우세하던 과거와 달리, 오늘날 우리 시대의 문화(culture)는, 여전히 <최고의 문화>에 대한 신념을 포기하지 않고 있는데도 불구하고, 대문자로 시작되는 <문화(Culture)>의 역사적 특권에 대한 부정과 거부를 공공연하게 표명하고 있다. 이에 따르면, 서로 다른 문화라 할지라도 동등하게 존중받을 권리가 있고, 권위적 규범에 따라 문화의 우열을 논하는 것은 비민주적인 것이다.

그러나 대문자 문화(고급문화)에서 소문자 문화(대중문화)로의 역사적 전환이 순탄한 것만은 아니었다. 가령 아놀드는 대중에 대한 이데올로기 주입의 위험성을 지적하며 대중문화를 탄핵했고, 리비스는 대중문화가 <최면적 수동성>이라는 조건을 통해 <싸구려 감정>을 보편화시킬 것이라며 <열등하고 저질적인 문화 형식>을 공격했다.[4] 그런가 하면 독일의 문화 비평은 이러한 공격을 사회철학적인 지반 위에서 좀 더 체계적으로 진행했는데, 이것은 무엇보다도 『계몽의 변증법』으로 대변된다. 여기서 그 유명한 <문화산업론>은 <대상으로서의 문화>를 이른바 <대중기만으로서의 계몽>이라는 호명 속에서 문화적 황폐화의 걱정스러운 결과로 간주한다. 즉 도구적 합리성이라

---

4) 주디 자일스 · 팀 미들턴. 앞의 책, pp.28~29.

는 지배적인 조건 아래에서 자본주의의 추상적인 교환가치는 모든 문화적 다양성을 살리는 방향이 아니라 오히려 표준화 작업과 획일화를 통해 진정한 문화의 억압이라는 방향을 택할 것이라는 비관론이 표명된다.5) 요컨대 문화의 민주화는 문화의 상품화와 더불어 문화의 죽음에 이어진다는 것이다. 그러나 『계몽의 변증법』이 오늘날의 현실을 정확하게 예견한 것은 아니라는 이견도 만만치 않다. <문화의 상품화>에 대한 문화 비평의 질타 반대편에서 <상품과 문화의 접목 가능성>을 타진하고 문화의 민주화에 대한 낙관론을 펼치는 이들의 논의에도 사실 설득력이 있다.

그러니까 여기서 <상품과 문화의 접목>이라는 목표는 과거에는 특권적인 소수만이 누릴 수 있었던 문화적 가치를 누구나 구매할 수 있는 상품과 결합하여 문화의 공공성 내지는 그것의 민주적 공유를 가능하게 해준다는 점에서 긍정적으로 옹호되고 있다. 물론 이러한 논의의 위험성에 대한 분석적인 비판과 논리적인 반박은 얼마든지 가능할지 모른다. 그러나 완고한 문화 비판의 전통이 아직은 <대상으로서의 문화>가 가져온 문화의 저질화에 대한 방어와 치유를 일정하게 수행하고 있다면, 오늘날 우리가 <문화의 상품화>에 대한 고답적인 견해에 가로막혀 상품과 문화의 접목이 가져다줄 문화적 가치의 민주화와 그것에 수반되는 경제적 가치들을 그저 외면하고 있을 이유는 없다. 즉 상품이 스스로를 문화적 권위로 치켜세우는 문화적 괴변이 일어나지만 않는다면, 상품에 문화적 품격을 부여하거나 문화적 가치를 상품화함으로써 그것을 보편적으로 공유하고, 나아가 이런

---

5) 호르크하이머・아도르노, 『계몽의 변증법』, 김유동 외 옮김(문예출판사, 1995), pp.169~228 참조.

문화적 가치를 경제적 가치로 전환하여 모두가 그 혜택을 나누는 것이 문제가 될 수는 없는 것이다. 더욱이 신자유주의를 기조로 한 세계화 시대에 많은 나라들이 문화적 가치를 경제적 가치로 전환시키려는 노력을 국가적 차원에서 진행시키고 있는 현실을 감안할 때, <문화적 가치와 경제적 가치의 접목>에 대한 좀 더 진전된 인식은 특별히 강조할 필요가 있다.

이른바 <문화산업>이 반드시 비관론의 진원지로 규정될 이유가 없다고 한다면, 진정한 문화의 수호를 위한 노력과는 별도로, 이제 문화산업의 체계적인 발전을 위한 논의와 연구가 장려되어야 한다는 것은 말할 것도 없다. 특히 국가적 차원에서 어떻게 한 나라의 문화적 자산을 세계를 상대로 홍보하고 수출하여 경제적 가치를 창출하는 원천으로 만들 수 있을 것인지에 대한 진지한 고민과 논의가 절실히 필요하다고 할 수 있다.6) 그런 점에서 한 나라의 <문화브랜드>와 그 이미지 가치를 제고하려는 움직임은 아주 자연스러운 것이 된다. 왜냐하면 문화브랜드는 바로 경제적인 브랜드의 개념을 문화적 가치에 적용한 것으로서, 한 국가의 다양한 문화적 요소들을 활용하여 경제적 부가가치를 창출하기 위해 내·외국인들에게 의도적으로 기획되고 표상된 상징체계라고 할 수 있기 때문이다. 실제로 우리나라에서는 지난 2006년 5월 8일부터 문화관광부 주관하에 <한(韓)브랜드 [Han-Brand]> 홈페이지를 일반에 공개함으로써 국가적 차원에서 한국의 문화브랜드를 체계화하고 고양시키려는 조직적인 움직임을 보

---

6) 이러한 필요에 부응한 대표적인 선행 연구로는 다음과 같은 것들이 있다. 김정탁 외, 『문화를 통한 국가브랜드가치 제고전략 보고서 – 요약본』(국가브랜드 경영연구소, 2003); 김성도 외, 『유럽 5개국에 있어서 한국의 문화브랜드 가치 및 국가이미지 수립을 위한 기호학 기반의 학제적 접근 – 한국학술진흥재단에 제출한 1년차 보고서』(고려대 응용문화연구소, 2006).

여준 바 있다. 그러나 전략의 엄밀성이나 콘텐츠의 체계성이 지닌 미비점은 말할 것도 없고, 특히 문화브랜드에서 가장 중요한 커뮤니케이션 전략의 부재는 단적으로 <한-브랜드>가 아직 시작 단계에 있음을 보여준다.[7]

　사실 경제 행위에서 교환이란 상품이나 서비스만의 이동이 아니라 문화적 가치도 함께 전달된다고 할 수 있다. 제품을 구입하고 구입한 제품을 통해서 그 나라에 대한 평판이나 이미지가 각인될 뿐만 아니라 제품을 수출한 그 나라의 문화브랜드 이미지에 따라 상품 가격이 결정되는 경우도 허다하다. 따라서 대부분의 경제 선진국들은 강력한 문화브랜드 이미지를 통해 제품의 가격에 큰 영향을 미치고 있다. 가령 독일하면 견고한 기술이 떠오르고, 프랑스에서는 자유로운 미학이 연상된다. 바로 이것이 문화적 가치에 해당하고, 그 문화적 가치는 무엇보다도 커뮤니케이션이나 미디어와 밀접한 함수관계를 지니고 있다. 요컨대 경제적 가치는 문화브랜드를 어떤 형식의 커뮤니케이션을 통해 전달하느냐에 따라서, 또 어떤 미디어를 선택하느냐에 따라 결정되는 것이다.[8] 이러한 상황은 결국 문화브랜드 커뮤니케이션의 중요성을 상기시켜준다. 물론 상호 문화 내지 국가 간 커뮤니케이션을 위해서는, 먼저 브랜드 가치를 지니는 문화 자산들이 다른 국가의 문화적 자산들과 차별화되는 지점을 발굴하고, 나아가 이 지점에서 커뮤니케이션이 가능한 핵심가치들을 상징과 기호로서 포착하는 것이

---

7) 이와 관련한 논의는 필자의 글 「〈한-브랜드〉 웹사이트 분석을 통한 문화브랜드 커뮤니케이션 진단」(김성도 외, 위의 책, pp.335~343)에서 자세하게 확인할 수 있다. 물론 최근 〈한-브랜드〉 홈페이지는 크게 변하였다. 사업 내용도 〈한국학〉을 〈한국음악〉으로 대체하는 변화를 보여주었고, 전체적으로는 〈한-브랜드〉라는 사업로고를 〈한-스타일〉로 바꾸었다. 이런 변화에 대한 논의는 다른 지면이 필요할 것 같다.

8) 김정탁 외, 앞의 책, pp.80~82 참조.

선행되어야 한다. 소통은 실체 없이는 불가능하기 때문이다. <실체>를 마련하고 나서 그 실체를 <소통>시키는 것은 아마도 문화브랜드 커뮤니케이션의 기본적인 절차라고 할 수 있을 것이다.

그런 맥락에서 이 글은 우선 흡인력 높은 한국문화의 핵심코드와 차별화된 문화브랜드를 개발하는 데 주안점을 두고자 한다. 그러고 나서 외국의 주요 국가를 상대로 한 한국의 문화브랜드 커뮤니케이션 체계를 모델링해 보고, 이를 통해 문화브랜드 커뮤니케이션을 위한 효과적인 방법을 모색하고자 한다. 말하자면 시론(試論)의 형태로나마 이 글은 대외적인 국가이미지 수립의 관점에서 효과적인 문화브랜드 제고 전략을 생각해 보고, 여기에 일정한 시사점을 제공하려는 데 목적을 둔다. 그리하여 궁극적으로는 국가이미지 개선에 기여하고자 한다.

2. 한국 문화브랜드 아이덴티티의 정립 가능성

그렇다면 먼저 우리는 <한국문화란 무엇인가?>라는 브랜드 정체성(identity)에 대한 질문으로부터 시작해야 한다. 한 문화의 브랜드 정체성과 그 핵심적 특성들을 말하지 않고서는 문화브랜드의 성립은커녕 그것의 차별화와 소통은 이루어지기 어렵기 때문이다. 그러나 광범위한 영역에 걸쳐 있는 한국문화의 세목들을 모두 포괄하는 브랜드 정체성에 관한 논의는 이 글의 범위를 넘어가는 작업이라는 점에서, 일단 기존의 논의들을 유형화하고 평가해 보는 작업으로 그 일을 대체하고자 한다. 왜냐하면 이런 작업 이후에야 우리는 비로소 한국

문화의 브랜드 정체성과 그 특성을 논의하기 위한 방향을 가늠해 볼 수 있고, 이를 토대로 한국의 문화브랜드를 정립하거나 그것을 희망하는 것이 가능해질 것이기 때문이다.

근대화 이후 한국의 학자들은 급격한 사회변동 과정에서 한국사회가 당면하고 있는 변화의 원인, 성격, 방향 등을 이해하기 위해 다양한 <한국문화론>을 전개했다. 그러나 그들은 식민지 체험, 전쟁과 분단, 그리고 군사 독재 등의 고통스러운 역사적 과정을 경험하면서 문화적 패배주의에 빠지게 되었고, 이로 인해 전통문화에 대한 부정적 인식과 서구 이론에 대한 맹목적 의존 등 여러 가지 문제를 겪게 되었다. 한국문화에 대한 본격적인 연구는 사실상 불가능하였고, 그만큼 깊이 있는 연구를 기대하기 어려웠다. 그런 점에서 아직 <한국문화의 특성>에 대한 체계적인 설명은 이루어지지 못하였다고 해도 과언이 아니다. 그럼에도 불구하고 그동안 연구자들은 역사·심리·사회·문학·민속 등의 분야에서 다양한 이론과 방법을 통해 <한국문화의 특성>을 설명하려고 노력하여 왔다. 물론 그들은 주로 서구에서 수입한 이론과 방법에 따라 <한국문화의 특성>을 설명해왔던 것으로 보인다. 그러나 서구 이론에 대한 의존 자체가 문제가 된다고 볼 수는 없다. 문제는, 사실 지나치게 이론적이고 학문적인 방향을 취하면서 <한국문화론>이 보편성 내지 대중성을 잃어버렸다는 것에 있다. <한국문화론>이 대중적 보편성을 가지게 된 것은 사실 1990년대 중반에 이르러서이다. 아무튼 이런 맥락에서 보면 <한국문화론>은 <학술적 한국문화론>에서 <대중적 한국문화론>으로 전개되어 온 것으로 요약되는데, 이것을 좀 더 자세히 살펴보자.

우선 <학술적 한국문화론>은 크게 두 가지 차원에서 접근이 가능

하다. 이를테면 <내용>과 <방법>에 따라 서로 다른 유형들을 도출
할 수 있는데, 일단 <내용>의 측면에서 <학술적 한국문화론>을 유
형화할 수 있다. 이에 대해서는 체계적이고 요령 있는 개관이라는 점
에서 특별히 최봉영의 논의9)에 주목하고자 한다. 그는 한국문화론을
네 가지 유형으로 나누어 고찰하고 있다.

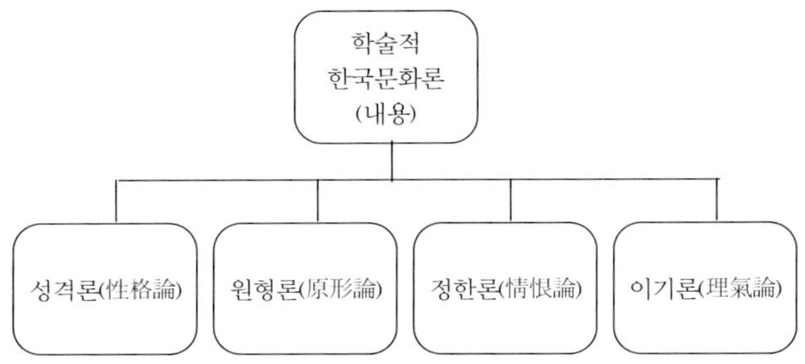

그에 따르면, 첫째 이광수에 의해 시작된 <성격론>은 한국문화의
특성을 사회심리학적 기초 위에서 성격, 가치, 의식 등의 개념을 사용
하여 한국문화의 특성을 분석하거나 설명하는 것을 가리킨다. 둘째
<원형론>은 민족문화가 전개되는 초기 단계에 민족문화의 원형이
형성되어 불변의 형태로 존재하는 것으로 전제하고, 그것에 기초하여
한국문화의 특성을 설명하는 것을 말하는데, 1920년대 중반에 단재
신채호 선생에 의해 단서가 열렸다고 한다. 셋째 <정한론>은 김동리
가 「청산과의 거리」(1948)에서 김소월의 「산유화」를 분석하는 가운데
거기에 나타나 있는 정서의 핵심을 정한으로 규정하면서 시작되었다
고 볼 수 있는데, 이것은 민족의 생활을 통해서 드러난 삶의 정서를

---

9) 최봉영, 『한국문화의 성격』(사계절, 1997), pp.13~37 참조.

중심으로 한국문화를 설명하는 논의를 일컫는다고 말한다. 넷째 조동일과 강신표에 의해 시작된 <이기론>은 성리학이라는 전통적 철학의 논리체계를 중심으로 조선시대 유교문화를 설명하고, 그것에 기초하여 개화기 이후에 전개된 신문화의 성격을 설명하는 것을 말한다고 한다. 그런데 최봉영도 지적하고 있는 것이지만, 이와 같은 유형의 연구들은 일정한 의의가 있는 것임에도 불구하고 지나친 이론 편향과 한국문화를 몇 가지 요소로 환원하는 경향 등에서 아직 제한적인 논의라고 할 수 있다. 우리는 여기에 대중적 보편성을 지니지 못하고 몇몇 전문가들에게만 점유된 <한국문화론>의 폐쇄성이라는 한계 또한 덧붙일 수 있다.

다음으로는 <방법>의 측면에서 <학술적 한국문화론>을 유형화해 볼 수 있다. 여기서는 분석적이면서도 명쾌한 권숙인의 논의[10]를 참조하고자 한다. 그에 따르면, 먼저 이규태의 한국문화론으로 대변되는 한국문화에 대한 <풍속학적> 접근이 있다. 그러나 이규태의 풍속학적 접근은 다양하고 잡다한 풍속과 관행, 풍토, 에피소드, 관습 등의 나열에 머무르며 어떤 체계적이고 일관된 분석을 결여하고 있다고 한다. 둘째 주강현과 김열규로 대표되는 <민속학적> 접근이 있는데, 여기서는 주로 민속학자들에 의해 한국문화 관련 자료들에 대한 해석과 분석적 상상이 시도된다고 말한다. 그러나 민속학자들이 제시하는 한국문화의 특성은 오늘을 살아가는 우리들에게 실천적 지표가 되기에 너무 신비주의적이다 라는 지적이 잇따른다. 셋째 <비교문화론적> 한국문화론이 있는데, 이 논의는 김용운, 이어령, 지명

---

10) 권숙인, 「대중적 한국문화론의 생산과 소비 – 1980년대 후반 이후를 중심으로」, 『정신문화연구』 제22권 제2호(통권75호)(한국학중앙연구원, 1999), pp.53~74 참조.

관 등으로 대변된다고 한다. 권숙인에 따르면, 이와 같은 접근은 특히 한·일 비교문화론에 국한된 경우가 거의 대부분인데, 그러나 문화에 대한 전체론적 파악이 갖는 매력과 유혹을 지니고 있다는 점에서, 한국문화론에 대중성과 보편성이라는 자질을 처음으로 도입하게 되는 유형이다. 마지막으로는 <통합학문적> 한국문화론을 거론할 수 있다. 여기서는 최준식과 최봉영 등의 국제한국학회 회원들이 주도적인데, 한국문화에 대한 분과학문적 접근을 지양하고 이른바 <학제적> 접근을 천명하고 있는 가장 최근의 논의들로 소개된다. 이를 정리하면 다음과 같다.

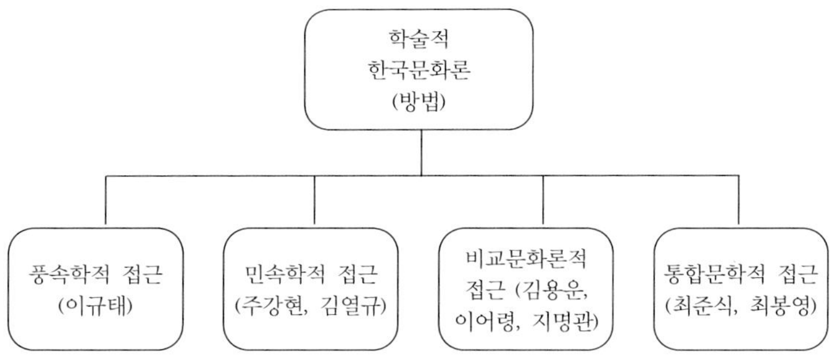

그런데 권숙인의 논의에서 흥미로운 것은 <학술적 한국문화론>이 대중적 보편성을 획득하게 되는 계기와 사회 문화적 맥락을 언급하고 있다는 점이다. 그에 따르면, 한국문화론의 이론적이고 지적인 편향이 이른바 <대중적 보편성>과 접목되면서 해소되는 결정적 계기는 김용운과 이어령 등으로 대변되는 <비교문화론적> 한국문화론의 등장이다. 말하자면 이런 형태의 한국문화론은 자료에 바탕을

두고 상상력을 발휘할 때 생기는 전체론적 파악이 갖는 매력과 유혹을 통해서 <대중적 문화론>의 성격을 지니게 된다는 것이다. 그런가 하면 일종의 패러다임 전환을 가져온 이런 변화 이후에는 <통합학문적> 한국문화론의 성장과 출판계의 동향이 결합되면서 <대중적 한국문화론>은 양적으로도 크게 확대된다고 그는 말한다. 이를테면 1990년대 중반 이후 국내 주요 출판사들이 <우리 것 찾기>의 열기를 공유하면서 <한국문화총서> 류의 간행물들을 기획하게 되는데, 말하자면 이것이 한국문화론의 패러다임 변화와 맞물리게 되었다는 것이다. 물론 권숙인은 이러한 변화의 사회 문화적 맥락을 놓치지 않고 다음과 같이 쓰고 있다. "한국문화론이 '대중적 소비재'로서 생산되고 소비될 수 있는 조건이 마련된 것은 1980년대 후반에서 1990년대 들어서라고 하겠다. 민주화가 어느 정도 성취된 데서 오는 '정치언설'의 영향력 저하, 이제는 '문화'를 말할 수 있다는 여유 있는 '자신감', 국제화가 급속도로 진행되면서 일종의 압력으로까지 다가오는 자아와 타자의 관계설정의 필요성 등이 그러한 조건이다."[11]

그러나 90년대 이후 <대중적 한국문화론>은 일종의 붐을 이루고 있고, 또 한국문화에 대한 탐구의 결과들은 지속적으로 생산되고 있지만, 그다지 사정이 나아진 것 같지는 않은 것 같다. 가령 <대중적 한국문화론> 역시 크게 몇 개의 유형으로 구분해 볼 수 있는데, 하나는 <문화유산답사기> 류의 나열식 한국문화론[12]이고, 다른 하나는

---

11) 권숙인, 앞의 글, p.72.

12) 이런 종류의 저서로는, 유홍준, 『나의 문화유산답사기 1·2·3』(창작과 비평사, 1993/1994/2000); 주강현, 『우리 문화의 수수께끼』(한겨레신문사, 1996/2004); 최정호, 『우리 문화유산 기행』(디지털 조선일보, 1996.12.31~1997.11.10); 시공테크, 『한국의 문화유산 1·2』(코리아비쥬얼스, 2002); 노형석, 『묵향 속의 우리 문화유산』(인터넷 한겨레, 2005. 1. 2~2006. 1. 4) 등이 대표적이다. 이밖에도 문화유산답사기 류의 한국문화론은 상당히 많이 있다.

<백과사전>적 형태의 개론식 한국문화론13)이다. 또한 <분석적> 형태의 비판적 한국문화론도 중요한 유형적 흐름을 이루고 있다. 이것은 물론 내국인의 편에서 쓰인 것도 있고, 외국인들의 시각을 빌려 표현된 것도 있다.14) 그러나, 앞서 언급한 것처럼, 이러한 <한국문화론>이 과거의 것에 비해 커다란 진전을 보여주고 있는 것은 아니다. 왜냐하면 <문화개론식> 한국문화론의 경우는 한국문화론의 심층을 드러내기에 너무도 <피상적>(깊이의 결여)이고, <백과사전식> 한국문화론의 경우는 한국문화론의 전체상을 보여주기에 지나치게 <파편적>(체계성 결핍)이기 때문이다. 그리고 <분석적 비판>으로서의 반성적 한국문화론의 경우는, 단순한 정보의 종합이라는 느낌을 주지 않을 뿐만 아니라, 분석적이고 그래서 설득력 있는 비판과 반성을 보여준다. 그러나 어떤 비전과 희망을 품는 일은 전혀 불가능하다는 듯 <부정 일변도>(긍정성 결여)라는 비판 과잉의 문제점을 보여준다.

---

13) 이와 관련된 저서로는, 고려대 민족문화연구원 편, 『한국 민속의 이해 (1~10)』(고려대 민족문화연구원, 2001); 양건열 외, 『문화정체성 확립을 위한 정책방안 연구』(한국문화정책개발원, 2002); 박영순, 『한국어 교육을 위한 한국문화론』(한국문화사, 2002); 조흥윤, 『한국문화론』(동문선, 2002); 편집자 외, ≪중앙일보 창간 40주년 특별기획 시리즈 1~10≫(중앙일보사, 2005) 등을 거론할 수 있다. 이밖에도 한국문화를 <문화지리>라는 차원에서 연구한 저서(류제헌, 『한국문화지리』, 살림, 2002)도 있다.

14) 이와 관련된 저서로는, 마이클 브린, 『한국인을 말한다』(홍익출판사, 1999); 박노자, 『당신들의 대한민국』(한겨레출판사, 2001); 스콧 버거슨, 『발칙한 한국학』, 주윤정·최세희 옮김(이끌리오, 2007); 진중권, 『호모코레아니쿠스』(웅진지식하우스, 2007) 등을 들 수 있다. 좀 다른 차원에서 비판과 동시에 실용적인 활용 포인트를 제시하는 저서로는, 가령 강준만의 『한국인 코드』(인물과사상사, 2006)와 같은 책도 있다. 이밖에도 많은 저서들이 한국문화에 대한 반성과 비판을 목표로 출간되었다.

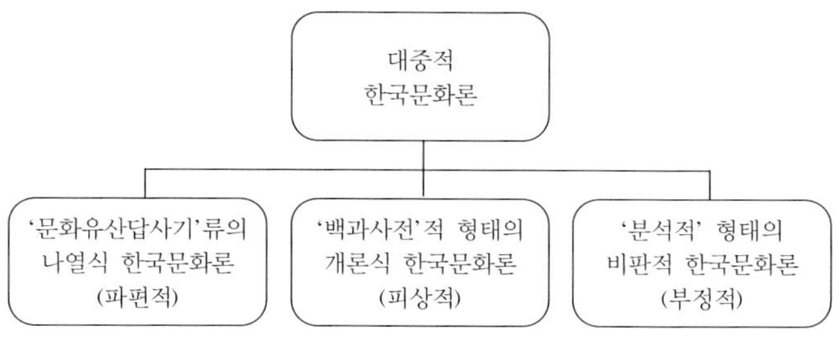

과감하게 말하자면, 지금까지 쓰인 거의 대부분의 <한국문화론>은, 정도의 차이가 있는 대로, 깊이가 없다거나, 체계적이지 못하다거나, 부정 일변도라는 문제를 공유한다고 할 수 있다. 사실 이러한 <대중적 한국문화론>의 한계는 그 이전의 <학술적 한국문화론>에서도 일정하게 발견된다. 물론 우리는 일종의 토대 연구로서 기존의 <한국문화론>이 이룩한 가치와 의의를 일방적으로 부정해서는 안 된다고 생각한다. 오히려 <그것들>은 한국문화의 특성들에 대한 정의를 다양하게 마련하고, 비교문화론적 시각을 통해 주변 문화와 차별화된 한국문화의 특성을 도출하는 등, 여기서 시도하려는 문화브랜드 아이덴티티 정립 작업에 선행 연구로서 시사하는 바가 크다. 다만 우리는 다음 장에서 <한국 문화브랜드 아이덴티티>의 새로운 정립을 시도하면서 기존의 <한국문화론>이 지녔던 문제들만큼은 반복하지 않으려고 노력할 수는 있다고 생각한다.

3. 한국 문화브랜드 아이덴티티 정립을 위한 시론
   - 성적 로맨스의 서사에서

이 장에서는 한국문화의 긍정적 소통을 위한 효과적인 브랜드 정체성은 과연 무엇이 되어야 하는지 고민해 보려 한다. 먼저 브랜드 가치로서 <한국문화>의 위상을 제고하기 위해서는 한국문화의 정수라고 할 수 있는 한국적 미학과 감수성의 현재적 국면을 확인하는 일이 필요하다.

그것은 대체로, 첫째 자연미 - 무관심성의 미, 불이미, 무기교의 기교, 구성적 미감, 무심스러운, 무작위의, 비균제성 등의 술어 체계가 함유하고 있는 미학; 둘째 소박미 - 단순미, 민예적, 마음을 끄는 정직성, 분수에 맞는, 질박미, 철저한 평범, 자연순응성 등의 술어 체계가 함유하고 있는 미학; 셋째 비애미 - 적요한, 장한미, 고담, 청아, 한아, 청초미, 내핍의 디 등의 술어 체계가 함유하고 있는 미학; 넷째 농현미 - 유우머, 힘의 미, 즉흥적이고 시원한 활력, 생명력, 농담끼어린, 풍아, 익살의 등의 술어 체계가 함유하고 있는 미학과 같이 다양한 개념적 스펙트럼을 이룬다. 그리고 그것을 통해 한국미를 표현하는 여러 개념들의 근본적인 범주를 다음과 같이 도출할 수 있다. 1) 소박미(자연적이면서 정적인 것), 2) 풍류미(자연적이면서 동적인 것), 3) 풍아미(인공적이면서 정적인 것) 4) 화려미(인공적이면서 동적인 것)가 그것이다. 미학과 감수성에 비추어 본 한국문화의 핵심적 가치와 특질은 물론 그 가운데서 자연미와 소박미를 중심으로 구축되고 있다. 이것은 특히 중국의 웅장한 인공미와 일본의 섬세한 인공미와 같은 동아시아 주변국의 미학이나 감수성과의 비교를 통해 결정되는

것으로 보인다.[15] 그러나 이 때문에 <한국문화론>은 언제나 중·일 두
나라 문화의 애매한 절충지대로서만 성립하는 문제점을 갖게 되었다.

한국문화의 상징계를 매력적인 것으로 만들기 위해 한국 문화브랜
드 상상계의 구축이 긴요해지는 것은 바로 여기서다. 물론 이런 목적
을 달성하려면, 한국문화가 외국문화와 교류하는 커뮤니케이션의 장
에서 관심과 매혹의 대상이 되도록 하는 긍정적 접점(positive interface)
을 확인해야 하고, 또 이것을 정당화해 줄 핵심가치를 창출해야 한다.
그러나 이것을 시도하기에 앞서, 우리는 과거의 <한국문화론>이 보
여준 문제들을 반복하지 않기 위한 몇 가지 원칙을 분명히 해두고자
한다. 첫째 한국의 문화적 특징이 과연 한국에서 압도적 현상인지, 또
한국에만 있는 전통인지, 현재에도 강력한 인간과 사회관계의 원칙인
지가 <구체적인 사례연구>를 통하여 밝혀져야 한다. 그렇지 않으면
한국문화론은 연역의 관념성에 빠져 동어반복이나 상식의 나열에 불
과하게 된다. 둘째 한국문화론이 정말 제대로 된 문화론이 되려면 한
국문화를 서구문화와 비교하기보다는 오히려 중국이나 일본과 같은
비슷한 문화권과 비교해야 한다. 말하자면, 이어령 선생의 말처럼, 젓
가락과 젓가락을 비교해야 각 나라의 젓가락 문화가 제대로 드러나
지 젓가락과 포크를 대비해서는 그 문화가 잘 드러나지 않기 때문이
다. 즉 한국문화의 특징을 진정으로 이해하려면 <비교문화의 관점>
에 서야 한다.[16]

---

15) 졸고, 「한국 미(美)의 술어들에 관한 기호학적 분석」, 『국제어문』 제37집(국제어문학회, 2006) 참조.

16) 이와 관련하여, 탁석산의 논의도 참조할 필요가 있다. "한국의 정체성을 밝히는 방법은 무엇인가? 그것은
한국인이 만든 작품을 분석하는 것이다. 개인이 아니라 한국이란 집단이 역사를 통해 공동으로 만들고 지
금도 갖고 있는 것들의 특질을 분석한다면, 어떤 것들이 한국적인 것인가를 알아낼 수 있을 것이다."(탁석
산, 『한국의 정체성』, 책세상, 2000, p.43) 그러나 '한국적인 것'의 특질은 중국이나 일본과 같은 비슷한
문화권에 있는 주변국의 문화적 특징과 비교될 수 있을 때 좀 더 선명해질 수 있을 것이다. 앞선 탁석산

이처럼 <비교문화의 관점>에서 <구체적인 사례 연구>를 통해 <한국문화론>을 펼칠 때, 한국문화의 진정한 특징은 드러날 수 있고, 나아가 동아시아 3국의 문화적 차별화도 가능할 수 있다. 우리가 한·중·일 3국이 보여주는 <성적 로맨스의 서사>라는 한 가지 사례를 선택하여 한국문화의 특성과 그 브랜드 가치 도출을 위한 예시로 삼으려는 것은 바로 그 때문이다. 서사(narrative), 그중에서도 <오래된 서사>는, 개인이 아니라 한 민족이 공동으로 관여함으로 해서 한 나라의 문화적 습속이 훼손 없이 보존되어 있을 가능성이 높은 매체라는 점에서[17], 충분히 주목에 값할 것으로 생각한다. 물론 우리는 여기서 3국에 공통된 한 가지 서사로부터 문화적 차이를 유추하는 데 논의를 국한하고 있지만, 일종의 비약을 무릅쓰고라도 후속 연구를 위한 지표 제시라는 목적을 위해 한·중·일 3국 문화의 핵심가치와 문화 유형론을 제안하는 데까지 우리의 논의를 밀고 갈 것이다. 특히 우리가 제안하는 한·중·일 3국의 문화유형론은, 일종의 가설적 문화유형론에 지나지 않는 것이지만, 기호학적 방법론을 적용하여 체계적이고 분석적인 접근이 되도록 했다는 점에서, 문화브랜드 아이덴티티 정립 가능성과 관련하여 시사적인 예가 되어줄 수 있을 것으로 기대된다. 물론 이런 작업은 앞으로 한 문화의 서사적 자산 전체로 확대될 때에만, 좀 더 온전하고 설득력 있는 한국문화론이 될 수 있을 것이다.

그럼 이제 한·중·일 3국이 형성한 성적 로맨스의 서사를 들여다

의 논의를 포괄하면서 비교문화론적 시각의 도입을 주장한 것으로는 김영명의 논의(김영명, 『신한국론』, 인간사랑, 2005, pp.25~40 참조)가 주목할 만하다.

17) 조동일, 『한국문학이해의 길잡이』(집문당, 1996), p.173 참조.

보자. 3국의 경우 이런 종류의 서사는 대개 기녀나 유녀들을 상대로
한 기혼 남성들의 성적 모험이라는 양상을 띤다는 공통점을 보여주
는데, 여기서는 베네딕트의 논의가 중요한 관점을 제공해준다. 그녀
에 따르면, 우선『겐지모노가타리(源氏物語)』와 같은 일본의 서사문학
을 보면, 일본 남성은 아내와 같이 주요한 의무의 세계에 속하는 대
상과 <게이샤>와 같이 성적 향락이라는 기분전환의 세계에 속하는
대상을 명확하게 구별한다고 한다. 설사 그녀가 가족의 구성원이 된
다고 하더라도 그녀는 첩이 아니라 <종의 한 사람>으로서 그러하다
는 것이다. 반면에 중국의 서사문학은 로맨틱한 연애나 성적 향락을
조심스럽게 다루는데, 여기서 간혹 성적 모험에로 나아가는 경우 중
국 남성은 일본의 <게이샤에 해당하는 유녀들>을 향락이라는 기분
전환의 대상으로만 파악하지 않고 마음에만 든다면 일본 남성과는
반대로 그녀를 <가정의 일원>으로 맞아들인다고 한다. 그러니까 일
부다처제는 완전히 중국적인 것이라는 것이다.[18) 그런데 이런 베네
딕트의 논의를 참조할 수 있다면, 한국의 서사문학 전통에서는 일본
이나 중국과는 다른 면모가 드러난다고 생각된다. 가령『춘향전』에서
보는 바와 같이, 한국 남성은 <기생>과 같이 성적 향락이라는 구별
된 기분전환의 대상에게로 나아가면서도 그녀가 마음에 든다면 가정
의 일원으로 받아들이며, 동시에 그녀는 첩이라는 지위를 넘어 새로
운 파트너가 되기도 한다.[19)

---

18) 일본과 중국의 서사문학을 꼼꼼히 검토해 볼 기회를 얻지는 못했다. 그러나 20세기의 걸출한 문화인류학
　　자로서 일본문화론의 고전이라 일컬어지는『국화와 칼』을 쓴 루스 베네딕트의 논의를 참조하면, 일본과
　　중국의 서사문학에 나타난 기혼 남성들의 성적 로맨스가 각국의 문화적 특성과 관련해서 의미심장한 차
　　이를 보여준다는 사실을 확인할 수 있다. 루스 베네딕트,『국화와 칼 - 일본문화의 틀』, 김윤식・오인석
　　옮김(을유문화사, 1974), pp.224~229 참조.
19) 판소리계 고전소설인 한국의『춘향전』에는 이도령과 기생의 딸 춘향이의 신분을 넘어선 사랑 이야기가

이와 같이 한·중·일 3국에서 <기생이나 유녀에게로 향한 기혼 남성의 성적 모험>이라는 서사는 동일한 듯하면서도 중요한 차이점을 나타낸다. 우리는 바로 여기서 브랜드 가치를 지니는 한국의 문화 자산들이 일본이나 중국과 같은 다른 인접 국가의 문화적 자산들과 차별화되는 지점을 보게 되는데, 이 지점에서 브랜드 커뮤니케이션이 가능한 긍정적 핵심가치들을 어떤 기호로서 포착할 수 있다. 이때 독일의 문화철학자 짐멜이 제안한 개념은 다시 한번 우리에게 중요한 관점을 제공해 주는 것으로 보인다. 그에 따르면, 우리의 행위와 경험은 모든 부분에서 이중적인 의미를 지닌다. 즉 한편에서 그것은 자신의 고유한 중심을 축으로 진행되어 삶의 전체성을 형성하게 되는 반면, 다른 한편에서 그것은 그러한 삶의 전체성으로부터 떨어져 나와 새로운 의미의 삶을 구축하게 된다. 나아가 짐멜은 이 두 가지 측면이 다양한 형태로 삶의 모든 내용을 결정한다고 말하면서, 이 두 가지 체험 가운데 전자는 <노동>이라는 의미를 획득하는 반면, 후자는 <모험>이라는 의미를 획득한다고 덧붙인다. 말하자면 <노동>은 이 세계에 존재하는 질료와 에너지가 인간의 목표를 최고조로 달성하는 데 이바지하도록 삶의 통일적인 연관관계를 지속적으로 발전시키는 통합의 체험이고, 그에 반해서 <모험>은 그 내적인 의미에 입각해서 이전과 이후로의 관계로부터 독립적이고 삶의 연속성이 원칙적으로 거부되거나 삶의 일상적인 연속성과 아무런 관계없이 진행되는 망각의 체험이라는 것이다.[20]

펼쳐진다. 물론 이도령은 기혼 남성은 아니었지만, 유교문화 속에서 같은 계급의 여성과 결혼할 가능성이 높은 양반가의 자제로 그의 아내는 말하자면 <부재하는 기호>로서 확립되어 있는 것으로 보아야 한다. 그런 의미에서 기생이나 유녀에게로 향한 기혼 남성의 성적 모험이라는 서사적 구도는 『춘향전』이라는 텍스트에도 잠복되어 있는 것으로 간주할 수 있다. 고려대 민족문화연구원 편, 『한국고전문학전집 12 – 춘향전』, 설성경 옮김, (고려대 민족문화연구원, 1993) 참조.

20) 게오르크 짐멜, 『짐멜의 모더니티 읽기』, 김덕영·윤미애 옮김, (새물결, 2005), pp.203~225 참조.

　　여기서 우리는 인간의 행위와 경험을 규정하기 위해 짐멜이 제안한 두 가지 반대 개념을 문화의 특성 내지 성격을 규정하는 것으로 이해할 수 있다. 말하자면 베네딕트가 니체의 개념을 빌려 <아폴론>의 문화와 <디오니소스>의 문화라는 문화 유형론을 전개하였던 것[21]과 마찬가지로, 우리는 짐멜의 개념들을 가지고 새로이 동아시아 3국의 문화유형을 규정하는 것이 가능하다. 나아가 그 두 가지 개념을 그레마스의 <기호사각형>에 투사하여 의미 혹은 가치의 범주를 논리적으로 분절하면, 짐멜의 논의를 좀 더 체계적인 문화 유형론의 근거로 변형할 수 있다. 이를테면 문화적 성격으로서의 <노동>과 <모험>이라는 개념은 일차적으로 <반대 관계>로 구성되는 <의미의 기본 구조>를 이룬다. 그리고 이러한 기본 구조는 서로 양립할 수 없는 대립을 뜻하는 <모순 관계>에 의해 다시금 분절된다.[22] 즉 이 말은 <비(非)노동>과 <비(非)모험>이라는 또 다른 의미범주를 도출할 수 있다는 말인데, 이는 각각 <유희>와 <일상>이라는 기호로 표상될 수 있다. 물론 <비노동>에서 내려진 <유희>는 <모험>과 <상보적 관계>를 이루지만 엄밀한 의미에서 그것과 구별되며, <비모험>에서 내려진 <일상> 또한 <노동>과 상보적 관계를 이루면서 그것과 구분된다. 간단히 말하면, 유희는 모험과는 달리 <회귀>를 모르고,[23] 일상은 노동과 달리 <발전>을 모르기 때문이다.[24] 이것은

---

21) 루스 베네딕트, 『문화의 패턴』, 김열규 옮김(까치, 1989) 참조.

22) 김성도, 『현대 기호학 강의』(민음사, 1998), pp.227~232 참조. 그런가 하면 기호사각형을 통해 분절된 〈의미체계〉를 확인할 수 있으면, 이 의미체계는 곧바로 그러한 의미의 수용주체에게 〈가치 체계(systeme axiologique)〉로 전환될 수 있다(박인철, 『파리 학파의 기호학』, 민음사, 2003, p.340 참조).

23) 짐멜은 〈모험〉이 단순히 우연적이고 이질적이며 단지 삶의 외피만 건드리는 모든 것과 구별된다고 말하면서, 이것은 삶의 전반적인 맥락으로부터 떨어져 나오는 동시에, 바로 이 운동과 더불어 다시금 삶의 맥락 속으로 들어가는 예술의 본질적 체험과 닮아 있다고도 말한다(게오르크 짐멜, 앞의 책, p.204 참조) 이러한 논의에 따르면, 모험은 유희와 명백히 구분된다고 할 수 있다. 유희가 〈단순히 유희적이고 이질적이며

다음과 같이 도표화된다.

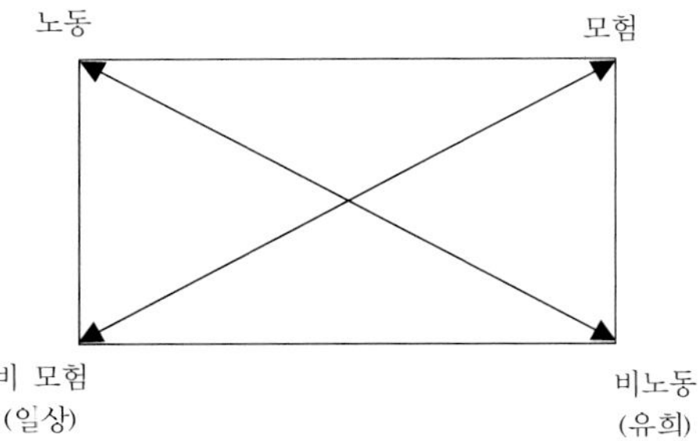

　이처럼 짐멜의 논의를 변형하여 얻은 문화적 유형과 그 개념들은
바로 앞서 제시한 한·중·일 3국의 서사에 나타난 의미론적 구조와
그 성적 모험의 양상을 어느 정도 구별할 수 있게 해준다. 가령 의무
의 세계와 기분전환의 세계를 명확히 구별하는 일본의 서사적 문화
는 분열의 행위와 경험이 중시된다는 점에서 <유희적>이라고 할 수
있다. 또 성적 향락의 대상을 첩으로 맞아들여 일부다처제를 형성하
는 중국의 서사적 문화에서는 통합의 행위와 경험이 중시된다는 점
에서 <노동의> 성격이 강하게 드러난다. 그런가 하면 성적 모험을
통해 만난 유녀를 첩이 아니라 새로운 파트너로 삼는 한국의 경우는

단지 삶의 외피만 건드리는 모든 것)에 해당한다면, 모험은 그 유희처럼 〈삶의 전반적인 맥락으로부터 떨
어져 나오〉지만, 〈바로 디 운동과 더불어 다시금 삶의 맥락 속으로 들어가는〉 모든 것이라고 말할 수 있다.

24) 짐멜은 〈노동〉이 모험과 달리 세계에 대해 유기적인 관계를 가진다고 말하면서, 이것은 이 세계에 존재하
　　는 재료와 에너지가 인간의 목표를 최고조로 달성하는 데 이바지하도록 지속적으로 발전시키는 동시에,
　　바로 이 운동과 더불어 세상의 삶과 더 많은 다리로 연결되어 있기 때문에 우리를 쇼크와 위험으로부터
　　더 잘 보호해주는 안정적인 체험에 가깝다고 말한다(게오르크 짐멜, 앞의 책, p.211 참조). 이러한 논의에
　　따르면, 노동은 일상과 어느 정도 구분된다고 할 수 있다. 일상이 〈세계에 대해 기계적인 관계를 가지면서
　　세계에 존재하는 재료와 에너지를 인간의 목표를 위해 동원하지 않는 삶의 정적인 상태〉에 해당한다면,
　　노동은 그 일상처럼 〈삶의 안정적인〉 맥락에 가까이 있지만, 〈이 세계에 존재하는 재료와 에너지가 인간
　　의 목표를 최고조로 달성하는 데 이바지하도록 지속적으로 발전시키는〉 것이라고 할 수 있기 때문이다.

통합과 분열의 지양을 강조한다는 점에서 <모험적>이라고 할 수 있다. 물론 한 가지 서사의 의미론적 특성에서 문화브랜드로서 유의미한 자질과 가치를 발견했다 하더라도, 이것을 한·중·일 3국의 문화적 특성으로 곧바로 확대하여 해석할 수는 없다. 당연히 동일한 층위에 있는 문화적 자산들을 더 많이 분석하고, 또 앞서 언급한 것처럼, 그것을 통해 각국의 차별화된 문화적 성격을 정의하는 작업이 지속되어야 한다.25) 그러나 우리의 논의는 중·일 두 나라 문화의 애매한 절충지대로서만 성립해온 <한국문화론>을 오히려 그 두 나라 문화의 변증법적 지양의 구도 속에서 긍정적으로 규정되도록 한다는 점에서,26) 한국문화의 상상계를 구축하고 이것의 문화적 소통을 촉발하는 데 그 나름대로 시사하는 바가 있을 것으로 기대한다. 즉 다음

---

25) 짐멜의 개념을 빌려와 문화의 성격을 규정하는 것과 마찬가지로, 토도로프의 〈초자연적인 것〉에 대한 개념들을 빌려올 수도 있다. 그는 텍스트에 나타난 초자연적인 현상을 독자가 수용하는 방식에 따라 세 가지 장르 개념을 제안한다. 그에 따르면, 먼저 독자가 기존의 자연법칙을 손상하지 않고도 묘사된 그 초자연적인 현상에 대한 설명이 가능하다는 결정을 내리면 그 소설작품은 〈기괴(the uncanny)〉라는 장르에 속하게 되고, 반대로 그가 그 현상을 설명하는 데 새로운 자연법칙이 고려되어야 한다고 결정하면 그 작품은 〈경이(the marvelous)〉라는 장르에 속하게 된다. 그런가 하면 독자가 경험하는 경이 속에서의 반응과 기괴 속에서의 반응 사이에서의 〈망설임〉은 이른바 〈환상(the fantastic)〉이라는 장르를 형성하게 된다고 지적한다. Tzvetan Todorov, *The Fantastic: A Structural Approach to a Literary Genre*, Trans. Richard Howard (Cornell University Press, 1975), pp.31~33 참조. 여기서 기괴와 경이와 환상이라는 장르 개념은, 앞서 문화적 성격을 정의하는 데 사용되었던 노동과 유희와 모험이라는 개념에 관련되면서, 짐멜에게서 도출된 바 있는 그러한 문화 개념을 좀 더 풍부하게 만들 수 있는 근거로 활용될 수 있다. 〈이계에의 넘나듦〉이라는 초자연적인 소재를 다룬 한·중·일 설화를 분석해 보면, 그 점은 구체적으로 증명될 수 있으리라 생각된다. 물론 이 자리에서는 한·중·일 설화의 분석을 통해 차별화된 문화적 성격을 드러낼 수 있는 연구를 곧바로 진행할 여유는 없다. 다만 그런 연구를 위해 시사적인 예가 될 만한 선행 연구 한 편을 소개하는 것으로 만족하고자 한다. 이재선, 『한국문학주제론』(서강대출판부, 1989), pp.121~124 참조.

26) 문화 유형론을 위한 〈기호사각형〉은 그 문화 개념들의 가치를 동등하게 취급한다면, 이를 변형한 다음과 같은 〈기호삼각형〉은 문화 개념들 사이에 놓여 있는 가치의 우열을 암시한다.

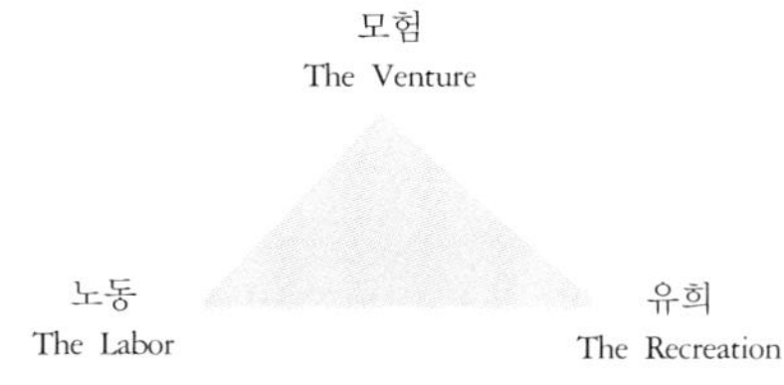

과 같은 문화유형론은 충분히 가능한 것이고, 또 문화적 특성을 소통시키기 위한 접점의 기초이자 토대를 제공한다는 측면에서 유용한 것이라 생각된다.27)

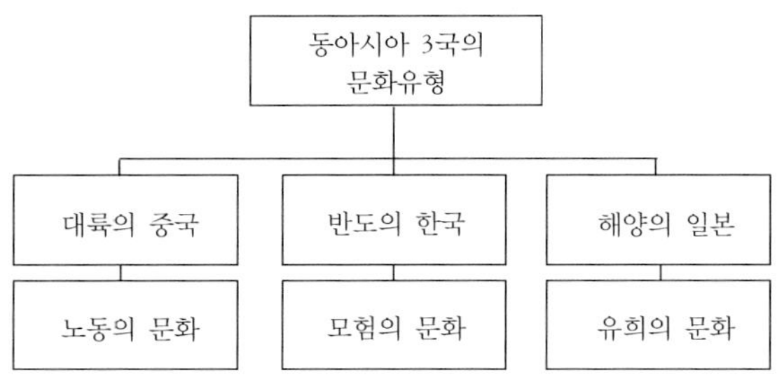

지금까지 최대한 체계성을 제고하려고 노력하면서, 한국문화의 긍정적 소통을 위해 과연 효과적인 브랜드 정체성은 무엇인지 고민해 보았다. 물론 시론적인 형태로 제안된 <모험(the venture)>이라는 브랜드 정체성은 잠정적인 것에 지나지 않는다는 점에서, 브랜드 정체성 확립을 위한 노력은 계속 경주되어야 하리라 생각한다. 그러나 브랜드 정체성이 확립된다고 해서 곧바로 효과적인 문화브랜드 커뮤니케이션이 이루어지는 것일까? 문화브랜드의 국제적인 소통이 일방적인 전달(transmission)이 아니라 상호작용의 형태로 이루어지는 것이라고 할 때, 문화브랜드 정체성의 확립과 더불어 문화브랜드 커뮤니케이션을 위한 문화브랜드의 전략적이고 입체적인 변형(transformation)은 불가피하다. 그러나 이 문제를 곧바로 다루기는 사실 어렵다. 다만

---

27) 동아시아 3국의 문화유형론은, 위의 도해에서 암시되고 있는 것처럼, 대륙이나 반도, 그리고 해양과 같은 〈지리적 풍토〉와 관련되면 좀 더 흥미로운 결과들을 보여줄 수 있을지도 모른다. 그러나 이와 같은 연구도 차후의 과제가 될 수밖에 없다.

문화브랜드 정체성을 토대로 문화 간 커뮤니케이션을 시도할 때 고려되어야 하는 절차와 알고리즘에 대한 유효한 모델을 제안하는 것은 가능할지도 모르겠다. 이것은 다음 장에서 다루고자 한다.

4. 한국 문화브랜드 커뮤니케이션 전략을 위한 몇 가지 제안

효과적인 문화브랜드 커뮤니케이션을 위한 문화브랜드의 전략적이고 입체적인 변형(transformation)은, 무엇보다도 문화 간 커뮤니케이션 전략과 관련된 기존의 연구문헌들이나 <한국국제교류재단>과 같은 기관에서 실시한 문화교류 부문 지원사업 결과 등을 검토해 보면, 그 방향을 어느 정도 가늠할 수 있다.

먼저 문화브랜드 커뮤니케이션 전략에 대한 논의를 담고 있는 기존의 연구들을 보면, 문화브랜드라는 개념조차 이해되어 있지 못하다는 사실뿐만 아니라, 문화 간 커뮤니케이션을 단순히 문화 홍보의 차원에서 이해하고 있다는 점을 확인할 수 있다. 문화 홍보 전략이 구사되는 방식에서도 <이벤트 전략>과 <시각화 전략>만이 일면적으로 강조되고 있을 뿐이다. 물론 이벤트와 시각적 커뮤니케이션의 중요성은 강조되어 마땅한 것이다. 그러나 기존의 연구들은 대체로 그 당위성만을 언급할 뿐 구체적인 전략을 제안하는 일에는 소홀하다.[28] 이런 이론적인 한계를 넘어서면서 실천적인 차원에서 국제적인 문화

---

28) 이것은 크게 두 가지 방식으로 제안되는데, 하나는 국제적인 이벤트의 적극적 활용이고, 다른 하나는 시각적 커뮤니케이션의 효율적 선택이다. 이와 관련한 논의는 필자의 글 「한국의 대외 문화홍보전략 연구 현황」(김성도 외, 앞의 책, pp.324~327)에서 자세하게 확인할 수 있다.

교류가 실제로 진행되고 있는 일들을 보면, 기존의 문화브랜드 커뮤니케이션이 지닌 한계를 보다 구체적으로 확인할 수 있다. 우선 외국에서 이루어진 공연 내용 및 경향을 보면, 한국문화의 영역 중에서 전통문화 유산과 관련된 아이템들이 상당히 많다는 사실을 알 수 있다. 이것은 문화브랜드 구축에서 전통문화 유산의 소개에 집중하고 있다는 사실을 암시한다. 그런가 하면 6대륙에 걸친 지역별 지원 비율을 보면, 유럽 국가들에서 이루어지는 공연물 및 전시물에 대한 지원은 상대적으로 낮다는 것을 알 수 있다. 아시아, 아프리카, 중남미, 중동 등에서의 문화교류가 오히려 활발하다. 뿐만 아니라 그것은 시류적인 단발성 행사의 성격이 짙은 편이다.[29]

이러한 상황을 염두에 둘 때, 우리는 효과적인 한국 문화브랜드 커뮤니케이션을 위한 방향과 원칙을 크게 두 가지로 나누어 생각해 볼 수 있다. 하나는 문화브랜드로서의 가치를 지닌 문화 자산들을 <다양화>해야 한다는 것인데, 이때 유념해야 할 것은 그 문화브랜드가 일본이나 중국의 문화와는 <차별화된 한국의 고유한 문화브랜드>여야 한다는 점에 있다. 또 다른 하나는 다양한 문화적 자산들을 <선택과 집중이라는 전략>하에 조직하여 <입체화>해야 한다는 것이다. 이 경우에 특히 중요한 것은 국제적인 문화 간 소통에서 <문화브랜드를 수용하는 개별 국가들의 문화적 감수성 내지 특성을 고려한 맞춤형 전략>을 구사하는 데 유의해야 한다는 것이다. 일단 전자는 한국 문화브랜드 커뮤니케이션 전략 구사를 위한 토대이자 전제로서, 앞 장에서 이미 그 당위성을 검토하고 나름대로의 대안(문화유형론을

---

29) 이에 대한 구체적인 논의는 필자의 글 「한국의 대외 문화교류 현황 및 진단」(김성도 외, 앞의 책, pp.327~335)에서 자세하게 확인할 수 있다.

통한 문화 포지셔닝)을 제시한 바 있다. 다만 여기서 덧붙이고자 하는 것은 차별화된 한국 문화브랜드 정체성을 다양화된 영역과 분야에서 확인하고, 나아가 그 정체성의 세부적인 정의를 다시 수행하는 작업이다. 가령 모험이라는 문화적 핵심가치에서 환상이라는 하위가치를 도출하는 후속 작업이 요청된다. 이것을 전제할 때, 보다 중요한 작업이 되는 것은, 후자에서 언급한 <선택과 집중 전략>과 <문화브랜드의 맞춤형 전략>이라고 할 수 있다. 왜냐하면 한국의 문화브랜드를 <발신>하고 이를 외국인들이 <수신>하는 커뮤니케이션 과정에는 모든 한국문화의 자산들이 동원될 수도 없고 또한 동원될 필요도 없기 때문이다. 따라서 기왕이면 특정 국가의 국민들이 좋아하고 바라는 한국의 문화브랜드를 선별할 필요가 있다.

<선택과 집중 전략>과 관련해서는, 『유럽 5개국에 있어서 한국의 문화브랜드 가치 및 국가이미지 수립을 위한 기호학 기반의 학제적 접근』이라는 2006년도에 제출된 한 보고서를 주목할 필요가 있다. 이 보고서는, 제목에서 드러나고 있는 것처럼, 한국의 문화브랜드를 유럽 5개국에 효율적으로 소통시키기 위한 전략적 구상을 위해 일차적으로 각 개별 국가(영국, 독일, 프랑스, 스페인, 러시아)의 미디어와 교과서, 그리고 인터넷 등에서 한국 관련 기사들을 검토하고 있는데, 이를 통해 한국문화 영역 가운데 가중치를 두어야 하는 문화 영역을 육각형 모델을 통해 제시하고 있다. 말하자면 유럽 5개국을 상대로 문화 간 커뮤니케이션이 이루어질 때, 우리는 한국의 문화 영역 가운데 영화(Movie), 문학(Literature), 전통문화(Heritage, Hangul), 음식(Food), 경관(Scenery), 인물(Person, Nationality) 등을 선택해 전략화해야 한다는 것이다.[30] 물론 유럽 5개국이 아닌 다른 나라들과 문화 간 커뮤니케

이션을 진행하려면, 가중치 영역을 다르게 설정해야 한다는 것은 말할 필요도 없다. 이처럼 <선택과 집중 전략> 부문은 선행 연구를 통해 그 양상에 관해 방향성이 부여되었는데, 여기서는 이를 출발점으로 삼아 한국문화의 영역 가운데 여섯 개 가중치 영역을 좀 더 조직적으로 입체화할 수 있는 방안, 즉 가중치 영역들의 배열과 조직을 수용 주체인 해외의 여러 나라들에 적합하게 만드는 커뮤니케이션 방안을 제안하는 데로 나아가고자 한다. 이른바 <문화브랜드의 맞춤형 전략>에 대해 생각해 보고자 하는 것이다.

<문화브랜드의 맞춤형 전략>을 위해, 먼저 우리는 여섯 개 가중치 영역을 문화브랜드로 조직하여 유럽 5개국에 소통시킨다는 앞선 연구의 가정과 전제를 그대로 따를 것이다. 다만 여기서는 유럽 5개국의 문화적 감수성과 특성에 맞도록 여섯 개의 가중치 영역을 어떻게 하면 입체적으로 조직할 수 있는지, 그 문화브랜드 커뮤니케이션 연산법(Korea Cultural Brand Communication Operation)을 가설적 형태로 제시하는 것으로 이전의 연구를 좀 더 구체화하고 진전시킬 것이다. 그러고 나서 그 연산법에 따라 유럽 5개국을 상대로 한 한국 문화브랜드 정체성 및 커뮤니케이션 플래닝 모델(Korea Cultural Brand Identity & Communication Planning Model)을 제안함으로써 문화 간 커뮤니케이션을 위한 기본적인 틀을 잠정적으로나마 제안하고자 한다. 일단 문화브랜드 커뮤니케이션 연산법을 체계화하기 위해서는 무엇보다 여섯 개 가중치 영역들은 각 개별 국가의 문화적 감수성에 따라 각기 그중요도가 달라질 수 있다는 것을 상기할 필요가 있다. 어떤 것은 문화

---

30) 김성도 외, 앞의 책, pp.250~265 참조.

브랜드 발신에 있어 중요한 것일 수 있고, 또 어떤 것은 오히려 발신된 문화브랜드의 가치를 떨어뜨리는 것일 수 있다. 그런가 하면 또 어떤 것은 별반 의미를 가지지 못하는 중립적인 것일 수도 있다. 이를 토대로 앞서 제시된 여섯 개 가중치 영역들을 네 가지 영역들로 구분하면 다음과 같다.

첫째, 강조 영역(Emphasis Territory)이 있는데, 이는 한국의 문화브랜드를 발신하는 데 있어 제일 중요한 영역을 지칭한다. 둘째는 한국의 문화브랜드 발신에서 강조 영역을 효과적으로 돋보이게 할 수 있는 증폭 영역(Amplification Territory)이 있다. 셋째로 방해 영역(Obstacle Territory)이 있을 수 있는데, 이것은 이미 언급된 두 영역에 대해 부정적으로 작용하는 영역을 가리킨다. 마지막으로는 앞선 영역들에 전혀 영향을 미치지 못하는 중립 영역(Neutrality Territory)이 있을 수 있다. 여기서 우리는 각 국가별 문화적 감수성의 차이를 감안한 문화브랜드 발신을 위해 <최적의 문화브랜드(Optimal Cultural Brand)>를 알아보고 적용하기 위한 일종의 문화브랜드 커뮤니케이션 연산법을 제안하는 것이 가능하다. 일단 강조 영역은 중요도 차이를 두고 두 가지 정도를 제시할 수 있는데, 이는 각각 <ET1>과 <ET2>로 기호화하여 <OCB>와 비례 관계에 있는 것으로 설정된다. 그리고 두 개 정도의 강조 영역을 효과적으로 만들 수 있는 전략적인 영역, 즉 증폭 영역은 <AT>로 기호화하여 앞선 강조 영역들과 더불어 <OCB>와 비례 관계를 형성하는 수식으로 만들 수 있다. 이때 강조 영역과 증폭 영역이 형성한 일종의 <최적의 문화브랜드(OCB)> 수치를 감소시키게 될 방해 영역은 영향력에 차이를 두고 두 가지를 선정하여 <OCB>와 반비례 관계를 이루는 것으로 설정할 수 있는데, 이는 각각

<OT1>과 <OT2>로 표시할 수 있다. 여기서 중립 영역은 별다른 영향을 미치지 못하는 영역으로 < / >으로 표시하고자 한다.

이와 같이 한국의 문화브랜드 커뮤니케이션은 가중치 영역들을 앞선 네 가지 영역으로 세분화하고, 개별 국가에 맞는 문화브랜드의 배열과 조직을 가정함으로써 이루어질 수 있는데, 이것은 <최적의 문화브랜드>라는 연산법에 따라 다음과 같은 수식으로 표현될 수 있다. $<(ET1+ET2) \times AT / (OT1+OT2)/NT=OCB>$. 좀 더 구체적으로 말하자면, 유럽 5개국(영국·프랑스·독일·스페인·러시아)과 같은 나라들과 이루게 되는 상호 문화적 커뮤니케이션의 장에서는 한국 문화브랜드의 효과적인 발신이라는 것이 국가별 특성과 문화적 감수성에 적합한 실천적 전략으로 이루어질 때 문화브랜드 이미지는 물론 국가브랜드 이미지의 상승도 기대될 수 있는데, 가령 프랑스와 스페인의 경우 이들 나라에서 한국문화 상상계를 구축한다고 할 때, 각 나라의 문화적 차이를 고려한 구체적인 커뮤니케이션 전략이 구사되지 않으면, 그것은 공허한 구호나 맹목적 당위에 그칠 공산이 크다. 즉 <최적의 문화브랜드>라는 커뮤니케이션 연산법을 따를 때, 프랑스와 스페인을 상대로 한 한국 문화브랜드 커뮤니케이션의 효과적인 전략은 다음과 같이 달라질 것이다.

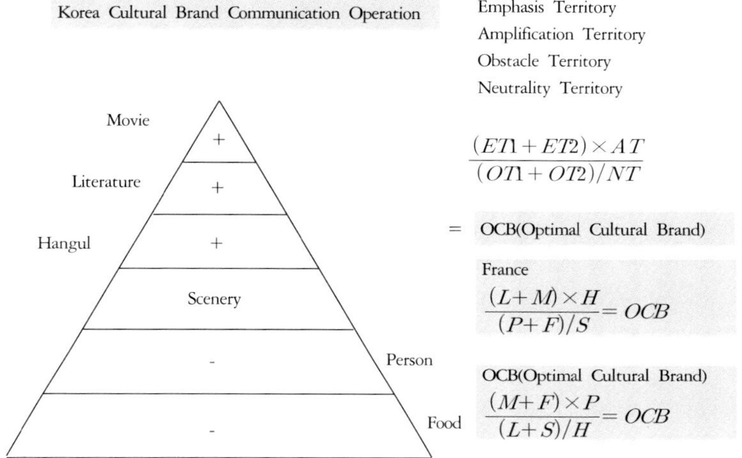

$$\frac{(ET1+ET2)\times AT}{(OT1+OT2)/NT}$$

$= $ OCB(Optimal Cultural Brand)

France

$$\frac{(L+M)\times H}{(P+F)/S}=OCB$$

OCB(Optimal Cultural Brand)

$$\frac{(M+F)\times P}{(L+S)/H}=OCB$$

　물론 이것은 각 나라의 문화적 차이를 고려하여 커뮤니케이션 전략을 구사할 때, 무엇이 중요하고 그렇지 않은지를 알아보게 하고, 구체적인 전략을 구사하는 데 필요한 문화브랜드 커뮤니케이션의 기본적인 윤곽이자 문화브랜드 커뮤니케이션 전략의 방향을 설정하는 데 요구되는 일종의 도해일 뿐이다. 따라서 한국 문화브랜드 커뮤니케이션 전략은 좀 더 구체적인 입체성을 획득해야 하고, 또 실제적인 적용 과정에서는 맥락에 따른 세부적인 변형과 이것의 탄력적인 적용이 필수적이다. 가령 한국 문화브랜드의 발신을 국내에서 수행하는 경우(Intro)와 해외에서 수행하는 경우(Extro)로 나누어 커뮤니케이션 전략을 다시 세분하는 것이 필요할 것이다. 전자의 경우 핵심적인 사항은 효과적인 문화브랜드 지표의 시퀀스(sequence)를 구축하는 일이고,31) 후자의 경우는 분리된 지표(index)들의 다양한 조합(combination)

---

31) 여기서 시퀀스의 구축은 은유적 연쇄의 방법과 환유적 연쇄의 방법 두 가지로 구분해서 접근할 수 있다. 전자가 〈유사성〉을 중심으로 한국문화의 자산들을 연결하는 방법이라면, 후자는 〈인접성〉을 중심으로 한

과 연산(operation)의 체계를 구축하는 일과 더불어 발신 효과의 극대
화를 위한 효과적인 미디어(인물, 방송, 영화) 브랜딩을 구사하는 일
이다. 그런가 하면 이 전략은 다시 외국인들이 지닌 한국문화에 대한
기존의 욕구를 만족시켜주는 전략(Red Ocean 전략)과 그 전략 속에서
다시금 한국문화에 대한 새로운 욕구를 창출하는 전략(Blue Ocean 전
략)으로 나누어 접근할 수도 있다.

이에 대해서는 또 많은 지면이 필요하다는 점에서, 아쉽지만 후속
연구를 기대할 수밖에 없다. 다만 여기서는 한국 문화브랜드 커뮤니
케이션 연산법에 따라 유럽 5개국을 커뮤니케이션 대상국으로 삼는
다고 할 경우, 가능한 한국 문화브랜드 커뮤니케이션 플래닝 모델을
지금까지의 논의를 종합한다는 차원에서 마지막으로 제시해 보고자
한다. 먼저 <한국 문화브랜드 아이덴티티 시스템>에서 중요한 것은
한국 문화브랜드 전체의 핵심가치를 창출하는 것이 중요하다. 그리고
각 가중치 영역에서는 한국 문화브랜드 전체 핵심가치와 상보적인
관계를 이루도록 하위가치들을 도출해야 한다. 그런데 여기서 좀 더
중요한 것은, 기존의 접변 과정이 형성해 놓은 한국의 문화브랜드 아
이덴티티를 고려하면서, 그러한 핵심가치와 하위가치들을 수신하는
문화브랜드 커뮤니케이션 대상 국가들의 문화적 감수성과 긍정적으
로 접변될 수 있는 맥락과 코드를 발견해야 한다는 점이다. 물론 이
러한 <한국 문화브랜드 아이덴티티 시스템>은 앞서 언급한 바 있는

국문화의 자산들을 연결하는 방법이다. 가령 국제적인 이벤트에서 한국 문화브랜드를 커뮤니케이션하고
자 할 때는 은유적 연쇄에 의한 시퀀스 구축이 효과적일 것이고, 외국 관광객들을 상대로 한 한국문화 소
개의 경우는 환유적 연쇄에 의한 시퀀스 구축이 용이할 것이다. 물론 환유적 연쇄에 의한 커뮤니케이션
방법을 은유적 연쇄에 의한 방법과 병행함으로써 문화적 자산들을 테마화할 수 있다면, 외국 관광객들에
대한 한국 문화브랜드 커뮤니케이션 효과는 아마도 극대화될 수 있을 것이다.

<한국 문화브랜드 커뮤니케이션 시스템>에 의해 다시금 입체화되어야 한다는 것은 말할 것도 없다. 이때 <최적의 한국 문화브랜드> 도출 과정에서 가장 핵심적인 사항은 한국과 인접한 동아시아 국가들, 특히 중국이나 일본 등의 문화와 차별화된 그런 문화브랜드를 고안해야 한다는 점인데, 한마디로 일종의 브랜드 포지셔닝이 필요하다는 것이다. 이 모든 것을 종합하여 도해하면 다음과 같다.

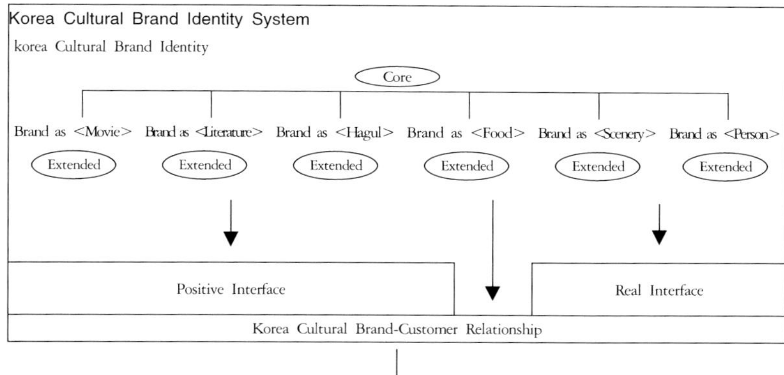

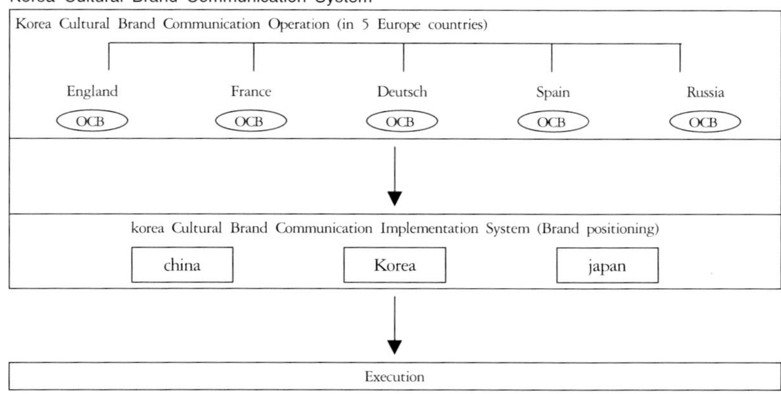

5. 결론

이 글은 우선 흡인력 높은 한국문화의 핵심코드와 차별화된 문화브랜드를 개발하는 데 주안점을 두었다. 그리고 나서 외국의 주요 국가를 상대로 한 한국의 문화브랜드 커뮤니케이션 체계를 모델링해 보고, 이를 통해 문화브랜드 커뮤니케이션을 위한 효과적인 방법을 모색하고자 하였다.

이를 위해 먼저 90년대 이후 <한국문화론>의 현황을 파악하였는데, 그것은 대체로 파편적이고 피상적이고 또 부정 일변도였다. 여기서 브랜드 가치의 제고를 위한 <한국문화론>은 사실상 찾아보기 어려웠다. 그런가 하면 브랜드 가치로서의 <한국문화>의 위상을 높이기 위해서는 한국문화의 정수라고 할 수 있는 한국적 미학과 감수성의 현재적 국면을 확인하는 일도 필요하였다. 그러나 기존의 한국미론을 검토한 결과, <한국문화론>이 중·일 두 나라 문화의 애매한 절충지대로서만 성립하는 문제점이 있었다.

이와 같은 결고를 바탕으로, 브랜드 가치 제고를 위해 한국문화의 상징계를 매력적인 것으로 만들려면, 무엇보다 한국문화 상상계의 구축이 긴요하다는 인식에 도달하였다. 또 이와 더불어 한국문화가 외국문화와 교류하는 커뮤니케이션의 장에서 관심과 매혹의 대상이 되도록 하는 긍정적 접점을 확인하는 일과 이것을 정당화해 줄 핵심가치를 창출하는 일이 급선무라는 사실을 확인할 수 있었다.

바로 이런 맥락에서 이 글에서는 기호학적 분석을 토대로 한·중·일 3국 문화의 핵심가치와 문화유형론을 제안하였다. 특히 3국에 나타난 <성적 로맨스의 서사>에 나타난 의미론적 차이를 드러냄으로써,

잠정적으로나마 한국은 <모험의 문화>로, 중국은 <노동의 문화>, 일본은 <유희의 문화>로 그 문화 유형을 정의할 수 있었다.

한편 한국문화 상상계의 구축은 구체적인 커뮤니케이션 전략에 의해 실천되지 않으면 공허한 구호나 맹목적 당위에 그칠 공산이 크다는 점도 소홀히 할 수 없었다. 예컨대 유럽 5개국(영국·프랑스·독일·스페인·러시아)과 같은 다른 나라들과 이루게 되는 상호 문화적 커뮤니케이션의 장에서는 한국문화의 상상계라는 것이 국가별 특성과 문화가치에 적합한 실천적 전략으로 변용될 필요가 있었다. 이때야말로 한 국가의 문화브랜드 이미지는 물론 국가브랜드 이미지의 상승도 기대할 수 있기 때문이었다. <최적의 문화브랜드>라는 일종의 문화브랜드 커뮤니케이션 연산법이 제안된 이유는 바로 여기에 있었다.

이 글은 시론(試論)의 형태로나마 대외적인 국가이미지 수립의 관점에서 효과적인 문화브랜드 제고 전략을 생각해 보고, 여기에 일정한 시사점을 제공하려는 데 목적을 두었다. 그리고 궁극적으로는 국가이미지 개선에 기여하고자 하였다. 아마도 이 글이 그러한 목적을 충분히 이루지는 못했을 것이다. 그러나 이 글이 문화브랜드의 개발과 이와 연계된 국가이미지 제고를 위한 이후의 논의와 연구들에 작게나마 어떤 시사점을 줄 수는 있을 것이다.

참고문헌

가라타니 고진, 『일본 근대문학의 기원』, 박유하 옮김, 민음사, 1997.

강준만, 『한국인 코드』, 인물과사상사, 2006.

게오르크 짐멜, 『짐멜의 모더니티 읽기』, 김덕영·윤미애 옮김, 새물결, 2005.

고려대 민족문화연구원 편, 『한국고전문학전집 12 - 춘향전』, 설성경 옮김, 고려대 민족문화연구원, 1993.

______, 『한국 민속의 이해』(1~10), 고려대 민족문화연구원, 2001.

고유섭, 『韓國美術史及美學論攷』, 통문관, 1979.

고인환, 「현진건 소설에 나타난 식민지 지식인의 근대적 자의식 연구 - 『빈처』, 『술 권하는 사회』, 『타락자』를 중심으로」, 『어문연구』 51, 어문연구학회, 2006.

권숙인, 「대중적 한국문화론의 생산과 소비 - 1980년대 후반 이후를 중심으로」, 『정신문화연구』 22(2), 1999.

권영필 외, 『韓國美學試論』, 고려대 한국학연구소, 1994.

______, 『한국의 미를 다시 읽는다』, 돌베개, 2005.

권영필, 「한국미학 연구의 문제와 방향」, 『미학·예술학 연구』 21, 한국미학예술학회, 2005.

김교봉, 「현진건 문학의 민족문학적 성격 연구」, 『어문학』 55, 한국어문학회, 1994.

김동식, 「낭만적 사랑의 의미론」, ≪문학과사회≫, 2001년 봄호.

김동인, 「감자」, 『동인전집』 7, 홍우출판사, 1964.

______, 「조선근대소설고」(1929), 『김동인전집』 16권, 조선일보사, 1988.

______, 「광염 소나타」, 『한국문학대표작선집 13』, 문학사상사, 1993.

김붕구, 「신문학 초기의 계몽사상과 근대적 자아」, 『한국인과 문학사상』, 일조각, 1964.

김성도 외, 『유럽 5개국에 있어서 한국의 문화브랜드 가치 및 국가이미지 수립을 위한 기호학 기반의 학제적 접근-한국학술진흥재단에 제출한 1년차 보고서』, 고려대 응용문화연구소, 2006.

김성도, 『현대 기호학 강의』, 민음사, 1998.

______, 『구조에서 감성으로』, 고려대 출판부, 2002.

김열규·신동욱 편, 『김동인연구』, 새문사, 1982(수정판, 1986).

김영명, 『신한국톤』, 인간사랑, 2005.

김영민, 「남·북한에서의 이광수 문학 연구사 정리와 검토」, 『춘원 이광수 문학 연구』, 국학자료원, 1994.

김예림, 「근대적 미와 전체주의」, 『문학 속의 파시즘』, 삼인, 2001.

______, 「이광수의 미 이념」, ≪작가세계≫, 2003년 여름호.

김윤식, 「반역사주의의 의미 - 김동인론」, 『한국근대작가논고』, 일지사, 1974.

______, 『김동인 연구』, 민음사, 1987(개정증보판, 2000).

______, 『김윤식 선집 1 - 문학사상사』, 솔출판사, 1996.

______, 『이광수와 그의 시대 1』, 솔출판사, 1999.

______, 『이광수와 그의 시대 2』, 솔출판사, 1999.

김인환, 『한국문학이론의 연구』, 을유문화사, 1986.

______, 「한국문학의 사회사 문제」, 『기억의 계단』, 민음사, 2001.

김정식, 「일제하 한국경제구조변동에 관한 연구」, 『한국항만경제학회지』 13, 한국항만경제학회, 1997.

김정탁 외, 『문화를 통한 국가브랜드가치 제고전략 보고서 - 요약본』, 국가브랜드 경영연구소, 2003.

김진수, 『우리는 왜 지금 낭만주의를 이야기하는가』, 책세상, 2001.

김철·신형기 외, 『문학 속의 파시즘』, 삼인, 2001.

김현 편, 『작가론총서 1-이광수』, 문학과지성사, 1977.

김현·김윤식, 『한국문학사』, 민음사, 1973.

김현주, 「이광수의 문화적 파시즘」, 『문학 속의 파시즘』, 삼인, 2001.

______, 「공감적 국민=민족 만들기」, ≪작가세계≫, 2003년 여름호.

______, 『이광수와 문화의 기획』, 태학사, 2005.

김흥규, 『문학과 역사적 인간』, 창작과비평사, 1980.

______, 「황폐한 삶의 초상과 환상 - 김동인 소설의 세계상과 사조적 특질에 관한 재검토」, 『문예사조사』, 민음사, 1986.

노형석, 『묵향 속의 우리 문화유산』, 인터넷 한겨레, 2005. 1. 2〜2006. 1. 4.

다카시나 슈지, 『미의 사색가들』, 김영순 옮김, 학고재, 2005.

대한무역진흥공사, 『월드컵 이후 국가이미지 변화와 시사점』, 대한무역진흥공사 연구보고서, 2002.

루스 베네딕트, 『국화와 칼 - 일본문화의 틀』, 김윤식·오인석 옮김, 을유문화사, 1974.

루스 베네딕트, 『문화의 패턴』, 김열규 옮김, 까치, 1989.
류제헌, 『한국문화지리』, 살림, 2002.
리오 로웬달, 『문학과 인간상』, 유종호 옮김, 이화여대출판부, 1984.
마이클 브린, 『한국인을 말한다』, 홍익출판사, 1999.
막스 베버, 『프로테스탄티즘의 윤리와 자본주의 정신』, 박성수 옮김, 문예출판사,
        1988.
문학사와비평학회 편, 『김동인 문학의 재조명』, 새미, 2001.
미셸 제라파, 『소설과 사회』, 이동렬 옮김, 문학과지성사, 1977.
미셸 투르니에, 『상상력을 자극하는 110가지 개념』, 이용주 옮김, 한뜻, 1995.
미하일 바흐친, 『말의 미학』, 김희숙·박종소 옮김, 도서출판 길, 2006.
민충환, 『이태준 연구』, 깊은샘, 1988.
박노자, 『당신들의 대한민국』, 한겨레출판사, 2001.
박여성, 「브랜드 기호학의 체계이론적 정초」, 『기호학 연구』 17, 한국기호학
        회, 2005.
박영순, 『한국어 교육을 위한 한국문화론』, 한국문화사, 2002.
박인철, 『파리 학파의 기호학』, 민음사, 2003.
베르너 좀바르트, 『사치와 자본주의』, 이상률 옮김, 문예출판사, 1997.
보그달, K.M., 『새로운 문학 이론의 흐름』, 문학이론연구회 옮김, 문학과지성사,
        1994.
사이몬 안홀트, 『국가브랜드 국가이미지』, 김유경 옮김, 커뮤니케이션북스,
        2003.
상허문학회 편, 『1920년대 동인지 문학과 근대성 연구』, 깊은샘, 2000.
송욱, 「일제하의 한국 휴우머니즘 비판, 자기기만의 윤리」, 『문학평전』, 일조각,
        1963.
송하춘, 『1920년대 한국소설연구』, 고려대 민족문화연구소, 1985.
스콧 버거슨, 『발칙한 한국학』, 주윤정·최세희 옮김, 이끌리오, 2007.
시공테크, 『한국의 문화유산 1·2』, 코리아비쥬얼스, 2002.
시모어 채트먼, 『영화와 소설의 서사구조』, 김경수 옮김, 민음사, 1990.
신동욱 편, 『현진건 연구』, 새문사, 1981.
신항식, 『시각영상기호학』, 나남출판, 2005.
신희교, 「현진건의 초기소설 연구─주인공의 현실대응을 중심으로」, 『어문논
        집』 28, 안암어문학회, 1989.
아사다 아키라, 『도주론』, 문아영 옮김, 민음사, 1999.
안드레 에카르트, 『에카르트의 朝鮮美術史』, 권영필 옮김, 열화당, 2003.

알레브 라이틀 크루티어, 『물의 역사』, 윤희기 옮김, 예문, 1997.

앨버트 허쉬먼, 『열정과 이해관계』, 김승현 옮김, 나남, 1994.

야나기 무네요시, 『조선과 예술』, 박재삼 옮김, 범우문고, 1989.

양건열 외, 『문화정체성 확립을 위한 정책방안 연구』, 한국문화정책개발원, 2002.

여홍상 엮음, 『바흐친과 문학이론』, 문학과지성사, 1997.

유홍준, 『나의 문화유산답사기 1·2·3』, 창작과비평사, 2000.

이광수, 「금일 아한청년과 정육」(1910), 『이광수전집』 1, 삼중당, 1962.

______, 「무명」, 『이광수전집』 6권, 삼중당, 1962.

______, 「무정」, 『이광수전집』 1권, 삼중당, 1962.

______, 「문사와 스양」(1921), 『이광수전집』 16권, 삼중당, 1962.

이남호, 『한심한 영혼아』, 민음사, 1986.

이도흠, 「한국 예술의 심층 구조로서 情과 恨의 아우름 – 화쟁 사상을 중심으로」,
       『미학·예술학 연구』 17, 한국미학예술학회, 2003.

이문열 외 편, 『한국문학이란 무엇인가』, 민음사, 1995.

이상섭, 「현진건의 신변 소설」, 『언어와 상상』, 문학과지성사, 1980.

이재선, 『한국문학주제론』, 서강대출판부, 1989.

이태준, 「오몽내(五夢女)」, 『달밤 – 이태준문학전집 1』, 깊은샘, 1995.

______, 『돌다리 – 이태준문학전집 2』, 깊은샘, 1995.

이화형, 『한국문화의 힘, 휴머니즘』, 국학자료원, 2004.

장 마리 플로슈, 『기호학·마케팅·커뮤니케이션』, 김성도 옮김, 나남, 2003.

______, 『조형기호학』, 박인철 옮김, 한길사, 1994.

장미진, 「한국의 미학과 한국미학의 방향성」, 『미학·예술학 연구』 21, 한국미
       학예술학회. 2005.

장수익, 「김동인 소설과 근대 문학의 자율성」, 『김동인 문학의 재조명』, 새미, 2001.

______, 『한국 근대소설사의 탐색』, 월인, 1999.

전석담·최운규 외, 『조선 근대 사회 경제사』, 이성과 현실, 1989.

정연희, 「근대소설의 형성과 현진건 초기소설의 산문의식에 관한 연구」, 『현
       대소설연구』 27, 현대소설학회, 2005.

______, 「김동인과 이태준의 서술기법 비교연구 – 감자와 오몽녀를 중심으로」,
       『현대문학이론연구』 15, 현대문학이론연규회, 2001.

제라르 쥬네트 외, 『현대 서술 이론의 흐름』, 석경징 외 옮김, 솔, 1997.

제럴드 그라프, 『자신의 적이 되어가는 문학』, 박거용 옮김, 현대미학사, 1997.

조동일, 『한국문학이해의 길잡이』, 집문당, 1996.

조요한, 『韓國美의 照明』, 열화당, 1999.

조지훈,『한국문화서설』, 탐구당, 1964.

______,『한국학 연구 - 조지훈 전집 8』, 나남, 1996.

조흥윤,『한국문화론』, 동문선, 2002.

주강현,『우리 문화의 수수께끼』, 한겨레신문사, 2004.

주디 자일스・팀 미들턴,『문화 학습』, 장성희 옮김, 동문선, 2003.

≪중앙일보 창간 40주년 특별기획 시리즈 1~10≫, 중앙일보사, 2005.

진중권,『호모코레아니쿠스』, 웅진지식하우스, 2007.

찰스 테일러,『불안한 현대사회』, 송영배 옮김, 이학사, 2001.

______,『헤겔 철학과 현대의 위기』, 박찬국 옮김, 서광사, 1988.

최문규,『문학이론과 현실인식』, 문학동네, 2000.

최봉영,『한국문화의 성격』, 사계절, 1997.

최영석,「민족의 마모된 비석, 이광수 해석의 역사」, ≪작가세계≫ 2003년 가을호.

최용호,『텍스트 의미론 강의』, 인간사랑, 2004.

최원식,『민족의 길, 예술의 길』, 창작과비평사, 2001.

최정호,『우리 문화유산 기행』, 디지털 조선일보, 1996.12.31~1997.11.10.

츠베탕 토도로프 편,『러시아 형식주의』, 김치수 옮김, 이대출판부, 1981.

칼 마르크스・프리드리히 엥겔스,『공산당 선언』, 이진우 옮김, 책세상, 2002.

탁석산,『한국의 정체성』, 책세상, 2000.

프란시스 뮬런,『문화/ 메타문화』, 임병권 옮김, 한나래, 2003.

프랑코 모레티,『세상의 이치』, 성은애 옮김, 문학동네, 2005.

______,『근대의 서사시』, 조형준 옮김, 새물결, 2001.

하태환,「묘사에 대하여」, ≪외국문학≫ 1997년 겨울호.

한기형,「1910년대 단편소설과 낭만성」,『민족문학사연구』12, 소명출판사, 1998.

허수열,「일제하 조선의 실업률과 실업자수 추계」,『경제사학』17, 경제사학회,
        1993.

현길언,「현진건 소설의 구조와 그 사회적 의미 - 초기 소설을 중심으로」,『한
        국언어문학』22, 한국언어문학회, 1983.

현진건,「조선혼과 현대정신의 파악」, ≪개벽≫ 65, 1926.

______,『현진건 단편 전집』, 가람기획, 2006.

호르크하이머・아도르노,『계몽의 변증법』, 김유동 외 옮김, 문예출판사, 1995.

황 경,「나도향 소설의 사랑에 대한 고찰」, ≪작가연구≫ 9, 새미, 2000.

황도경,「위장된 객관주의 - 문체로 읽는『감자』」,『김동인 문학의 재조명』, 새
        미, 2001.

황종연,「문학이라는 譯語」,『한국문학과 계몽담론』, 새미, 1999.

______, 「낭만적 주체성의 소설 – 한국근대소설에서 김동인의 위치」, 『김동인 문학의 자조명』, 새미, 2001.

A. J. Greimas, *Sémantique structurale*, puf, 1986.
David A. Aaker, *Building strong brands*, The Free Press, 1996.
Douglas B. Holt, *How Brands become icons. The Principles of Cultural Branding*, Harvard Business School Press, 2004.
Jean-Marie Floch, *Sémiotique, Marketing et communication*, puf, 1990.
Simon Anholt, *Brand new Justice: The Upside of Global Branding*, Butterworth-Heinemann, 2002.
Tzvetan Todorov, *The Fantastic: A Structural Approach to a Literary Genre*, Trans. Richard Howard, Cornell University Press, 1975.

오양진

1969년 인천에서 태어나 고려대학교 국어교육과를 졸업했고, 같은 대학원 국어국문학과를 졸업했다. 2000년 중앙일보사가 주관한 「제1회 중앙신인문학상」 평론부문에 당선되어 문학 평론가로 활동하고 있다. 현재 고려대학교에 출강하고 있으며, 저서로는 『소설의 비인간화』(월인, 2008), 『중심의 옹호』(서정시학, 2008), 『데카당스』(연세대출판부, 2008) 등이 있고, 그 외 다수의 논문을 발표하였다.

문학적 서사와 서사적 문화

한국문학과 한국문화의 제 문제

초 판 인 쇄 ｜ 2013년 1월 31일
초 판 발 행 ｜ 2013년 1월 31일

지 은 이 ｜ 오양진
펴 낸 이 ｜ 채종준
펴 낸 곳 ｜ 한국학술정보㈜
주　　　소 ｜ 경기도 파주시 문발동 파주출판문화정보산업단지 513-5
전　　　화 ｜ 031) 908-3181(대표)
팩　　　스 ｜ 031) 908-3189
홈 페 이 지 ｜ http://ebook.kstudy.com
E - m a i l ｜ 출판사업부　publish@kstudy.com
등　　　록 ｜ 제일산-115호(2000. 6. 19)

ISBN　　　978-89-268-4079-5 93810 (Paper Book)
　　　　　978-89-268-4080-1 95810 (e-Book)

 한국학술정보(주)의 학술 분야 출판 브랜드입니다.